ダブル

短篇集

SIDE B

パク・ミンギュ

訳 斎藤真理子

筑摩書房

目次

装丁　松本弦人

This book is published under the support of
Literature Translation Institute of Korea (LTI Korea).
本書は、韓国文学翻訳院の助成を受けて刊行されました。

短篇集ダブル

サイドB

昼寝

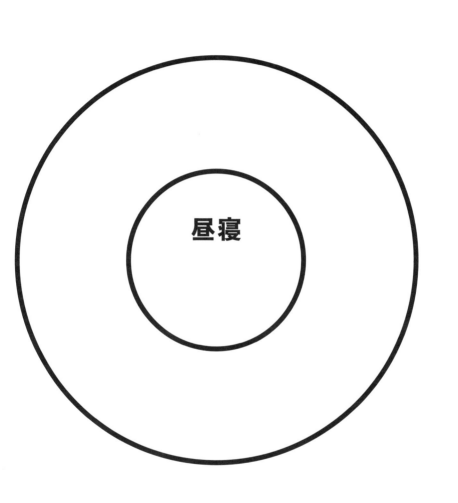

ローマの休日

昼寝をしたのが失敗だった。眠気が、来ない。宵の口の一眠りを逃したら、そのまま朝まで目を覚ましていることになる。横になって耳にたまるぐらい雨音を聞いていたが、結局目を開けてしまった。体を起こす。片手で突っ張って、干しわらびをほぐすようにそうっと腰をかばいながら。十時ぐらいにはなっただろうか、あたりは薄暗く、人の気配はない。極まったなと、オレンジ色の案内灯をつけて僕は、思う。寝入りばなに寝そこなった気分は、出勤時にバスを逃したときとそっくりだ。出勤だなんて……出勤の記憶ももうおぼろげだ。わずか十何年かが過ぎただけなのに、逃げていった宵の口の睡眠のように歳月もまた過ぎていく。もうどんなバスも来ないということを僕はよく知っている。永遠の退社だ。

足の間がじめじめする。そろそろと、隣のソン氏を起こさないように息を殺しておむつを脱ぐ。新しいおむつをつけようかと思ったが、僕はそのまま立ち上がる。大丈夫だろう、とズボンをはきながら考える。単に、軽い尿失禁があるだけだ。それと単に、若干の糖尿があるだけだ……単に心臓が少々よくないだけで、まだ大丈夫だと自分を慰める。ずっしりと固まったおむつを持って僕はトイレに入る。たった今取り出したばかりの動物の心臓のように、おむつはほかほかだ。鏡を見る。片手に自分のおむつを持った老いぼれが鏡に映っている。もおー、おむつは分別ゴミの箱に入れてくださいって言ってるのに……という付き添いさんの小言を思い出したので、トイレに入った理由が消滅する。小便がしたいわけでものどが渇いたわけでもない。僕はただ……鏡を見て、髪をとかす。つぶれていた髪の毛が本来の姿を取り戻す。

そういえば約五十年というもの、このヘアスタイルを維持してきたわけだ。五十年も……このヘアスタイルで出勤し、子どもたちを育て、定年退職を、した。このヘアスタイル……まだなかなかのもんじゃないかと思いながら、僕は鏡の中の男に向かってつぶやく。七十五歳にしては白髪が少ない方だぞ。髪が薄くなったわけでもないしな。これならまだまだ、と思ったそのとき、手に持ったおむつが目に入る。これって……おむつだよなあお前、と僕は失笑してみせる。鏡の中の老いぼれも一緒に笑う。心臓を摘出された動物みたいに、僕らはともに虚しさを覚える。ふと、覚える。

そろそろとドアを開ける。ドアのカタンという音にも目を覚ましてしまう老人たちがいるのだ。やっとバスに乗れた人を僕の手で引きずりおろしたくはない。足音を殺して、僕は廊下を歩む。共済室の分別ゴミ箱におむつを投げ込んで、やはりそろそろと部屋に向かって歩いていく。案内灯が並んだ老人ホームの廊下は、生きてきた歳月さながら、果てしなく長い。ここ、昭明老人ホームに来てもう三年になる。高齢者専門の療養施設というわけだが、一般の老人ホームに行けない老人が看護を受けながら余生を送る場所だ。つまり、たいがいは病気を患っている。脳卒中と認知症が多く、僕みたいに心臓がよくないとか糖尿があるとか……もしくは、ぴんぴんしているけど経済状態の思わしくない老人たちが死ぬのを待っている場所だ。五年前に妻が死んだときも、自分がこんなところで余生を送るとは本当に思っていなかった。僕としては、それでも……そうはいっても……と思っていた。全部、無駄な考えだった。一生無駄に生きて、無駄に死を待っている。

一人暮らしは生易しくなかった。三度の飯をどうするか、さまざまな通知書類をどう処理するか……洗濯機の使い方や掃除や……ガスの検針員にどの数字を読み上げればいいのかもわからなかった。そして寂しかった。週末には息子や娘の家に行ったが、やがて、子どもたちには子どもたちの生活があると悟った。教会にでもいらしたらどう、と娘が言った。教会が嫌いなわけではないが、僕は、何か……そうはいっても……そうだ、何かが僕の人生には残っていると信じていた。余裕を持って、初めて自分自身の人生を生きる、そんな老後……退職後しばらくは、そんな生き方をしているような錯覚に陥っていた。デッサンを習ったり、棋院《きいん》に出入りしたり、ごく短期間だが哲学の講義を聴きに行ったこともある。そしてすぐに、手の打ちようのない無力感が押し寄せてきた。やることのない人間になったという自愧《じかい》の念、役立たずになったという虚無感、しおれてやせ細っていく時間の放つ悪臭……。どれほど驚いたかわからない。行き交うビジネスマンたちの姿を見ながら、もう一度働けたらどんなにいいかと思っている自分自身に気づいて僕は挫折した。あれほどうんざりしていたあんな暮らしが、結局は僕の望む人生だったとは。いつか退職したらという想像だけで三十三年の会社員生活を耐えてきたのではなかったか。僕の人生は果たして、何だったのか。人生って……何なのか。

妻が倒れたのはそのころだ。子宮ガンだった。ただちに入院して二年間闘病生活をした。心臓が悪くなったのはたぶんそのころだろう。妻が世を去る二か月ほど前、息子夫婦と娘夫婦が一緒に病院を訪ねてきた。先に話を切り出したのは娘だった。要は、前もって財産を整理しておこうというのだ。税金問題だとか、いろいろと理由はつけていたが、僕が感じたのは早く財産を譲ってくれという気持ちだった。お兄さんともお義姉さんとも意見が一致してるんです。率直な話……お父さんもそろそろ、準備しておいた方がいいと思うの。心の準備もないまま、そんな話を聞かなくてはならなかった。息子は顔をそむけて何も言わなかった。妻の子宮で育った者たちが今や世間そのものになって、すでに大きなガンになっている。

雨が降っている。暗い集会室を横切って窓際に立つ。春雨というにはけっこう雨量が多い。パク・インス〔一九七〇年に「春雨」という曲が大ヒットした歌手。認知症であることが知られている〕というあの歌手……まだ生きているのかな。窓にたまった結露の点々が、畳々たる山並みを描いた墨絵みたいになって、滲んでいる。僕は黙って窓を開ける。開閉できるのは小さな換気窓だけだが、不満はない。湿気と雨音、風と暗闇が画仙紙のような僕の顔面に同時に染み込む。栗林を縫って吹いていく風が見える。硯の上で楕円を描く墨のように、暗闇も林の中でぐるぐる回っている。栗の花たちは水葬に付されて天へと昇る、そんな春の宵闇だ。闇の黒い髪を雨の櫛が梳きおろし、僕はその、すえた匂いを嗅ぐ。
　そのようにして妻は逝った。すえた匂いを放つ、いくらも残っていない髪の毛を、あの日の朝、最後に梳いてやった。穏やかな人生を送ることはできなかったが、いつもそばにいてくれた妻だ。やせ衰えた肉体から温かさが抜け出していくのを感じながら、ああ……と僕は声を上げた、それでおしまいだった。それでも何か節目みたいなものはあるだろうと漠然と思っていた死のプロセスは、簡潔な上にも簡潔だった。子宮が摘出された腹の上に顔を埋めて、どれほど泣いたかわからない。へその緒を切られた七十一歳の胎児になったような気持ちだった。妻には何もしてやれなかったし、自分のためにだって。妻の人生は何だったのか。私たちの人生は……何だったのか。

　窓を閉める。妻の棺の上にかけられたシャベル一杯の土のように、指尺〔親指と人差し指を広げた長さ〕一つ分の細長い窓が暗闇をおおって、埋めて、埋めつくす。埋めてやり過ごすことにいつしか熟練している自分自身を発見する。もう、自分で自分を埋めてしまおう、そうしよう。体に異変が起きたと知ったのは葬式を終えたあとだ。ある日目を覚ましたら尋常に息ができなかった。胸を誰かがかきむしっているような……あの感じをどう言ったらいいだろう。目に見えない手が僕の心臓に電動歯ブラシを突っ込んでるみたいな気分だった。一瞬の死だった。すぐに痛みは消えたが、全身が冷や汗に濡れていた。思わず、捨てるに捨てられなかった鏡台の上の妻の写真を見つめていた。なあお前……「何でもないわよ」といわんばかりに無表情なその顔の前で、うっと涙ぐんでしまった。心が流失してしまいそうな涙だった。

心筋梗塞です。そう言われて、病院を出て一人で歩いていったあの道を今でも思い出す。救急車が一台通り過ぎ、自治体選挙の垂れ幕があちこちにかかっており、バイク便のドライバーがオートバイを停めて携帯で位置を問い合わせ、それではあと千円追加ですと言い、選挙運動員たちは頑張りますと言いながら九十度の角度でおじぎをし、臨月に近い若い婦人が横断歩道の前に立っており、その横にポストがあり、男が一人、足を引きずりながら一抱えの新聞をおろし、街路樹は青々とし、タクシー運転手ご用達の食堂から出てきた運ちゃんがコーヒーを手にして爪楊枝を使っており、鳩たちはクックーと鳴きながら歩道の上を歩いており、僕は心筋梗塞だった。

糖尿もおありですからね、と医師はいっそうの注意を促してくれた。考えてみます。手術の話を切り出した医師に、僕はうなずきながらそう言ったが、手術は受けなかった。代わりに僕はタバコをやめた。四十七年間吸ってきたタバコを。新聞を読み、ぼんやりとラジオを聴いていてもふと、人生が暮れかけている感じがする、そんな夏だった。薬と注射、薬と食事、注射と食事、食事と下痢……意味もなくテレビを見ているうちにようやく、ほんとにようやく一日が暮れる。長雨の季節に入ると尿失禁がやってきた。土砂降りの雨の中を病院へ、また薬局へ、濡れた紙舟みたいな足取りで歩き回った。何を差し上げましょうか？　薬剤師は若い女性だ。おむつをくれという言葉が、そのためどうしても口から外に出てこなかった。

やめたタバコを一本だけ吸ってみたい夜だ。林という硯《すずり》を摺《す》って摺って摺りつくしたように、窓の外は隅々まで墨々とした、沈黙の闇だ。暗い部屋の中に二包みのおむつをおろして、さてどうしたらいいのだろう、と窓の外を見つめていたあの日が思い出される。その年の九月だったか十月だったか、尿失禁がすっかりひどくなってしまったころだ。薬と注射、薬と食事、そしておむつ……それだけは嫌だったが……それでも……そうなった、初めは、何もかも処分して息子のところに行きたかった。共働き家庭だから、もしかしたら僕が必要ではと思ったりもしたのだ。家のことをしてやれば……いや、なぜ僕がそんなに気を遣わにゃならんのだ……とも思った。お荷物になりたくはない、なりたくはないがさりとて……だって僕はずっと家族のために……それでまず息子の嫁に電話した。

お元気でしたかお父さん？　心筋梗塞を起こしたことを僕は初めて嫁に打ち明けた。あらまあ、病院には行かれました？　糖尿病の辛さや毎日の苦労を口にしたのも初めてだった。えー、それは大変と言ってはくれるものの、うちにいらしてくださいとはついに言わない。それとな……今じゃ尿失禁まであるんだよ。つまり小便がね……と、これは嫁に言うべき話じゃなかったが、嫁から聞きたかった言葉はやはり聞けなかった。息子と娘はそれぞれ一度ずつ電話してきて、大丈夫ですかと安否確認をするのだった。

僕は大丈夫だった。身辺を整理してここを選んだのも、僕の意志だ。僕は生きているのだし、自分の意志で生きていくんだという意地が芽生えた。曺一浩《チョイロ》が死んだという知らせを聞いたのがそのころだ。ときどき電話で近況を知らせ合っていた、一人残った故郷の友だ。忙しいのが終わったらきっと一度、こっちに来いよと、口癖のように言っていた約束を四十年目にして果たすことができた。ようやく約束を果たせたときには、友は冷たい屍になって横たわっている。行こう、ヨルダン川を越えて行こう……賛美歌を聞きながら思った。もうすぐ行くよ、今度はもう待たせないからな。罪人のように黙って、友の年老いた顔を何度も目に刻みつけた。川を渡っても、この写真の中の見知らぬ人物を見分けられそうになかったから。お前、誰？　そんな無表情な顔で、遺影の中の友も僕を見つめていた。

霊安室に付属の食堂に座って食事をしているときだった。後ろにチョ・イロの次男と職場の同僚たちが陣取っており、本意ではなかったが、聞いてはいけない話を聞いてしまった。チョ課長もご愁傷さま……でもまあ、幸せな最期を迎えられたということだね……もちろん、もちろん。で、いくらもらえるんだ？　何を？　何って何だよこいつ……わかってるくせに……まあな……ぼろいテナントビルだから、売り払ったとしても……あれこれ差っ引いて二億ぐらいかな？　何だよ、いい亡くなり方じゃないか……え？　最近じゃ少なくとも五億は残してもらわないと、いいとはいえないよ。飯がのどを通らなかった。青二才どもが……まだ仕事らしい仕事を始めて十年にもならない連中が億、億と言うのを聞いてると、怒りが爆発した。ところで僕の場合は……いくらになるだろう？　遺産総額を見積もっている自分自身が無限に卑しく、みすぼらしく思われた。口をゆすいだ水が焼酎のようにほろ苦い。いい死に方なんて言わせちゃいかんよな……僕はつぶやいた。虚しい笑いが漏れてきた。いい死に方なんてない。どんな死も、卑しい日常にすぎない。

四十年ぶりに見る故郷はあまりにも変わっていた。市街地といってもささやかなものだったのに、いつのまにか繁華な大都市になっている。老いた友たちの昔の顔を思い描くように、かつての町のしわの一つ一つをたどって歩き回った。ここだよな、たぶん。あそこがあれなんだから……そしてとうとう学校を見つけた。僕が通った高校だ。まさにここで勉強し、友だちと遊んでいたのだ。教室三つと小さな講堂で全部だった高校が、知らないうちに立派な人文系の大学になっている。そういえばあのときは、そうだった……それでも……変わっていないイチョウの木を僕は、見ることができた。あー、という呻きが漏れてきた。のろのろした歩みをしばし止めると、折り鶴のような心の方が先にその木の根元に到達する。五十年前のあの木陰だ。物言わぬ木を見上げ、物言わぬ誰かにただいまと告げるような気持ち。故郷で死にたいと思ったのは、そのためだった。

足がだるい。干しわらびのような肉体をそっとなだめてソファーに座り込む。一フロアあたり三十人ほどが住んでいるから、この集会室はかなり広い。リモコンはどこかな。ソファーの合わせ目のすきまを探って僕はリモコンを見つける。認知症患者の手に渡らないようにしようとすれば、誰かが毎日このような苦労をしなくてはならない。宵の口の一眠りをしていたテレビが闇の中で目を覚ます。すぐに消音にして、あれこれチャンネルを変えてみる。何十個もの有線チャンネルが入っているが、実際、見るほどのものは多くない。何十年も働いてきても、実際には何も残らない人生みたいに。

家を処分した金は未練なく息子たちに分けてやった。妻と一緒に、一生かけて求めた家だ。もういいかな？　鏡台の上の妻の写真を見ながらそう言ってみた。いいですよとも、だめですよとも妻は言わない。僕にしたって、うまくいったとも失敗したとも思いはしない。荷物を全部処分して、五千万ウォンほど残った預金通帳だけを持ってここに移ってきた。お父さん、たびたび来ますからね。うわべなのか本心か、涙を拭いていた娘の顔が思い浮かぶ。ソウルから二時間ほどの距離ではあるが、子どもたちが来るのは年に一、二度だ。よく育てたとか育てそこなったとかいうより、ただもう世の中が変わったのだと思う。恨みも未練もない。待っているわけでもない。匂いが嫌だと言って来なかった孫たちも、それぞれ自分の人生を生きていくだろう。えーと、ちょっと待て、あれは

オードリー・ヘップバーンじゃないか。チャンネルを固定して僕は食い入るように画面を見つめる。ヘップバーンだ、そしてあれは『ローマの休日』だ。はるかな昔に思いをはせつつ僕は膝を引き寄せて座る。ポプラの木に出会ったときにも似た、五十年前の映画館に入って座るような気持ちだ。いい時代だった。ヘップバーンを見るだけでも嬉しかったあのころの気分がよみがえる。切符切りの目を盗んで三回も続けて見た映画だ。そうだ、あのシーン、グレゴリー・ペックがスクーターにヘップバーンを乗せて疾走していくあのシーンを僕は忘れていなかった。思わず手が髪を撫でつける。人生がもう一度与えられたなら、僕も絶対一度はあんなシーンを演じてみたい。考えてみれば簡単なことだ。妻が生きていたときに、スクーター一台あれば可能だったんだ。どうして今まで気づかなかったんだろう？　ヘップバーンはまだ……生きて、いるだろうか？

若いなあ……映画の中のグレゴリー・ペックと同じく、僕にも若い日はあった。それでも背丈

だけはグレゴリーみたいにすらっと高かったんだからな。消音にして見ていても、ストーリーはすっかり頭の中に残っていた。王女はグレゴリーの親切に感動し……そうだ、でも結局、宮殿に帰っていくのだ……帰っていくけれど、ある感情が、ときめきが二人の間には存在し……いっぱい写真を撮ったのにグレゴリーは特ダネを隠し……王女のために……愛のために……ああ、過ぎ去った歳月はなぜあんなに美しかったのだろう、僕はただもう目頭がうずく。過ぎ去った歳月を思い返すのは、暗闇の中で無声映画を見るのとひどく似ていた。せりふは消えてもあらすじは残っている。ここに……僕の胸の中に、何もかも消え去った人生だけど、昔の日々は残っている。

ああびっくりした、一瞬近づいてきた黒い人影に驚いて心臓が止まるかと思った。誰かが声も立てずにそばに立ち、ぼうっとした表情でテレビを見ている。同年代の女性だが見慣れない顔だ。ということは、さっき昼寝をしていたときに入ってきたに違いない。あら、お父さんここにいらしたの？　女性はそんな思いがけないあいさつをして、にっこりと微笑を浮かべる。認知症だ。さらに何かつぶやくと部屋の中を徘徊しはじめる。紙で作った造花みたいな顔で、何に対しても関心のない目をしている。雨の音のせいか、気分のせいか、どことなく見覚えがあるような。ああもう、画面の半分が隠れてしまう、今まさにあのシーンなのに。記者会見でグレゴリーはとうとう王女と再会し……王女はグレゴリーに気づき……しかし何のそぶりも表に出さず……けれども、王女は目で語っている……二人だけが知っている、二人だけの……あれが見たいのに、あの人が動いてくれないよ。ヘップバーンの瞳があるべき場所で、彼女が無心に振り返る。僕はやむをえず、彼女と目を合わせる。

このばかもん、何する気だ？

目を覚ます。朝食のしたくをしている調理士たちの忙しさが、ここにいても感じられる。片手で突っ張ったりしなくても、僕は造作なく上体を起こ……起こ……す。春先のわらびみたいに腰がぐにゃぐにゃだ。濡れたおむつを替えて、二日はいたズボンも新しいものにはき替える。顔を洗う。ひげを剃る。つまり、総務課のキム君に頼んで買ってもらってきたオールド・スパイス〔米国P&G社製のシェービングローション〕のふたを開ける。そう、そうだよこの感じ。しばらく忘れていた。まさにこれが四十年間守ってきた僕のスタイルだ。以前とは形が変わった帆船のロゴをそっと眺めたあと、かみそりとオールド・スパイスをソン氏の手の届かないロッカーの端っこに載せておく。鏡を見直す。男はやっぱり……香りだよな。

食卓につく。介助なしで食事ができる老人たちが、こうしてぐるりと食卓に座っている。中風を免れた人々、認知症でも状態のいい人たちがここで食事をする。十五人ぐらい……全体の半分にも満たない人数だが、つながった二つのテーブルはいつもにぎやかだ。故郷とはいいものだ、十五人ほどの老人のうち三人は同窓生だもの。あっちのテーブルの端の死角に座っているのがノ・ソンジンだ。一緒に小学校に通った仲、今は認知症を患っている。かけっこが速かったからみんな「カモシカ」と呼んでいたんだが、ここでは誰も彼をカモシカとは思っていない。ここでの彼は……「ピサの斜塔」だ。脳のどこがどう壊れたんだか、いつも右側にひどく傾いている。それで、ノ・ソンジンが歩いていると「ピサの斜塔だぞー」と言うようになった。リレーで一等だったノ・ソンジンを覚えているのは僕だけだ。だから僕は、今のノ・ソンジンを見ても「ピサのカモシカ」ぐらいに思っている。

ノ・ソンジンの左に二人飛んで座っている奴がチョン・ドンピルだ。背の高いユン・ドンピルというのもいたため、「小さいドンピル」と呼ばれていた奴だ。百六十センチあるかどうかぐらい……本当に背が低いんだ。おせっかいでアホなことばっかりやってたので、「ウンコピル」というあだ名もついていた。体は小さいが、この老人ホームを全部ひっくるめていちばん健康だといえる。つまり、表立った病気がない。ウンコピルがここにいる理由はひとえに、貧しさだ。老人ホームにもいろいろな形態があるが、ここは政府の補助を受けている施設だ。一般の高齢者には療養費の半額が、生活保護対象者には全額が補助される。いってみればドンピルこそ、ここでいちばんの重病を患った人でもあるのだ。貧しさよりひどい疾病は世の中にない。僕が知る限り、そうだ。そして、今

僕の向かいに座っている、いや、僕が向かいに座っているのが……キム・イソンだ。同い年で、同じ高校に通っていたが、今は認知症を患っている。記憶がしょっちゅう行ったり来たりする。また、たそがれ症候群〔高齢者が夕方に「家に帰りたい」と言い出したり、実際に外に出て徘徊してしまったりすること。記憶障害や、薄暗くなって不安を覚えることから起きる〕のために夕方以降は徘徊がひどくなる。内気で、勉強もかなりできる優等生だった。この春にここに来たのだが、

何となく見覚えのある顔だと思っていた。あの寝そびれた日の翌日、遅ればせながら総務課のキム君を丸め込んで名前を聞いてみたのだ。金二《キムイ》善《ソン》。僕が知っていたあのキム・イソンに間違いない。お知り合いですか？　キム君の質問に、いや、ちょっとね……と答えたが、いやちょっとねも何も、彼女のことならよく知っている。彼女は僕の初恋の人だった。

高校で、彼女は断然目立つ存在だった。清らかな肌に整った顔立ち……憂いを帯びた大きな瞳が誰もの心をとらえた。文芸部の部長を務めていて、あの年、秋の合同文学祭で尹東柱《ユンドンジュ》〔韓国で最も愛されている詩人、一九一七－一九四五。解説参照〕の詩「星を数える夜」を朗読したのだ。あの夜の記憶は未だに鮮やかだ。「季節が過ぎゆく空は　秋でいっぱいに満ちています……」で始まり、物悲しいギターの伴奏に乗せて静かに詩を読んでいく彼女の声は忘れられない。「星一つに寂しさと、星一つに憧れと……」「佩《ペー》、鏡《ギョン》、玉《オク》、こんな異国の少女たちの名前と……」そして「母さん、そしてあなたは遠い北間《ブッカン》島《ド》にいらっしゃる……」。そのとき講堂の屋根は消え、夜空から星たちが僕の頭上に降り注いできそうな気持ちだった。あのとき彼女は、僕の星になった。

どんなにたくさんラブレターを書き、またそれを捨てたかわからない。あの詩の言葉の通り、おびただしい星が降り注ぐ丘に僕の名前を書いては……土でおおってしまうような気持ちだった。文芸部に入って詩を暗誦してみたりしたが、おいそれと彼女に近づくことはできなかった。彼女はみんなのアイドルだったし、僕は……恥多き名を悲しむ一匹の虫だったので。たった一度、奇跡のように偶然、道で会い、彼女に雨傘を貸してあげたことがある。ある夏の豪雨の日。これ……使います？　はい？　という表情で彼女が見つめ返したが、目を合わせることができなかった。僕、もう一本あるんで……と嘘までついた。ありがとう、という彼女の声に心臓が破裂しそうだった。方向が同じなら一緒に帰りますか？　本当にそんな言葉を聞いたのだ。そして本当に、今死んでもいいと思ったのだ。僕の家は反対方向ですから……そう言って道を戻ったので、丸々五十分、雨に濡れて歩いた。彼女の家は、うちと同方向だった。

高校を卒業してすぐにソウルに行った。チョ・イロを通して彼女が近くの都市の書店に就職したことを聞き、それでおしまいだった。また故郷に行っても、彼女の消息を知っている者は誰もいなかった。同じ方角にあった彼女の家も、引越して久しかった。特別に女性とつきあった記憶がないのは……ひょっとしたらそのせいかもしれない。見合い結婚をしたときも、ずっと心は乾いていた。稼いで食べて、稼いで、食べて……五十年の生活が彼女を忘れさせたが、草ぼうぼうの記憶のかなたに彼女という隕石は硬い結晶となって残っていた。そんな彼女が今、僕の前で冷たいきゅうりのスープをすくって飲んでいる。そしてほうれん草を、茶碗蒸しを、豆腐を……サバを食べている。人生の同じ方向で、同じ家で……僕らは再び遭遇した。人生は本当に不思議なものだ。そして冬は過ぎ、僕の星にも春が来た、春は来たのだ。明日の夜はまだ残っているし、まだ僕の青春が終わりではないからだ。

お食事どうでした?

と尋ねてみても、彼女はええ、ええとうなずくだけだ。意味のある会話をしたことは一度もない。春が過ぎ、夏が去っても……そうだった。認知症が徐々に進行するにつれ、さらにそうなっていくだろう。でも、彼女が好きだ。彼女と一緒にご飯を食べ、部屋に座ってテレビを見……そして同じ空間で眠っているという事実だけでも僕は幸福だ。記憶が戻ったとおぼしいときでも、彼女は僕に気づかない。僕ら同じ学校に通っていましたよ。僕も第一高校の文芸部だったんですよ、僕、ハン、ヨン、ジン、です。わかりませんか? 笑いながら彼女は首を横に振る。雨の降る日に……僕、傘を貸してあげたんですよ……あの、傘を貸してあげた韓英振《ハンヨンジン》ですよ。わかるはずがない。もっとも、憧れの的だった彼女が僕みたいな平凡な男子学生を覚えているはずがない。いわば僕は、ヘップバーンの映画に出演した思い出だけで一生生きていけるエキストラにすぎないんだ。不満はない。星が人間を数えられるわけがないんだから。人間が星を数えるだけだ。

あのキム・イソンなのか? ドンピルの顔にも驚いた様子がはっきり現れている。多分、ドンピルも僕と同じ感想を持ったのだろう。あのキム・イソンが何でこんなところに? 僕もそうだった。ほんとに、その理由をはかりかねたのだ。漠然と想像してきた彼女の人生は、こんなものではなかった。立派な名家の奥様になり、しとやかな妻、優しい母として輝き、海外に移住したり、外国をくまなく回って過ごすような余生を送っていると思っていたのだ。たとえ認知症になったとしても、大企業が経営するホテルみたいな病院がキム・イソンにはぴったりだった。夫君が亡くなって会社がつぶれたのかもしれないなと、理由を知りようもない僕としてはそんな想像をしながら彼女に対応するのみだった。何にせよ、ありがたいことだ。ありがたいというしかない。

一緒に散歩でも行きますか？

外出できる老人はごく稀だ。まずは、各階を運行しているエレベーターに乗らなければ玄関に降りられない。認知症患者はいうまでもなく、たとえ意識がしっかりしている場合もそれなりの理由がいる。家族の面会とか、診察、検査、物理治療室を利用するときだけだ。もちろんそういうときも、職員や看護師が同行する。極端な見方をすれば……逃げたり、自殺をすることもありうるからだ。人のことはわからないからだ。

自分の意志で外出するためには、ややこしい条件が必要になる。まず、意識が晴明であること、体の動きに不自由がないこと、そしてこの人は何も問題を起こさないだろうという職員全員の信任を得なくてはならない。もちろん正門の外へ出ることはできない。単にホームの庭を行ったり来たりぶらつくだけだが、それでもここでは大きな特権であり、自由といわざるをえない。僕はそのような自由を手にしている、ここでは何人もいない老人だった。平素から品行方正で、またソウルのマスコミ関連の会社で働いていたという経歴が大きな助けになった。実はソウルじゃなくて、ソウル近郊都市のどうってこともない新聞社だが、それも記者職からはほど遠い総務・営業だったのだが……ここではみんながそう思っている。学識のある人として待遇されるのが、僕も嫌ではなかった。

ちょっと散歩に出てきます。毎日行く散歩だが、顔を合わせた職員には一人ひとり、ていねいにあいさつするようにしている。このような信頼をもとに、彼女を連れて出かけることができるのだ。お散歩ですか、ハン先生？　ああ、園長先生！　おかげさまで楽しくやっていますよ。どういたしまして、ところで最近、お二人、とても仲睦まじくていらっしゃいますね……と、そんな言葉も聞くことになる。幼馴染みなんです、ここで会ってびっくりですよ、私がちゃんとお世話していますからご心配なく、というわけだ。そして自然に彼女の肩とか……手……なんかに触れたりつないだりして、一緒に散歩するのだ。彼女は清らか、空は晴れやか、そして僕の気分は上々だ。僕は生きている。

秋になると彼女との散歩が一つの日課になってしまった。目立つ行動ではあるが、スキャンダルだの何だのといったことからは自由な年齢だ。ドンピルが関心を持つぐらいで、変な視線で見る者も誰一人いなかった。外出する感じを彼女も大変喜んでいるようで、意味がわかろうとわかるまいと、二人だけで会話ができて僕は嬉しかった。もちろん、一方的な会話だ。例えば、ご夫君はどんな方でした？　と尋ねて、おなか……おなかが、すきましたわねえ、という回答をもらうとか。にもかかわらず、彼女を相手にほんとにいっぱい、一人語りをした。ときには愚痴を、ときには思い出を、また、誰にも言い出せなかった胸の中のしこりを、あるいはその日その日の僕の気持ちなんかを彼女に打ち明けていた。

四十年近く妻と暮らしましたが、何もしてやれませんでしたねえ。振り返ってみれば、優しい顔一つ見せてやったこともありません。不思議じゃないですか？　それでもあんなふうに一緒に生きてきたなんて。まあ、人生ってもともとそんなもんだと思っていたんですよ……ええ、振り返ってみれば、ただもう食べていくために、働いて……稼いで……ただ食べていくためにね……子どもたちにすべてを賭けて、捧げて。僕ら夫婦はねえ……中国料理店に行っても、一度もちゃんぽんを食べたことがなかったんですよ。どうしてかって？　もっと安いジャージャー麵の方が堅実に見えるからですよ……それで私がジャージャー麵を注文すると……馬鹿だなあ、あいつもジャージャー麵を頼むんです。どうしてああだったんでしょうねえ、あんなに節約して何をしようとしていたんだか……ちゃんぽんなんてほんとに、何でもないことなのに……ほんとに、生きるって何なんでしょうね、この年齢になってもわかりませんよ。そうじゃないですか？

例えば、一度でいいからちゃんぽんを……と言いかけて僕はのどが詰まってしまい、彼女が、そうですとも、そうですとも、と言いながら僕の手の甲を撫でてくれる。その手の甲でめがねの中の涙をぬぐうと、理由のわからない安らぎが感じられたものだ。それはまるで、告解みたいなものだった。彼女は僕の女神で、恋人で、友で、母だった。子どもらはね、何もかも持ってって何もくれませんでしたよ。私も何も望みません。みんな元気で暮らしていてくれればそれでいいんだから……それでも……ね、こんな虚しいことってありませんね。自分たちも同じ目にあえばわかるだろうが……そうじゃないですか？　そうですとも、そうですとも。

今日は実にいい空ですね、と僕が口火を切る。ベンチのまわりに咲いたコスモス、そのコスモスの間をトンボが何匹か、雲のように飛び交っている。コスモスを見ていると歌手のキム・サンヒ〔一九六〇年から活躍した歌手、六七年に「コスモス咲く道」が大ヒット〕を思い出しますね。あの歌、覚えていますか？　ゆらゆら、コスモス、揺れる道……何気なく一小節口ずさんだ、そして……僕は息をのんだ。低い声で彼女が歌を歌ったからだ。あふれるー、ためいきー、露となりー、寒風ー、避けてー、隠れたか。昔、詩を暗唱していたときのあの声とあのまなざしで歌っていたのだ。その瞬間、世界は止まった。羽根を震わせていたトンボたちも凍りついたように止まっていた。

おい、キム・イソン！

びっくり仰天して振り向くと、にやにやしながらドンピルが立っている。どうしたんだと尋ねてみたが、実は健康で職員の手伝いまでやっている奴だ。それはそうと、キム・イソンなどと呼び捨てにしやがって、気分よかったのが一瞬でしぼんでしまう。こいつ……何のつもりでぽんぽんと、そんな無礼な口をきくんだ？　とたしなめると奴がすぐに言い返す。同級生どうしが気軽に話して何が悪い？　まあそうなんだが、何か腹が立つ。あれまあ、あんなにきれいだったのに……見違えちゃったよ……それでもよく見ると昔の面影は残ってるなあ、目とか、この、あごの線とか……心臓が痛くなってくる。そっと彼女のあごに触れるあいつの指に、おやつに出た餅のかけらがついている。ああーっ、とこちらが腹を立てるより早くあいつの無駄口が続く。わからないかい？　チョン・ドンピル……同じ町内に住んでただろ、ドンピルだよ、覚えてないかい？　ほら、ウンコピルだよ、ウンコピル！

ウン……ウンコ……ピル……

ぷっと彼女が吹き出して大笑いする。覚えてるだろウンコピルを？　あいつがウンコという単語に力をこめるたび、おかしくて仕方がないらしく彼女は手を打って爆笑する。あいつは面白がって、わざとウンコ、ウンコ、ウンコとくり返す。あげくのはてにおならブー、おならブー、おーっと言いながら自分の尻を叩く。何やってんだよと怒鳴りつけたが、少しも怒りが収まらない。おーっと何するんだよ？　ふざけたぐらいで……とあいつは降参したが、また心臓がびりびりしてくる。笑いが止まらない彼女の手を握り、も、もう行きましょう、と僕はベンチから立ち上がる。悲しくて、腹が立つ。心の中の陶磁器が一つ割れて、四方に散らばるような感じ。

傷ついた。夕飯を食べて……早めに横になって目を閉じた。歴史ドラマを見ているざわめきがここまで聞こえてくる。週末だ。みんなが集まって歴史ドラマを見ている。歴史ドラマは誰にでも人気がある。水を飲むのを口実に、集会室を一回りして食堂に行ってみた。ウンコピルの隣に座っている彼女を確かに、見た。ベンチから……行きましょうと手を引っ張っても、彼女は来なかった。おならブー、おならブーとウンコピルがふざけてみせる前で、立ち上がりもせず大笑い。

彼女があんなに笑うのを見たのは初めてだ。それでなおさら腹が立つ。

イソンを恨む気持ちはこれっぽっちもない。認知症患者は大勢見てきたから、彼女の反応は十分に理解できるのだ。認知症は退行だ。肛門期の幼児がウンコとかその類の単語にとりわけ関心を示すように、認知症患者にもそんな時期がある。怒りが湧くのは、そんな症状を利用するウンコピルの幼稚な振る舞いのせいだ。七十四歳にもなって、背が百六十センチもない奴。七十四歳にもなって、おならブーとか叫んで尻で太鼓を叩くような奴だ。何であんなことができるんだ。あれでも人間か？

眠気が、来ない。こっそり彼女の手を取るあいつの顔がしきりに思い浮かぶ。起き上がってトイレの鏡の前に立つ。百八十センチを超えるすらっとした男が、固く口を閉ざしたままこちらをにらんでいる。ウンコピルみたいな奴とは比較すること自体無意味な体格をしておられる。ろくでもない気分を消すためにひげ剃りをし、ローションを塗る。「一松亭の青い松は……」〔一九三〇年代に作られ、長く親しまれた歌曲「先駆者」の冒頭部分〕あれは、ソン氏の声だ。ドラマが終わったのか、どやどやと帰ってくる老人たちの足音が聞こえてくる……イソンさんもちゃんと戻ったかな……いや、だめだ、ふと不安になり、僕は首を横に振る。明かりが消され、老人たちは帰っていき……イソンは一人残って部屋を徘徊している可能性が高い。ウンコピルもそれを知っているだろう。あいつがもしも悪い考えを起こしたら……餅のくっついた指で何をするかわからない。

暗い廊下をずかずかと歩いていく。万に一つでも奴の悪だくみが発覚したら、もう勘弁しないからな。取るに足りない奴が……と思ったが、集会室はがらんと空いていた。なぜかしょんぼりした気持ちになり、集会室の共用トイレに足を向ける。ついでに膀胱を空にしておこう。でもまあよかった……いつ出るかわからない小便を待っていると、おー、と聞き慣れた声が聞こえてきた。よう、ハン君、どうしたんだ？　お前もソン氏に便所を占拠されちゃったのか？　ウンコピルだ。あくびをしながら入ってきて、僕の隣にぴったり幅寄せしてくる。あー、何だってこんなに後ろ頭がだるいんだろう？　だるかろうが何だろうが、あっち行けよこの野郎と怒鳴りたいが……怒鳴る大義名分がない。小便器の選択はあいつの勝手だし……だが、気持ちよさそうな音を立てているのが何だか羨ましい。僕もあんなふうに……思いっきり出せたら……僕も……おっと、

で、でかい！

寝そびれた。あれでも人間か？　何か、敗北感にかられて眠れない。恥ずかしいことだがひどい嫉妬に襲われ、一瞬、亡霊でも出たように、あいつがイソンを蹂躙している妄想までしてしまった。何であんなことを……朝、目が覚めてみると何もかもが恥ずかしい。あのばかみたいな尻振りダンスにも悪意があるとは思えない。なのに何であんなことを考えたのか。こんなに年を取ったのに、こんなことで煩悩を発揮してしまう自分が恥ずかしい。果てしなく恥ずかしい。

目の前の彼女をまともに見られなかった。わかめスープをすくっていても顔がほてってくる。

彼女が認知症で、どれだけよかったか。あどけない顔でご飯をすくっている彼女を見やりながら、僕はまた顔を赤らめる。そういえばドンピルの姿が見えない。花壇の仕事にでも出かけたのかなと思ったが、頭痛で寝ているという。いつも元気なのにどうしたんだ……浅知恵なんか働かせるから頭が痛くなったんだろう……いや、もう醜い考えは起こすまい。食卓の端まで秋の日差しがこぼれてくる。目に見えない誰かが、あったかいスープを一杯こぼしていったみたいだ。祝福されたお天気だ。あの日差しの中で、すべてを新しくやり直したい。一緒に、散歩でも行きませんか？

昨日とは気分を一新して、僕らは秋を満喫した。一時間ほど日光を浴びながら、老人ホームの芝生の上を歩き、また歩く。話にすっかり気を取られて気づかなかったのだが、いつのまにか背中が汗で濡れていた。ちょっと座りましょうか？　うっすら埃が積もったベンチの上を手で拭って、軽やかな綿毛を座らせるように彼女をそっと座らせ、僕は普通に座る。ところで……歌がほんとにお上手ですね。え？　歌ですよ、昨日歌ってらしたでしょう。ああもう、先生ったら……私、歌はだめなんですよ。おお、さっと顔を赤らめた彼女は……少女のようだ。前に、文学祭でですね、尹東柱の詩を朗読したでしょう、覚えていらっしゃるかどうかわからないけど……あの詩がどんなによかったか……それで僕も文芸部に入ったんですよ。意味もわからないのに詩を本当にいっぱい、暗誦しました。そう、イソンさんの目にとまりたくて入部したんです。ほほほ……今思えば、それもすべて追憶ですね。そうじゃありませんか？　そうですとも、そうですとも。それはそうと、もう秋ですねえ……こうやって一緒にベンチに座っていると、あの詩を思い出しますよ。ね、パク・インファンの「歳月が行けば」（五〇年代を代表する詩人の一人パク・インファンの代表作。ポピュラーソングにもなり、歌手パク・インヒが歌ってヒットした）ってあるでしょう。

　今は名前も忘れたが、あの瞳も唇も私の胸には生きている。風の吹く日も雨降る日にも、あの日あの夜、あのガラス窓の外の街灯の影を私は忘れない。愛は過ぎ去り、古き日々は残るもの。夏の湖、秋の公園、あのベンチの上に木の葉は落ち、木の葉は土となり、木の葉に埋もれて我らの愛は消え去っても、私の寂しい胸に残っている

パク……イン……ヒ？　何か思い出したというように彼女がつぶやいた。胸が、じーんとする。そうですよ、パク・インヒがパク・インファンの詩に曲をつけて歌いましたよね。ふと思い出して、僕はパク・インヒの曲を鼻歌で歌う。ぼんやりした表情の彼女がぽつりぽつりと、一緒に歌う。あのベンチの上に木の葉は落ち、木の葉は土となり、木の葉に埋もれてわ、れ、らの……愛は

　あきれたもんだな

いつから見ていたのか、芝刈り機にもたれて腕組みをしたドンピルが体を傾けて立っていた。ドンピル……君か、頭痛だって聞いてたけど？　いい気持ちはしなかったが、そんなそぶりを見せまいと僕は努めた。何、ちょっと寝たから大丈夫だよ……大丈夫と言うあいつの表情が、大丈

夫ではない。何やら腹にすえかねているような顔でペッと唾を吐く。どうでもいいけど、歌を歌うならちゃんと歌えよ……ちゃんとって、何のことだ？　歌詞が間違ってるじゃないか、歌詞が。どこが？　木の葉は落ち、木の葉に埋もれ、木の葉は土になる、だろ！

何だ、この言いがかりは。怒りがこみあげてくるが、冷静になろうと自分をなだめる。イソンさんが見ているんだから、こんな奴の難癖にとりあってはいけない。めがねをかけ直して、僕は品よく答える。僕がずっと愛誦してきた詩なのだよ、ドンピル……「木の葉は落ち、木の葉は土となり、木の葉に埋もれて」で正しいんだ。だからー、それじゃ理屈に合わんだろ？　と立ちふさがってドンピルが問いかける。論理的に考えて、木の葉が積もるのが先か、土になるのが先か？　人間は常識ってものがなくちゃな。

目を閉じる。そして頭を上げ、目を開ける。澄みきった空だ。誰も乗っていない船のような巻雲がいくつか停泊しており、どこやらで鳥たちもチイチイと、点滅する灯台の明かりのように鳴いている。そして僕は、人間は、常識が、なくちゃなと、言われた。言われてしまった。あとどれくらい生きたら煩悩のしっぽを断ち切ることができるのか……あとどれくらい生きたら……ドンピルお前、それが詩的自由ってものなんだよと言ってみるが、あいつはまたイソンにふざけかかる。なあイソン、あんたもそう思うだろ？　木の葉が木の葉に埋もれるから土になるんじゃないか。そうですとも、そうですとも。だよなあ、それでこそおならブー、おならブーだよ。

彼女がまた爆笑する。悲しい。僕はまた空を眺める。どんなに空を仰いだって僕には一点の恥もないんだよ〔尹東柱の最も有名な詩「序詩」による〕。正しいのはこっちだ。「木の葉は落ち、木の葉は土になり、木の葉に埋もれて」で正しいんだ。こんなことで言い争いになるのが悲しいし、わびしい。ゆっくりと、両膝に手をついて僕は立ち上がる。どうした、間違ってたからって、しっぽ巻いて逃げるのか？　こいつ、一度、どついてやろうか……しかし耐える。あいつと違って僕には名誉というものがある。ソウル近郊でマスコミ勤務をしていた身ですからな。お前の相手になるようなレベルじゃないんだよと思っていると、あいつが不快そうに僕のズボンの腰のあたりを触る。おむつ、してるか？　またしょんべん漏らしたのか？　イソンがまた爆笑する。

この乞食野郎。

居場所もない、金もない、ただめし食らいの分際で……こ、こじきだと？　と先にのど元をつかんだのはウンコピルだった。違うか？　と僕も胸ぐらを引っつかみ、あいつを胸の高さまで持ち上げた。ペンキを塗っていた作業員一人が僕たちの方へ走ってくる。両手にぐっと力をこめる。あいつの顔が真っ青になる。

アゲハチョウよ、お前も行こう

まだ怒りが収まらない。夕食を食べたあともまだあいつはあの話をしてる。老人たちをつかまえて座り込んでは、どっちが正しいかと三十分も騒いでいる。やたらに常識的、常識的という言葉を使い、常識的に考えてみろと老人たちにけしかける。すべからく自然の道理というものは……えっと……木の葉が積もったあとに土になるのが正しいよな。そうだよ、そうだよと頼りなさげな老人たちが何人か、僕の顔色を見ながらあいつの言い分に加勢する。こんなに愚かでいいんだろうか……ひとりでにため息が漏れてくる。さらに怒りが収まらない理由は……彼女の涙を見たせいだ。あのとき雰囲気が険悪になると、彼女がわあーんと泣き出したのだ。しまったと後悔が押し寄せてきたが、すでに覆水盆に返らず。いつのまにか僕も、手から力が抜けていった。彼女を泣かせるなんて……作業員たちが割って入ろうとしたがそんな必要もなく、僕はぺったりとベンチに座り込んでしまった。

あいつが許せない。休憩室に降りていき、娘に電話した。お父さん、どうしたの？　と言う娘にいきなり用件だけをぶちまけた。パク・インファン知ってるだろ？　知らなかったらメモしとけパク、イン、ファンだ。書店に行けばその人の詩集があるからな、それを買ってこっちに送れ。わかったか？　お父さん、何かあったのと娘が尋ねるが、何があったか言いたくない。とにかくまあ、たまには父さんの役に立ちなさい。そうだ、できるだけ早くな……頼んだぞ。部屋に戻ると奴がまだ老人たちと騒いでいるところだ。好きにふざけてろよ、お前らが埋められる日は遠くないぞ。背を向けて座り、僕はテレビを見る。映画チャンネルは何番だっけ……古典映画をよくやるチャンネルがあったんだが。

パク・インファンの詩集が届いたのは三日後のことだ。だが一度もその本を開いていない。開く理由がなかったうえ、開きたくもなかったのだ。ベンチで喧嘩した次の日、ドンピルが死んだ。脳卒中だった。あんなに健康だった奴が……と驚いたが、誰にもどうにもできないことだ。部屋に入ってドアを閉め、トイレに入って一人で泣いた。乞食云々と言ったのが、骨身に染みる後悔となってありありとよみがえる。一生、貧しかった友。飯を食ってものどを通らない。のどを通過させることができない。

あいつも彼女が好きだったんじゃないかと、初めてそう思った。だとしても不思議ではなかった。たぶんイソンは……みんなの初恋の人だっただろうから。そこに思いが及ぶと、あいつの言いがかりや難癖も僕は理解できた。だからってお前、こんなふうに逝っちゃだめだろう……遺体を引き取りに来たドンピルの息子に僕は、黙って詩集を差し出した。これ何ですか？　君のお父さんが生前好きだった詩集だよ。積もる木の葉に埋もれて曇った表情で、ドンピルの息子は即座に詩集を受け取った。一枚の木の葉が、また落ちた。やがて土になるだろう。歳月は過ぎ行き……昔の日々は残るだろうか、ここに僕の何が残るだろうか、あのガラス窓の外の街灯の影、そんなものが果たして、あるだろうか？　沈む夕日を眺めながら僕は思った。世の中の重力が西向きに働いている気がする。沈む夕日のように、僕も落ちるだろう。もうすぐだ。もう間もなく、行くだろう。

十月になって、しばらく控えていた外出をまた始めた。僕一人だった。憂鬱だったうえ、天真らんまんなイソンと目を合わせるのがどうにも恥ずかしかったからだ。よく休まれましたか？とか、ときには、お父さんと言いながら近寄ってくる彼女とも通常のあいさつ以外に会話をしなかった。星は遠くにありて思うもの。人間の手にかかればかかるほど、光を失ってしまうのだから。もう二度と彼女を泣かせることはすまい……二度と彼女を……失うまい。一人で思いにふけり、塀を越えてきた栗をいくつか拾って玄関に戻ってきたときだ。事務室がてんやわんやの騒ぎになっている。誰かが園長とひどい言い争いをしているのが聞こえた。舌打ちをしているキム君に、どうしたんだと訊いてみた。キム・イソンさんのことで問題がありましてね。え、イソンに何が？　事務室に来ている男はイソンの息子だった。キム君の話では、すぐに入園保証金を返してくれとごねているという。何で保証金を？　お母さんを退所させるから一千万ウォンの保証金を返してくれっていうんですよ。園長が政府補助の規定について説明しているところです。入所からまだ一年にもなってないのに。それで今……

目の前が真っ暗になった。どこからあんな勇気が湧いてきたのかわからない。気づいたらいつのまにか体が事務室の中に入っていた。キム……イソンさんの息子さんだね、君？　四十代後半の見知らぬ男がうなずいた。意外だった。漠然と、もうちょっと坊ちゃんタイプを想像していたのだが、疑り深そうな、世の荒波をさんざんくぐってきた顔である。君のお母さんとは幼馴染みでね、ずっと同じ地域で一緒に育ったんだよ。兄と妹みたいなものといってもそう間違いではないな。そうでなくても君とは一度会ってみたかったんだ……おせっかいをやく理由をこんなふうに言いつくろった。あ、はい、と言いながら目礼を返したが、グッと食いしばった口元には、何だこいつ？　とはっきり書いてある。私にもしも手伝えることがあればと思ってな……ちょっと話してみようじゃないか。君にも損はないはずだ。

何とも重苦しい現実だった。ネズミ穴ほどの小さなフライドチキンの店をやって細々と生計を立てていたのだが、突然、借金を背負ってしまったという。何でこしらえた借金だ？　ええと……あのですね。言ってごらん、それでこそ解決方法も見つかるんだから。ある日出前に行って、何となく成人娯楽室〔大人のゲームセンター。パチスロのようなゲーム機でプレイし、儲けは現金化できるが、換金は違法行為である〕ってところに行ってみた、初めは儲かったが、結局ギャンブルの沼にはまってしまい、二千万ウォン以上の借金を背負ってしまった、という、ことだった。それでお母さんの保証金を取り崩すっていうのかい？　他に手がないんですよ。園長の説明はこうだ——毎月の療養費も五か月滞納しており、弁済が不可避である、この場合は政府の補助金も返還しなくてはならない……それなのに頑として保証金を返せというんですよ……じゃあ、こうしたらどうかなと、考えた末に僕は提案した。僕が一千万ウォンあげるから、お母さんの保証金を僕の名義にするっていうのは……それはできませんよと園長がたたみかける。親族でなければ保証人にはなれません。縁故者がいなければいっそ、全額補助で住んでいただけるんですけどね。

眠れなかった。もう一日だけ考えてみようと言って席を立ったが、いいアイディアは浮かばない。まず、イソンの息子が信用ならない。無条件で金を出してやったところで、いつまた母親を捨てるかわからない。市場の中の半地下の部屋で、夫婦と二人の娘が暮らしているそうだ。イソンがどんな待遇を受けるかは火を見るより明らかだ。その上ギャンブルだなんて……いらいらして部屋を出ると、暗闇の中を誰かが徘徊していた。彼女だった。眠れないん……ですね？　尋ねても返事がない。返事をしない彼女がじっと窓の外を見ながらつぶやく。うちに帰らなきゃ……うちに……彼女の手を握って僕は言った。帰っちゃいけません、ここがうちですよ。ちがます、ちがますよ、と発音がおかしいので見てみると、何か口に入っている。何だろう？　どこで見つけたのか、紙だった。注意して彼女の口から紙を取り出していると、うっと涙がこみあげてくる。世間の嵐はまだ吹きつけてくるのに、僕には貸してあげられる傘がない。でも、もう嘘はつきたくない。彼女の部屋を目ざして、僕は彼女と手をつないだ。紙の傘のようなびしょ濡れの気持ちだったが、ささやいた。一緒に、おうちに行きましょう。僕の家も……同じ方向ですから。

余裕さえあれば君だって、お母さんを気持ちよく過ごさせてあげたいだろう？　イソンの息子がうなずく。理由がお金のことだけならね……今、お母さんが帰宅したらそれこそ最悪の状況になるよ。認知症ってそういうものだから……今後……大小便の問題を引き受ける自信があるかい？　今は一時的に対応できるとしても、状況がもっと悪化したらそのときはどうするつもりだね？　長患いに孝行はできぬ、金の前には壮士なしというだろう……私もよくよく考えてみたんだが……こうしたらどうだろうか。私がそのお金を無条件で出してあげる。そして保証金の名義を私の方に回すには……方法があるよ。偽の届出ということにはなるが、お母さんと私の婚姻届けを出すんだ。そうやって私も親族になって……毎月の療養費も先々、私が支払うことにする……君は気分がよくないだろうが、私は心からそうしてあげたいんだ。よく考えて判断しておくれ。お母さんだって、あといくら生きると思う。君はこれからも毎日、生きていかねばならない人間だけど、我々は日々、死んでいく人間だからね。

イソンの息子を正門まで見送る。あのな……くれぐれも、ギャンブルはやめなさい。はい、きっぱりやめました。これから頑張るんだよ。はい、肝に銘じます。本心か、上の空か、ありがとうございますとイソンの息子があいさつする。ご家庭の事情を聞くのは何だが……聞いてもいいかな？　ええ、どういったことでしょう？　お父様はどんな方だったのかね？　私もよく知らないんです、まだ小さいときに家を出ていったので……ずっと前に、済州島だかどこだかで再婚して暮らしているって聞いたことはありますが。そうか、お母さんもずいぶん苦労されたんだなあ……じゃあ、お母さんはどうやって生活してこられたのかね？　あ、ご存じなかったですか？　茶房を経営していました〔茶房は水商売の一種であり、売買春が行われることもあった〕。茶房を？　ええ、私がちょっと大きくなってからは長いこと飲み屋をやってましたが……飲み屋を？　はい。

山道を下っていくイソンの息子を見送ってから、振り向いた。スクーターの騒音が夕焼けをいっそう強く震わせる。たれこめる夕焼け、たれこめる宵闇……たれこめる人生。始まりも終わりもわからない、そのたれこめたものたちのただ中に、それでもまだ両足を浸けて僕は立っている。軽率な決定だっただろうか、あとで子どもたちに恨まれないかと悩んだが、後悔はない。一生、自分を犠牲にしてきた。自分にだって一度くらい、生きたいように生きる権利があるだろう。僕は、生きている。

最後に吸ったタバコのことは思い出せないが、あのとき手にしていたライターは覚えている。透明なプラスティックの使い捨てライターだった。ガスが全然ないのに、火花は散った。妙な気分だった。何度も何度も起こった明るい火花……今の私の人生がちょうどそんな感じだ。お使いに出たキム君から、三時ごろに戻るという連絡が入る。キム君が来たらすぐに、イソンと一緒に出かけるのだ。ひげを剃る。染めればよかったかなとつぶやきながら髪を整える。オールド・スパイスの香りが、ぱんと張った帆船の帆のように心をふくらませる。今日ぐらいは……おむつをつけたくない。さて、キム君のワゴン車が上ってくる。その音がもう、聞こえる。

異様なほど静かな気持ちだった。十分で婚姻届けは終わり、イソンさんと僕とキム君は一緒に区役所を出た。キム・イ・ソン、というその名前を私の手で一字一字、書類に記入した。何十通もラブレターを書いてはくしゃくしゃに丸めていたころには一度も書けなかった名前だ。Kへ……五十年前のラブレターはいつもそんなふうに、イニシャルだけで始まっていた。そして今日、そのKと僕は夫婦になった。肌を触れ合って暮らす夫婦ではないが、帰る家の方向は同じ、そんな夫婦だ。誰にとっても人生はわからないものだ。誰もが人生を生きているのに。

ものごとには順序がある。還暦を過ぎて、その頃合いがわかってきたといえそうだ。まずは電話で園長に感謝の意を表明する。とんでもないですよ、ハン先生としても重大なご決断でしたのに……と嬉しそうに言う園長に、冗談混じりで頼みごとを切り出すのだ。ほほう、まあ、今日は新婚初日ですからな……はい、キム君にも大変苦労をかけていますのでね……せっかくですからレストランに寄って一席設けさせてもらいたいんです……はい、それからキム君の車で帰りますよ、市内ですから……夕方のうちに帰れます。はい、はい。

生まれて初めて、ナマコとエビの炒め物というものを注文する。カニ入りのフカヒレスープも頼んでみる。うまい！　涙が出るほど、うまい！　川を渡ったら……死んだ妻にも絶対、ナマコとフカヒレスープを食べさせてやろうと決心する。ゆっくりね……よく嚙んで飲み込むんですよ、そうそう、一個ずつ。あたふたと料理に手を伸ばすイソンをなだめながら皿を空けていく。食事を終えて立ち上がると、かれこれもう六時を過ぎている。そしてキム君に、固辞するキム君に、ご足労代として小遣いを渡した。これはどうもありがとうございます、どうしましょうこんなに頂いちゃって……そりゃありがたいだろうけど……実は、どうしても行ってみたいところがあるからなのだ。

私が通っていた学校なんだ。一緒に一回りしてくるだけだから、そんなに遅くはならないよ。日が短くなっているので、もうあたりは真っ暗だ。イソンの手をしっかり握って、明かりがちらほら灯った運動場を横切る。講堂の横のあのベンチ、あの木の前へ……この木、覚えているでしょう？　何も返事はないが、約束でもしたように僕らはいちょうの木を見上げた。月の光か街灯か、その梢には幻が、青っぽい光の環が、消え去った我らの昔のようにぼんやりと巣をかけている。イソンさん……と僕はささやいた。僕の人生で初めて、あのガラス窓の外の街灯の影……のようなものを手に入れた気分だった。

まさにここで、あなたに会ったんですよ……そしてずっと……そうだったんです。わかりますか？　あなたは僕にとって星のような人でした……息が苦しいほど胸が高鳴る。天上の星々がいっせいに頭上に降り注いでくる。長い長い歳月だった。風が吹き、雨が降ったけれど、かつての日々はこのように僕の胸に残っている。ふるふると、木の葉の落ちる音がとてつもなく大きく感じられる。落ちて、土となり、また木の葉に埋もれて、そんな巨大な循環の中に、流れの中に、僕は二本の足を踏んばって立っている。めまいがした。僕の胸に秘めていたあの瞳、あの唇が、目の前に、あった、のだが

しまった

最悪だ。小便を……漏らしてしまった。何てこった……今日ぐらいはおむつをつけたくなかったんだ。この瞬間ぐらいは……我慢できるだろうと無理にでも信じていた。人生のいちばん美しい瞬間に、いちばんみっともない男になってしまった。ああ、あの瞳、あの唇の前で……泣きたかった。涙よりも熱い何かがズボンを濡らし、靴下を、靴を、この大地を濡らしているようだった。

す……すみません。

そしてどこからか深刻な匂いが漂ってきた。もしやこれは……想像するのもはばかられたが確かにこれは、この匂いは、大便と思われる。僕は首を振った、こんなことってあるか……何も予兆はなかったのに。ということはもう、それほど故障しちゃったというわけか。寂しさに、涙が目の前を遮る。イソンの視線を避けて、木の後ろに僕は隠れた。そして手探りでズボンの中を確認した。大便は……ない。ということは……足音を殺して僕は彼女の背後に近づいた。イソンは空を見上げて何か夢中でつぶやいていた。星を数える少女のようだった。季節が過ぎゆく空には秋がいっぱいに満ちており、そして匂いは……彼女のものだった。何をしてるんですか？　彼女の肩に手をかけてやりながら、僕は尋ねた。そして僕らは、一言ものを言わなかった。

丸を描こうとして　思わず描いた顔　それがあなたの顔　私の心とともに咲いてた白い夢　草の葉に宿る露のように　輝いていたあの瞳　まあるく　まあるく　円を描いて　去っていく　あの顔〔ユン・ヨンソンの一九七五年のヒット曲「顔」の歌詞〕

気持ちよさそうに、イソンが鼻歌を歌っている。自分の名前もわからないのに歌の歌詞は覚えているなんて、ただもう不思議なばかりだ。でも、不思議なことは一個や二個じゃない。また春が……春がやってきた。部屋で横になって、僕はイソンの歌を聴いている。もう六曲目だ。まあるくまあるく円を描いて、誰もいない集会室を徘徊してきた彼女が僕に近寄ってきて座る。足が痛いのだろうな、と僕は推測する。市がやっている敬老祭のやかましい音がここ、三階まで聞こえてくる。見に行きませんか？　と誘ってくれるソン氏に、体の調子が悪くてねと言い訳をして――いや、体の調子が悪いのは事実なんだ。春先の風邪をひいて、まだそれが残っている。イソンも座ったまま、ずずっ、と鼻をすすっている。

あたたかい。過ぎ去ったすべての日々が……昔、という一枚の写真に印画されたような春の日差しだ。みんな楽しい時間を過ごしているんだろう、アンプの振動が感じられ、僕は老人たちを思い浮かべる。僕、楽しんできてくださいねってみんなにちゃんと言えてたかな……わからない。よく思い出せない。冬を過ぎて、僕もちょっと記憶がぼんやりしてきた。誰もいないのを確認してから、そっとイソンの手の甲に手をのせる。手を握ろうとしたが、どうしたのだろう、手に、力が入らない。それでも構わない……そんな春の日差しだ。けだるくて、しきりと眠気に誘われる。最近はしょっちゅう、昼寝をする。昨夜も寝そびれたものな。イソンの手の甲をトントンしながら、僕はそっと微笑する。イソンはさらに無邪気になり、僕も少しは……無邪気になった。そうじゃないか、少年？　そんな声で全身を撫でてくれるような、春の日差しだ。僕はとうとう、目をつぶる。

ほらほら、こんな明るいところで眠ってしまって、どうするの？

イソンの声が聞こえてくる。ああもう、おかしいわよ……ちょっと、ねえ？　目を開けなくても、彼女の微笑が見える。あの瞳と唇が見えるようだ。お父さん……起きてちょうだい、ね？

イソンの手が肩を揺する。ごく短く目を開けて、また閉じる。一瞬だけ見えたこの世がまぶしすぎる。美しすぎる。

眠りが押し寄せてくる。

もう、本当に、寝る時間だ。

ルディ

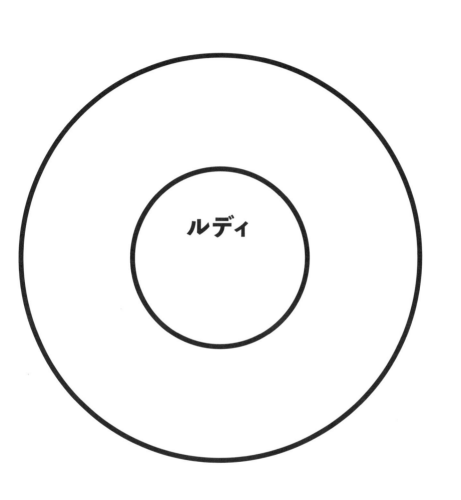

アラスカのパークス・ハイウェイを走ったことのある人は知っているだろう。車の運転がときに人を狂わせるということを。ケントウェルで朝食を食べ、無理にフェアバンクスまで車を走らせたのが失敗といえば失敗だった。何を見た、ボーグマン？　と自分に問いかけたなら、思いきり雹《ひょう》に降られたよと胸を打ちながら答えるだろう。山また山……川……道……木……空……うんざりするような目の前の山が、デナリなのかマッキンレーなのかももはや関心外だ。二時間くらい前からそうだ。それでも朝食を食べながら見たカーリングの試合を思い出し……もっと正確にいうならカナダチームのソードを見ているナンシー・コーウェルを思い出しながら、私は車を駆った。すごい緊張感でストーンを押している彼女のお尻を見ていなかったら、ケントウェルに着く前に私はうつ病になっていたかもしれない。

タイム・トゥ・イートでトーストを食べている間も、私が考えたことといったら次の二つだけだった。まさに自分のタイプであるナンシー・コーウェルのお尻、そして早くアンカレジに戻りたいという切実な思い。そうだ、と私はつぶやいた。ハンフィーズでサーモン料理でも食べて早めにニューヨークに帰ろう！　運転という暴挙をただちに再開したのはそのためだ。またもや続く山また山……木……道……眠気が押し寄せてきた。モミの木の間の道路をまるでスウィープ

〔原注・カーリングでストーンの進路に向かって氷の表面をこする動作〕するように風が吹いており、私の車はナンシーが押し出したストーンと同じくらいゆっくりとその上を走っていた。

その男が立っている姿は

遠くからも見えた。ローラ湖に沿ってまっすぐ直線道路が伸びており、およそ半マイル前からでも人が立っていることはわかったのだ。私は何度もあごがはずれるほどあくびをしている最中で、いっそ車を停めてしばらく仮眠でもとろうかと悩んでいるところだった。たるんだ姿勢で立っている男の手に……ライフルが握られているのも見た。単に、ハンティングをしに来た人なんだろうと思って気にもとめなかった。後ろは山と木ばかりだし……私はあまりに長く、アラスカの雰囲気に圧倒されていたのだろう。

バーン。

男が銃を構えたのは一瞬のことだった。銃声を聞いてブレーキを踏んだのも、撃たれていないのに撃たれたように気が動転したのも一瞬のことだ。銃口は明らかに私の車に向けられ、今や私を狙っている。ハンチングを目深にかぶった白髪の男だった。驚くほど無表情な顔と黒い小石のような目を見た瞬間、ももの内側が濡れていることに私は気づいた。小便だった。銃口の先が左右に動いた。ばかでもない限り、降りろという合図であることはわかる。エンジンを切って……

最大限に時間を引き延ばして私は車から降りた。真夏の道路なのにまるで雪道みたいに滑るな、と思った。必死で足に力をこめて、私は両手を挙げた。お願いだ、というようなことは言えたのだが、助けてくれという言葉は口の外まで出てこない。その瞬間、あたりの景色が驚くほど斬新で、神聖に感じられた。今さらのように、そう感じた。

漏らしたか？

と、彼が聞いた。私はうなずいた。うなずいたが、頭でうなずくというより、あごがガクンとはずれそうになる感じだ。下を見たらほんとにあごの骨と、よく揃ったインプラントの奥歯が落ちているのが見えそうな感じ。何て名前だ？　彼が尋ねた。ボ……ボーグマン。ミハ……エル・ボーグマン。奥歯のない人間みたいに私はつぶやいた。ドイツ人か、と男が唾を吐いた。いえアメリカ人です、と言ったが納得した様子でもない。スペアがあるだろ？　痰のからんだ声で男が聞く。あ、はい、と答えると、痰のかたまりを吐き捨てて奴が言った。交換しろ！　それでやっと、すっかりつぶれた右の前輪が目に入ってきた。落ちているあごの骨や奥歯が見えなくてまだ幸いだった。

ジャッキを設置して、私はタイヤ交換を始めた。その間、奴はゆうゆうとタバコを吸ったり、ぴっ、と銃口を私の後頭部に突きつけたりしていた。一台でもいい、お願いだから車が通ってくれないかと祈りつつ私は必死でねじを回した。終わったか？　と奴が聞く。ま、まだです。あいまあいまに痰のからんだ声が聞こえてくる。奴は作業を催促もせず、何も怖いことはなさそうだった。エスキモーとタンゴをどうたらという歌〔原注・アルマ・コーガンの歌「エスキモーとタンゴを踊らないで」〕まで口ずさんでいる。短い歌だった。作業はすぐに終わったが、車は一台も通らない。終わり……ましたと、私は言った。タバコを斜めにくわえたまま、奴はただうなずくだけだった。そのときになってようやくそいつをまともに見ることができた。運転席から見たときより背が高く、誰も似顔絵を描けないくらい平凡な顔だった。奴は私のまわりを一周回って、ズボンの尻ポケットから携帯を抜き出すと遠くへ投げ捨てた。


クソはしなかったのか？　と奴が聞いた。

はい？　びしょびしょに濡れたズボンをはいて突っ立ったまま、私は自分の耳を疑った。

クソだよクソ。したか？

あ……大丈夫です。

ここでしていけ。途中でぶつぶつ言うよりはな。

ほんとに大丈夫です。昨日の夜もいっぱいしましたんで（何でこんなことを言わなくてはならないのか）。

先にしとけってんだよ。

出ないです。ほんとです。

なに意地張ってんだこいつ、マジで（と言いながら銃を押しつける）。

いったい何が起きたんだろう。しばらく考えてみたがわからない。銃声と……そして突然ほとばしった血を見たが……わからなかった。ガソリンでもかけられたように、急に耳のまわりがかっかと火照ってきた。オーマイガー。手が耳に触れない。四十年以上その位置にくっついていた耳が……左耳が……スペアもない私の耳が……消えているのだ。私はその場にうずくまり、全身をがたがた震わせた。まぬけな動物の鳴き声みたいなものが私の口からゆらゆらして流れ出る。シィック、シィック、というような音も漏れ出てくる。あんまり長くしつこい泣き声なので、目いっぱい育ったサナダムシが一匹、口から這い出してきそうな気分だ。嗚咽がやむまで、奴は痰を吐いたり私をじろじろ見たりしていた。そして言った。ここでやれ。銃口が示す先は背後にある灌木の下だ。私はもう気力が萎えていた。よたよたと、二歩の距離にある雑木の前へ歩いていき、濡れたズボンをおろして座った。おかしなことだった。すぐに大便がもりもり出てきて、それは大変な量だった。

とにかく、と小汚い布切れを投げてよこしながら奴が言った。嘘は癖になるからな！　布からはむっとするような匂いが漂い、あちこちに油汚れがついていた。布の両端をきちんとたたみ、とりあえずきれいそうに見える部分で私はゆっくりと尻を拭いた。そして、もしや……と耳を探してみた。なかった。いったい何が起きたんだろう？　気を確かに持たなくてはと、私は奥歯を噛みしめた。落ち着けボーグマン、と亡くなった父さんの優しい声が聞こえてきた。片方の耳がなくなったこの瞬間にも……聞こえたのだ。ああああっ、と悲鳴を上げたあとでやっと、何が起きたのかがわかった。小さなウイスキーのびんを取り出したあいつが、耳が取れてしまったその場所に、小便でもするようにウイスキーをかけたのだ。私も父さんも、酒は大嫌いだったのに。

何で仕事を面倒にするんだ？　と奴が言った。

何が……ですか？　泣きながら私が尋ねた。

だってお前、腹ん中全部、クソだったじゃねえか。

知らなかったんです……本当です。

いつもそう言うんだな、と奴が痰を吐いた。

私は……空を仰いだ。

ズボンをはけ、ケツがひどい匂いだ。泣きながら、また息を切らせながら私はズボンを引き上げた。アンカレジで買ったアバクロンビー&フィッチのジッパーを上げた瞬間、ぼんやりと……ジッパーの金具に刻まれたヘラジカのマークを見たその瞬間、とうてい言葉にできないほどの羞恥心と憤怒がいっぺんに押し寄せてきた。なぜ、いったいどうして……考えれば考えるほど怒りがこみあげる。こんな目に遭うためにエール大学を出たというのか。そのために経済学を専攻して……きちんきちんと税金を納めたのか。動物保護協会に……それからニューヨーク経済人連合が主催した毛皮反対キャンペーンに私がいくら寄付金を出したと思っているのか……知恵を絞らなくてはと、私は思った。銃さえ奪えばいいんだ、銃さえ……と思うが、首と肩の間にひどい痛みが押し寄せてくる。何ぼんやり突っ立ってんだ？　奴の手だった。ニューヨークの証券街なんかじゃ百年勤めてもお目にかかれないような握力だ。私はまた悲鳴を上げ……奴が手を離したときは、もう鎖骨にひびが入ったような感じだった。右腕を上げることもできない。シィック、シィックという音がまた漏れてきた。耳が取れたときよりひどい痛みだ。いい加減な奴め、と痰のかたまりを吐き出しながら奴が言う。何が欲しいんだろう？　いったい何をしたいのか？　想像もつかない。ただもうグッ、グッと背中を強く押す銃口の指示に従うしかなかった。

また運転席に座らねばならなかった。奴は懐から拳銃を取り出し、悠々と後部座席にライフルを放り出すと助手席に乗ってきた。はーっ、とあいつがため息をつく。その間に私は横目で奴の様子を探った。同年代には見えるが、なかなか年齢が読み取れない顔だ。何よりもあの目……焦点の合ってない、異様なほどぎらぎらする両目が私は怖かった。またため息をつきながら、あいつが言った。

長い移動になることはわかってるだろ。

どこに行くんです？

また仕事を……面倒にするんだな、とあいつが拳銃をつきつける。

わ、わかってます。

わかってんのに……何で聞く？

こめかみに押しつけられていた銃口が徐々に離れていくのが感じられた。なすすべもなく、それでエンジンをかけた。落ち着けボーグマン……頭を使え！　ボーグマン……目の前の風景を見ながら私はひっきりなしに自分にささやいた。その瞬間何の理由もなく、狂おしいほどショパンが聴きたくなった。この狂暴な奴のもとから生きて帰ることさえできたらだ。私はぐっと唇を嚙んだ。夜が近づくと、アラスカの山がこれ以上ないほど陰惨に目の前に広がった。アラスカはどうですか？　頭を冷やすにはもってこいですよと言ったジェシカ・シムソン……帰ったらすぐにあのクソ女を解雇してやる。いや、理性を持つんだボーグマン。

どれだけ時間が過ぎただろう？　しばらく走ったのだが、奴は何も言わなかった。半分ぐらい窓を開けて、あいつはひっきりなしに咳払いしたり痰をせせりあげたりした。そしてタバコ、またタバコ……エスキモーとどうたらこうたらという歌……エスキモーとはタンゴを踊らないで、サウス・キャロライナの娘がアラスカのエスキモーとダンスをするの？　ノーノーノー、絶対だめよ！　いっそベネズエラの船乗りと踊った方がいい、エスキモーとタンゴなんてノー、ノー、ノ～～と呪われた歌を歌っている間にも、あいつはひっきりなしに咳払いしていた。もう気が変になりそうだ。腐った牛乳をコーンフレークにたっぷりかけて食べたらやっとまねできそうな声だ。そして歌が、ぶつっと切れた。奴は痰をせせりもせず、じろじろと私を見ているようだ。その視線が……感じられた。急に訪れたその沈黙がどんなに得体が知れず、恐ろしかったかわからない。奥歯がカチカチいう音とともに、金は、という言葉が私の口から思わず飛び出してきた。

いくらでも差し上げますから。

金？　と奴が聞いた。

はい、金！
金持ちか？
ニューヨークで小さい金融会社をやってます。こう見えても副社長です。
要らねえよ。
要らなくても差し上げます。助けてさえくだされば。
こめかみが痛いほど銃口を押しつけながら、奴が言った。
お前なあ……俺を、利子でからかって遊ぼうってのか。
違います、絶対違います。

涙と鼻水まみれのまま、私は泣きじゃくった。お願いですから助けてください。何をお望みなんです？……私はただ旅行に来ただけなんです。春に離婚して……あれこれ、いろいろありまして、ちょっと頭を冷やしたくて……休養が必要だったんです。実は不幸な人間なんです。お願いです、どうか……また肩が痛みはじめた。ぶるぶるとあごが震えるたびに、肩も一緒に弱々しくわなわな揺れるような感じだ。わかったわかった、その話はやめろ……いらいらしながら奴が言った。何がわかったっていうんだ、いったい……虚脱と恐怖が一緒に押し寄せてくる。そして耳が、いや耳があったところが……言葉でいえないほどひりひりした。銃口を収めて奴が言った。怖いか？　どう言えばいいかしばらく悩んだが、結局は事実を言った。怖いです。

それまでに対向車線を走って来るトラックを一台見かけたが、何の助けも求めることができなかった。大声を上げてもどうせ、隣の銃より早い助けは存在しないと思ったからだ。遠ざかるトラックを見ながら私は唇を噛んだ。ひどい悪臭が太ももから立ち上ってくる。小便が乾くときに放つ匂いだ。しっかりしろボーグマン、蜂のように目をつんと刺す匂いの中で私はまた唇を噛んだ。他の方法はないか、考えをめぐらせてみた。それっぽい映画では急ハンドルを切ったり、ブレーキを……しかしそんなことが現実に可能なのかどうかは疑問だ。隣の席の銃に比べたら救済は遠く……マジで、ニューヨークとかで……あの自由の女神の下とかで下敷きになってんじゃないのかと思った。それであんな一節があそこには刻まれているのか？

疲れし者たちよ
貧しき者たちよ
自由の息吹を求める人々よ
我に来たれ

エマ・ラザラスの詩を私は思い出した。なぜ救済は、苦難に沈む者のもとに来ないのであろうか。なぜ人々に、自分の足で歩いて来いと要求するのみなのであろうか……とにかく、まずはあいつの意図を把握しなくてはと私は考えた。なぜだ……いったい、なぜ？　それに、長い移動になるだなんて……いったいどこに行くっていうのか……わからない。怖いだろ、と奴がつぶやく。世を導くのはたやすいことではないからな……わかるだろ？　痰のかたまりをペエッとフロントグラスに吐きながら奴が言った。怖いのは俺も同じなんだぞ……それでも一緒に行ってやるんだからな。いや、高利で借金押しつけられてもってことだ。このガイキチ、と私は泣きながら心の中でつぶやいた。

怖いのを忘れるためにいちばんいい方法が何か知ってっか？　と奴が聞いた。
わかりません。
九九の暗唱だよ。やってみたことあるか？
ありません。
何てこった、そんな経験もないとはな。じゃあ、俺がまず質問するぞ。三かける四は？
……十二（何だよ、いったい）。
グッド。じゃあ俺に聞いてみろ。いくつでもいいぞ、ペッ！
二かける三？
六（ぶすっとした声だった）。ばかにすんじゃねえ、もちっと難しいのやってみろ。
すみません。六かける七は？
四十二だ。もっと、もっと、いくらでも行け！
九かける八？
七十八。続けろよ、いくらでも。
七かける九？
五十七。もっとだ、かかってこい。
八かける八？

七十二。どんどん行けよ、それでおしまいか？

十二かける八？

うーむ……百六！

おおー、と私は人差し指を上げた。勇気のいる行動だった。

ふふっ、と奴は笑った。

私も一緒に笑った。

どうだ、怖さが消えたんじゃないか？　奴が尋ねた。

肝っ玉がすわった感じです。一生で一度も使ったことのない言葉で、私は相槌を打った。

奴がからからと笑った。

私も笑った。まあいろいろ考えて……そうすべきかな、と思ったから。

笑うと、と奴が言った。

えくぼができるな？


そうですか？　と私は言って笑いを飲み込んだ。そして見た、奴の笑いを……何とまあ晴れ晴れした笑顔なんだろう、にきびを絞り出した跡とか、ボーイスカウトのバッジがないのがおかしいぐらいだ。それに、あの目尻のしわときたら！　怖くなくなるって本当にいいことだろ、な？　奴が聞いた。はい、と苦笑を浮かべたが、ほんとはお前が怖くて頭が変になりそうだ。何をやってる奴なんだろう。それに、なぜだ、いったいどうしてだ！　頭を使えボーグマン……私はまた心の中でつぶやいた。音楽でも聞きますか？　と私は問いかけた。いいな、と機嫌を直した声であいつが答えた。私はラジオをつけた。いちばん簡単に、はっきり聴こえるチャンネルに合わせると、ジョージ・ベンソンが聴こえてきた。歌を聴きながらさらに一時間

走ったのだろう。相変わらず痰は吐いてたが、奴は相当に気分がよくなったような表情だった。いくつかジョークを言ってみたりもする。私は必死で相槌を打った。いや、実は涙が出るほどそのジョークが嬉しかったのだ。言ってみれば「仕事」が、奴の言うところのその仕事が、比較的うまく進んでるという感じがしたからだ。少しずつ、私も安定を得ていった。違う、こっちだ！　道を教えるあいつの声もひときわ優しくなった。左手をハンドルに載せたまま、私はずっと話しつづけた。私が知っているいちばん面白い話を、また私が知ってるいちばん淫乱な話を……ぐっと関心を惹かれている奴の反応をうかがいながら、また頭の中では休みなく脱出のシナリオを描きつづけていた。頭を使え、ボーグマン！　父さんの声がまた聞こえてきた。ラジオからはダイナ・ショアの歌が流れており、二マイルぐらい先に建っている小さなガソリンスタンドの看板がかすかに目に入ってきたときだった。ところで今……と、奴が尋ねた。俺たちにいちばん必要なものは何か知ってるか？

突然の質問だった。

わかりません。

何だと？　と奴が私を見た。

あ、いえ、そうじゃなくて……
考えろってんだよ、ちったあ、考えろ！
奴がいきなり、痛む肩を銃でこづきはじめた。
ああっ、と悲鳴を上げたのも一瞬のことだ。
さっさとしろ！

さっさと！
さっさと！
さっさとだ！
三度目以降はシィック、シィックという声すら出てこなかった。

ハンドルに顔を埋めて、私は全身を震わせていた。ブレーキを踏む右足にもう力が入らなかった。徐々に滑っていく車の座席に座ったまま、私は危うく気を失いそうだった。頭を上げろ、この野郎。銃口を突きつけながら奴が言った。上げられない。最後まで仕事を面倒にするんだな。がっちゃん、という音が残ったもう一方の耳を貫通していった。最後の力を振り絞って私は頭を起こした。やっとのことでハンドルに手を載せ、ブレーキを踏んだ。私にわかっていることはたった一つだけだった。奴のその、呪われた「仕事」を面倒にしてはいけないということ。
あの顔は……地獄に行っても忘れられないだろうと思った。奴はじっと私をにらみつけて……

泣いていた。ぼろぼろと涙をこぼしながら、謝れ、と奴が言った。お前が考えなしだから……これっぽっちも考えというものがないから……こっちは不安で生きた心地もしないじゃないかこの野郎、とも言った。本当に無念で耐えられないという顔だった。主よ、と私は心の中で祈った。

すみませんと私は言った。しっかりします、とも言った。死後もこの記憶が残っているなら、地獄のどんな悪魔でもやわに見えるだろうと思うほどの顔だった。いや、ひょっとして悪魔の顔も実はすごく平凡なのかもしれないと、痙攣しながら私は考えた。いつも同じことを言うんだな……と、辛そうにつぶやきながら奴は痰を吐いた。フロントグラスではなく私の顔に向けてだ。大量ではなかったが、硫酸をかけられたのと同じぐらい魂が痛む。私が悪かったんです。と痰を拭きながら私は力なくつぶやいた。お前の言うことは全部言い訳だって覚えとけよ、このクソ野郎！　もう一度痰を吐きながらあいつが言った。マイルス・デイビスの演奏が始まっていた。

座席に背中が貼りついたようにまっすぐな姿勢をとったまま、私は身動きもできなかった。すべての意志が消えたような感じだ。ゆっくりと、煙でいっぱいになるまで口にくわえたタバコを吸いながら、あいつも黙って前方を凝視しているだけだ。風が吹いてきた。エイミーとイネド。二人の娘の顔が目の前にちらちらする。エイミーが五歳、イネドが三歳のころも思い出す。小さなプールがついた庭と……ホースで水を引いてやって水遊びをした記憶も思い浮かぶ。ほんとに可愛い子どもらだった。そしてまだ……父さんが生きていたころだ。どことも知れない見知らぬ

路上で、私は初めて死を直感していた。ショパンが聴きたかった。タバコをくわえたまま

だしぬけに奴が、地震〔原注・一九六四年に起きたアラスカ大地震のこと。震度九・二の強震であり、イエスが十字架につけられた時間を記念する聖金曜日に起きたため、グッド・フライデー地震と呼ばれることもある。北米史上、記録が残っている中で最大の地震〕の話をまくしたてはじめた。要約すると、小さいときに大地震を経験し、そこから生き延びた赤ん坊だったというのだ。それがどうしたっていうのか。私は返事もしなかった。のこぎりがあったら自分で自分の腕を切り落としたいほど肩が痛かったからで、救済されてどうしたとかこうしたとかいう話など耳を傾けたくもなかった。奴は完璧に狂ってる。どうせ私の命は、努力とも、またあいつの気分とも無関係なんだと思った。徐々に暮れてゆく空を見ながら私は、必要なのは「運」だけだと思いを固めた。

救済されたことはあるか？　奴が聞いた。

私は首を振った。

みんな、俺を「神の子」と呼んだよ。

……

選ばれし者の苦しみを知ってるか？　また奴が聞いた。

知りません。

いずれわかる。神が俺を選び……俺はお前を選んだんだから。

このガイキチ、と私は心の叫びを上げた。

もう一度考えてみろ、俺たちに必要なのは何かを。

水とか……水を一杯だけ飲めたらいいんですが。

水か……けっこう近いぞ。そうだ、俺たちには油が必要だ。

つまり奴は……ガソリンを入れようというのだ。涙が出てくる。血よりも濃い、粘っこい涙だった。ガソリンのために……たかがガソリンのために片腕をなくしただなんて。感覚が消えた右腕を私は触ってみた。気味の悪い、ぐにゃぐにゃしたシリコンの義手を触ってるような気分だ。それでも、と私は自分に言い聞かせた。人間には医学がある……骨が粉々になっても方法はあるだろうと自分を慰めた。なくした耳も、どうにかして復元はできるだろう。何より、自分には金があるのだからと、奥歯を噛みしめながら私はうなずいた。生きなくてはボーグマン、という父さんの声が矢のように飛んできて耳に刺さるようだ。ほら、見えるだろ？　ぺっと痰を吐きながら奴が言った。豆粒ほどのガソリンスタンドの看板を見ながら、私は力なくうなずいた。ところでなあ、と奴がつぶやいた。これ以上ないほど低い声だったが、とんでもなくはっきりした声だった。何でそんなにしょっちゅう泣くんだ？　いい大人が。ぼんやりと窓の外を見ながら……わかりません、と私は答えた。

降りろ。

できて二十年は経っていそうだ。まだこんな後払い制のガソリンスタンドがあるとは信じられない。もちろん、こんなところに自分がいるという事実も……こんなガイキチのせいで一生残る障害を負ったという事実も信じられない。ガソリンは切れていないが、とにかくあいつのために給油はしなくちゃいけないだろう、そして可能なら……精算所の従業員に自分の状況を知らせることが先決だと思った。へたに叫んだり、サインを送ったりするのは危険だ、あいつに気づかれないように、こちらの状況を知らせるいい方法はないか……私は知恵を絞った。ガラス越しにちらっと二人の従業員が見えたが、そのうち一人はテレビに夢中だった。頭が割れそうだ。レギュラー、プラス、スーパー。少なくとも目の前の三つの選択肢よりは多様な手を考えておかなくてはならない。それがどんなに無意味な悩みだったかがわかったのは一瞬後だ。いやごきげんよろしゅう、という感じで精算所に入っていったあいつを見、

ただの一言もなく虐殺が始まるのを見なくてはならなかったのだ。本当に人を殺す場面を見たのは初めてだ。奴は機械のように正確に胸、頭、胸、頭と狙い撃ちし、倒れた人たちの胸にもう一発ずつ撃ち込んだ。なぜ、いったい、なぜ？　と思う暇もない。私が死んだのではなかったが、自分も一緒に死んだような気持ちだったし……私が殺したんではないのに、自分も誰かを殺したような気がした。悲鳴が飛び出したのはむしろしばらく経ってからのことだ。悠々と歩いて出てきたあいつが、凍りついている私の手から給油機を取り上げてガソリンを入れはじめた。ガソリンが満タンになり……だらだらあふれても奴は給油をやめなかった。そのときになって悲鳴が飛び出した。奴は全く意にも介さなかった。片手に拳銃、片手に給油機を持ったまま無言で給油に熱中するのみ。ガソリンは広々としたスタンドの床に流れ落ち、私はしばらく叫びつづけた。病気のホルスタインの鳴き声みたいだったその声は徐々に、牛のおならみたいなものに変わってい

った。
ブーツのかかとが浸かるほどガソリンがあふれて初めて、奴はこの、地獄の給油作業を中断した。それまで私は魂が抜けたように精算所の中を見回していた。何てこった、二十三歳？　二十四歳？　ぐらいの青年だ。他のもう一人は顔がよく見えなかったが（血だらけだったので）、肉づきのいい体と腕の毛を見て、それよりは年がいってることがわかった。おお、主よ……私は嘔吐した。どうして……なぜ？　憤懣をぶちまけても無駄だった。何やってんだ？　とあいつが銃をちょいと動かした。またしてもあごをぶるぶる震わせながら、私は奴の前まで歩いていった。足りなくないかな？　真剣な顔で奴が言う。じゅ、十分です。二、三回首をかしげてから奴は、ぽん、とオイルキャップを投げてくれた。地獄のドアを閉める心境で私はすすり泣きながら栓を閉めつづけた。ガソリン代はあるのに……金出して買えばいいのに……思わずそんな言葉が口からこぼれ出る。呆れたというように、奴はもう一度首をかしげた。

何言ってんだあ？
ガソリンはこうやって手に入れるもんだ。

何も考えられなかった。音楽も耳に入らなかった。目を刺すような悪臭と痰をせせる音……暮れゆく西陽を眺めながら、私はアラスカの空を呪った。はるか昔に奴を飲み込まなかった大地を憎悪し、自らの運命を恨んだ。一挺の銃ですべてを失わなければならない人間の弱さと神の無情さを嘆いた。今、ここはどこなのか、そしていったいどこへ向かっているのか……無言で流れる川に沿って、車は走っていた。父さんの声ももう聞こえない。目の前にはただ真っ暗な山が見えるのみ。雄壮な、巨大な山だった。そしてその下に、途方もなく小さくかすかな人間たちの明かりが見えた。近くまで行ってもさほど大きくはない、田舎の個人経営のドラッグストアだった。依然として隣に座って拳銃を突きつけたまま、悪魔がささやいた。おっと、そういや、お前

水が欲しいんだろ？

心臓が止まりそうだった。違います要りません。私は叫んだ。要るって言ったじゃねえか？痰をせせりながら奴が言った。お、お願いですから……ほんとに必要ありません！　鼻水が涙を誘って一緒に流れてくる。困ったもんだなとあいつが言った。何だってそう……俺を人情のない人間に仕立て上げようとするんだ？　人情があふれ返ってどうにかなりそうだという顔をして、奴はもう弾倉を交換していた。かちゃっ、と銃口が再び私の額を狙う。広々とした駐車場の片隅に私は車を停めるしかなかった。私はもう疲れていた。いや、狂っていたと言っても過言ではない。私が買ってきます。一分もあれば大丈夫です……いえ、三十秒……頭を垂れて私はすすり泣いた。また仕事を面倒にするんだなとつぶやきながら、あいつは余分な弾倉までポケットに入れていた。降りろ！　奴が言った。エンジンを切ったその瞬間、魂のエンジンも一緒に切れたような気持ちだった。

今度は私を先に立たせて行った。入れ！　という奴の声が聞こえはしたが、ガラスのドアの前から一歩も踏み出すことができなかった。陳列台の近くを行ったり来たりしている五、六人の人々が見えた。レジには、法律が存在しない世の中でも正しく生きていけそうな顔をしたおばさんが座っており、彼女と話している二人のおばあさんが見えた。めがねをかけなおしている背中の曲がったおじいさん……ひげもじゃの太った男の人……そして何てこった、母親と手をつないだ小さな子どもがいた。私はとうていこの平和な世界のドアを開けることができなかった。くっ、と奴の銃口が背中を強く押した。ああ、お願いだから……もうやめてくれ……首を振りながら私は嗚咽した。その瞬間、ひげをたくわえた男と目が合った。片方の耳がなく、どこから見ても血みどろの私の姿に驚いて目を見張る彼が見えた。奴に腰を蹴られたのを感じたのも、そのために倒れ込むようにしてドアを開けて入ってしまったのも、すべてが一瞬のことだった。逃げて！　私は泣き叫んだ。

誰も逃げ出せなかった。そして誰にも抵抗する力がなかった。響きわたる銃声と、噴水のようにほとばしる血……子どもの手を離してあっけなく倒れた若い女性……無意識のうちに私は子どもを抱きしめてうずくまった。奴に背を向けて、そしてまた小便を漏らしてしまった。奥歯を噛みしめた。私も撃たれたのではないか……びしょびしょと靴を濡らしているこれも実は小便ではなく血なのではないかと思うと、つぶっていた目を開けることすらできなかった。あいつが歩き回るカツカツという足音……何かがぶるぶる震える音……再び銃声……そしてあたりはすぐにしんと静まり返った。悪魔の銃の前で、人間はネズミ以上でも以下でもなく、本当に巨大なネズミのように私は恐怖に震えていた。トントン、と奴が銃口で私の後頭部を叩いた。懐に抱きしめた子どもの息遣いを感じながら、私はありったけの力を振り絞って後ろを振り向いた。ほら、水！と突き出すあいつの手には小さなミネラルウォーターのボトルが一本握られている。そのときになって子どもが泣き出した。

どけ、とあいつが言った。おお主よ、私の口から慟哭がほとばしり出た。子どもを抱きしめて私は奴に訴えた。何も知らない子どもですよ、お願いだ……やっとあんよを始めたばかりの子どもなんですよ！　タバコを取り出してくわえたあいつの目には、いかなる動揺も慈悲心も見当たらない。奴のブーツが、折れた肩の上にハンマーのように振りおろされた。裂けんばかりに口が開いたが、声が出ない。私はもんどりうって倒れ、こともあろうに奴のブーツで顔を踏みにじられる苦痛に耐えねばならなかった。がっちゃん、と弾倉を替える音が上の方から聞こえた。その音はまるではるかな空の上から聞こえてくるようだった。どうぞ救済を……と私は祈るようにつぶやいた。左腕で奴の足を抱きしめたまま泣き、しゃくりあげ、叫んだ。あなたも言ってたじゃないですか？　地震も……倒壊したビルも、赤ん坊ぐらいは助けてくれたって……お願いだ……だからお願いだ……奴はしばらく私を見おろし、救済？　と聞き返すと首をかしげた。神の子の……ことですよ。必死の表情で私はこの、引き裂いて殺しても足りない「神の子」を見やった。母親の死体のそばで、人間の子は店が吹き飛ぶほど泣いていた。

もう一度私を前に立たせて

奴は、なぜかそのまま店を出た。汗と血と……涙と鼻水がこびりついた顔で、私はミネラルウォーターを引き寄せた。歩いていくにつれて、子どもの泣き声もだんだん小さくなっていった。お前のせいだぞ、と暗闇の中で奴が言った。聞き返すのも嫌だし言い返す理由もなかった。水をそんなにがぶ飲みするから、毎日、小便漏らすんだよ……いい大人がなあ。いい大人を前にして気のふれたあいつがつぶやく。飲んで飲んで……漏らして漏らして、また漏らしやがって……誰かが私の左手のミネラルウォーターとあいつのピストルを取り替えてくれたら、私はあいつの心臓に弾丸を撃ち込んで死体に小便しまくってやるんだが。開いた口に……痰でいっぱいのあの口の中にしこたま……いや、それでも足りない。あいつの目玉をくり抜いて……

異様なほど、恐怖が消えた気がした。そして、どうせ結局あいつは私を殺すのだという思いがよぎった。エスキモーとタンゴを踊らないで～というばかげた歌をまた聴きながら、私はほとんど生きることを諦めた状態だった。主をなくした車たちを通り過ぎ……地獄のレンタカーになってしまった闇の中の車に向かって、私は一歩一歩足取りも重く進んでいった。いっそベネズエラの船乗りと……で突然、奴は歌うのをやめた。不吉な空気が、今はある程度予感できるようになったその空気が後頭部をくすぐりはじめた。そうだ、撃てよと私は後ろを振り向きもしなかった。震えもせず、もう命乞いをする気にもなれなかった。ところで……とあいつは一人言を言った。エスキモーじゃ……なかったじゃないか。

銃声は鳴らず、その代わり店に向かって走っていく奴の足音が聞こえた。おお、主よ！　心変わりしたあいつが何をやらかそうとしているのか……何をもってこの事態を締めくくろうとしているのか一瞬でわかった。全身の力が抜けていきそうだった。だが私に何ができるというのか……しっかり覚悟を決めろボーグマン！　暗闇の中でまた父さんの声が聞こえた。そうだ、と私は目がぱっちり開いたような気持ちになった。少なくとも私に関する限り、あいつは失敗したというわけだ。歯を食いしばって、私は車の方へと駆け出した。ドアを開け、ありったけの力を振り絞ってエンジンをかけた。そのまま車を出して走り去っていたら、私の人生はどんなに違っていただろう。後部座席に放り出されたライフルを発見したのは、どういう運命のいたずらだったのか。

銃声が聞こえた。

アクセルを踏まずにライフルを手にしたのは、おそらくあの銃声のせいだったのだろう。ごめんよ幼な子よ、と涙を飲み込んで、私はライフルの状態を確認した。まだ何発もの弾丸が手つかずで残っていた。奴がこっちへ歩いてくる。真っ暗な車の中で、私はライフルに弾丸を装塡した。銃身を太ももに乗せ、体重を乗せた右腕で押して固定させる。念のためにサイドギアを軸にして反動も減らしてやるつもりだった。背筋を汗が流れ落ちる。儲けた分だけ、借りを返すんだ！　父さんの声が聞こえてくる。利子はどうします父さん、と暗闇の中で私はつぶやいた。ドアの前で、奴は一度痰をカーッとせせりあげたあと、どろどろのかたまりをぺっと吐いてから、がったんとドアを開けた。手を挙げろこの野郎、と私は言った。

室内灯がついたので、奴の顔をよく見ることができた。真っ黒な瞳を二、三回ぱちぱちさせると、奴は黙って両手を挙げた。銃はいつ捨てるんだ？　ときどき社員たちに言っているジョークのような言い方で、私はあいつをからかうようにせきたてた。いじらしいような微笑を浮かべてあいつは銃を下に落とした。足はどうしたんだ……遊んで月給もらうつもりか？　私の肩を踏みつけにしていたブーツのかかとが、落とした銃をガツーンと後ろへ蹴飛ばした。名前は？　と私が尋ねた。ぼんやりと空中を見ていたあいつが、ルディ……とつぶやいた。私は奴の名前を呼ばなかった。そして私の意志を……固い意志を指に反映させた。おさらばだこのクソ野郎。

ダーン。

右腕が使えないせいか、弾丸は奴の腹を貫通した。ざーざーと血が流れ落ち、奴の体がびくびく動く。倒れはしなかったが、あいつは自分の腹を見おろして少なからずあわてている様子だ。おお、うまくいったのかもしれないと思いながら、私は再びあいつの心臓に狙いを定めた。痛いか？　と私は聞いた。あいつはゆっくりと私をにらみ、ひっ、と気分の悪い微笑を口元に浮かべた。言ってみろこの野郎、と私は叫んだ。あの人たちをどうして殺した？　罪もない子どもを……なぜ殺したんだよ？

弱いからだ……

いつもそうだったじゃないか?

あいつは、いっそ呆れたという表情を浮かべてみせた。クソ野郎! 私はそっと引き金を引き、今度は正確に奴の心臓に命中させた。がくっと一歩後ずさりするとき、あいつは痙攣していた。真っ黒な血がほとばしった。あ、あ……と言いながら奴はしばらくよろめくと……また重心を取り戻した。このガイキチ、と言いながら私はもう一発撃った。ものの肉が一かたまりほど吹っ飛ぶのが見えた。次の一発は外れ……もう一発はまたあいつの腹を貫通した。シィック、シィック、と変な音のようなものがあいつの口からも痰のように漏れて出てきた。しかしあいつは倒れなかった。いや、一度よろめいたが、銃を取ろうとして歩き出した。こ、このガイキチ……と私はガイキチのように引き金を引いた。二、三発は外れ、二、三発は的中したが……どこに当たったのかはわからない。ちょっとの間、ほんとにちょっとの間痙攣しただけで、奴は腰をかがめ……血とか、はらわた……みたいなもの……そんなものがちょっと出て……ちょっと……流れて……銃を拾った。がっちゃん、と新しい弾倉を取り出し……交換した。それでおしまいだった。もういくら引き金を引いても、がっちゃん、という以上の音は聞こえてこなかった。ライフルを握った手をがくがく震わせながら、私はアラスカを揺るがすほどの長い長い悲鳴を上げた。

*

私は生きている。

いや、奴が私を殺さなかったという表現が正しいだろう。あいつは苦労して助手席に乗り込み、役立たずになったライフルを奪い取るとまた後部座席に放り投げてしまった。そして何度か、もう痰と呼ぶのもためらわれる痰を吐くだけだった。目を開けたまま、死んだ獣のように、私はその横でじっとしていた。じっとしたまま、生きていた。そして奴も……生きていた。痰だか血の混じった唾だかを思いっきり吐き出してから、ふっ、と鼻で笑った。何だよ？　何であんなにいきなり、と暗闇の中であいつが言った。

いきなり、保安官ごっこなんかやるんだよ……

それでおしまいだった。まだ拳銃を握ってはいたけれど、狙いを定めもしなかった。そろそろ行かなきゃな、と奴が言った。何も考えられず何も言わず、私はエンジンをかけた。果てしない闇……闇と道……あいつから逃げることはできないと、目の前の暗闇が教えてくれた。ここがどこなのかも、どこへ向かっているのかも不明な運転がそうやって続いた。山道を走ってもう一時間ぐらいになる車内で、奴が言った。音楽でも……聴くか？　死んだふりをしていたが起きた獣のように、私はラジオをつけた。ラブ・ミー・テンダーが流れてきた。

ずっと、優しく愛しておくれ
心の奥底で思っておくれ
帰るところは君の心さ
二人に別れは、ないんだから

僕の夢はすべてかなった
僕の恋人、愛する君
とわに、とわに愛しつづけよう

ルディ……と私は口を開いた。唾が乾いて唇がよく開かない。奴は何とも返事をしなかった。血と痰と……唾と小便が乾いていく匂いで、車内はそれこそ地獄の下水溝みたいな感じだ。悪魔たちのクソがずっとずっと……積もって腐り、アクセルを踏む足首を濡らしながら水のように流れていく感じだ。ニュージャージーの家のことも……ニューヨークのオフィスのこともう思い出せない。父さんの声も……そうだ、父さんはもうずっと前に亡くなったんだし。なあルディ……と、唾で唇を濡らしながら私はまた尋ねた。

お前……何者だ？

知ってんだろ？　と奴が言った。それ以外の単語がついてこない、それでおしまいの答えだ。何を……何を知ってるっていうんだ？　あいつはがさごそとベストを手探りしていたが、携帯を取り出して番号を検索しはじめた。しばらくして、発信音の鳴っている電話が右耳にぴったりくっつけられた。何だ？　そして何てこった！　電話を取ったのはジェシカだった。休暇中にどうなさったんです、まさかもうお帰りじゃないですよね？　しばらく言葉を交わしたが、耳を疑わずにいられない。ジェシー、何で君が？　会社に電話なさっておいて「何で」ですって？　片づけなきゃいけない案件があって、この時間まで一人で残ってたんですよ。ちょっと唇を噛んでから私はまた尋ねた。君、ルディって男を知ってるか？　アラスカ行きを勧めたのは、誰が何と言おうとこのジェシカだった。

ルディ？

初めて聞く名前ですけどね。だろうさ、と私は心の中でつぶやいた。考えてみればジェシカも、誰劣らぬ野心の強い女なのだ。今、ルディと一緒にいるんだけどね、と私は伏線を張ってみた。ルディが君を知ってるって言うんだが？　苗字まで教えていただければ探してみますよ。えーとルディ・……と言って私は奴を見つめた。ウォータース……ルディ・ウォータース、と奴がにやりと笑いながら言った。ルディ・ウォータースだ。漠然と探さないで、うちと関連のあるところを調べてみてくれ。わかりましたよという声が聞こえてきたのは十秒も経たないうちだった。

ルディ・ウォータース。一九九一年三月から十二年間勤務してました。
そんなはずあるか、私は知らないよ。
ご存じのはずないですよ。外注の清掃スタッフでしたから。
外見はどんな感じだい？
何ていうか……普通です。
もしかして、解雇とかされたのか？
いいえ、自分から……

電話を切ったのは奴だった。かえって頭の痛いことになってしまった。私は清掃スタッフを苦しめたことなどないし……清掃スタッフと接触する職階でもない。そのうえ……心臓に銃を撃ち込まれても死なない清掃スタッフを雇用した覚えはない。そんな人間がいるという話すら聞いたことがない。私がお前に何か悪いことをしたか？　単刀直入に私は聞いてみた。目の前の道はだんだん暗く、狭く、急になっていく。何かしたっていうよりは、と奴が暗闇の中でつぶやいた。

月給、くれたよな。

お前……ほんとに、何者なんだ？　車を停め、両目をぎゅっとつぶったままで私は奥歯を噛みしめた。わかってるくせに……と同じ答えを奴はまたくり返す。そしてぐっと、銃口をこめかみに押し当ててきた。アクセル踏めよ……遠くまで行くってことはわかってるだろ？　このガイキチ……と私も暗闇の中でつぶやいた。再びアクセルを踏んだのは生きるためではない。単に、頭が割れるより、そうする方がはるかに易しかったからだ。暗い山道をまた私は上って、上って、上らなくてはならなかった。楽な道ではなかったが

ずっとずっと、永遠に走らなくてはならないとおぼしき道だった。もうラジオも入らなかった。さらにどれほど走ったのかも、これからどれほど走らねばならないのかもわからない。何を考えても結局考えの筋道がこんがらがってしまい、私が納得できる事実はたった一つだけだった。私が今ルディと一緒だということ……それがすべてだ。いや、実はそれも自信を持って言えるわけではなかった。しばらく同じ建物で働いていたルディは人間だったが、今私の隣に座っているルディは……

どうだかわからないのだ。急に空気が希薄になってきたことを感じながら私は尋ねた。あとどのくらい走るんだ？　ずうっと……走るんだよ。はみ出したはらわたをいじりながら、奴が言った。小便がこびりついたももや睾丸のあたりがかゆくて耐えられない。悪臭はすでに車内のすべてを飲み込んでおり、このまま何もかもが腐乱していきそうだ。どうしようもないじゃないか？と奴が言った。最後まで行くしか。このガイキチ野郎、と私は唾を吐き出した。道の右側は切り立った崖だ。冬でないのがまだしも幸いというわけだ。

私には信仰があるんだ。心の中で祈りを捧げながら私は言った。
そうだな、教会に行ってるって近所じゅうにほら吹いてたな。
理由は何だ？　本当に、何のためだ。
誰にしたって……ちゃんとした理由なんかあるのかね？
クソ野郎！
俺はただ……とあいつは言った。お前らを平等に憎んでるだけだ。
なぜだ……どうして私が！　私は泣きじゃくった。
お前も俺たちを平等に苦しめたからな、とあいつが言った。
また涙が流れてきた。

道の果ては切り立った絶壁だった。急に空が明るくならなかったら、進入禁止の標識も見えなかっただろう。ぱっと開けた絶壁の端で、私は車を停めた。オーロラだ。青みを帯びた……緑色の巨大な閃光が、ここがどんなに高く険しい場所なのか気づかせてくれた。走れ、と奴が言った。目の前の壮大な眺めをじっと見つめながらアクセルを踏むほどのばかではない。これ以上は……行けないよ。私は力なくつぶやいた。行け！　銃を肩に振りおろしながら奴が叫んだ。もう苦痛も感じられない。悪魔の目をじっと見ながら、殺せ、と私は言った。行けと奴がもう一度叫んだ。私は黙って首を振った。

ダーン。

熱くて固いものが私の額を撃ち抜いて通過した。ぐらり、と首がひどく後ろへ折れたが……私はまたゆっくりと、頭を上げることができた。額に開いた小さな穴を……私は黙って触ってみた。後頭部にはよもや手を触れる自信がなかった。近くから聞こえるどくどくという音は、片耳でも十分に聞こえたから。

行け、と奴がまたささやいた。
簡単に終えられる「仕事」を……何でずるずる引っ張るんだ？　私は尋ねた。
終わりがないから……だよ、と奴が言った。
それと、俺たちは

ランニングメイトだから……とも奴は言った。頭の中がどうかなっているのか、他には何も込み入ったことが考えられない。今、私にわかるのは、依然として一つだけだった。私がルディと一緒だということ、

そして永遠に
私たちは一緒だということ。

ビーチ
ボーイズ

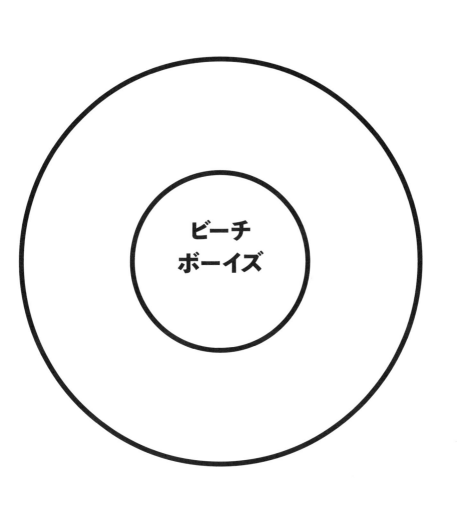

ドキュメンタリーとは全然違うね、と材吏《ジェイ》がつぶやいた。だな、とエリックもうなずいた。サーフィンなんかとてもできないやと僕は思った。金《キム》は何も言わなかった。

それが、初めて海を見た僕らの感想だ。とぼとぼと、誰が先ということもなく僕らは車に戻った。少しの距離だったが地面には砂利が敷かれてて、みんなしかめっつらで、何か疲れた感じだった。ジェイと僕はタバコをくわえた。エリックの車は、足元に見える僕らの短い影法師たちが乗るのにも狭すぎって感じの小型車だ。蒸すなあ、ほんとにとミネラルウォーターのふたを開けながらエリックがつぶやいた。エンジンをかけた車が冷めるまで、僕らは紫外線の中にむき出しのままで待った。

疲れた。

こんなに人が多いなんて想像もしてなかった。バカンスシーズンだからな、と金が言うまで僕はずっと不満たらたらだった。そういやバカンスシーズンだったんだな。僕だけ知らなかったのか？　と思ってると、ほんとだねとジェイがつぶやき、水をごくごく飲んでいたエリックも、だよなとうなずいた。つまりバカンスシーズンだってことを知っていたのは金だけだという事実が明らかになった。駐車料金を受け取る係のおじさんが、フェンスのむこうからアーメンと大声を出した。

よそ行っても同じなんだろ？　吸い殻をぽんと捨てながらジェイが言った。ジェイの性格は「強力な指導者」だ。まあな――そうだろ、と金があいづちを打つ。どこ行ったたっておんなじさ。金は「温和な調停者」だと思うが、「人並み外れた夢想家」であるエリックまでそんなことを言いだすので、僕は突然やる気をなくしてしまった。じゃあサーフィンは、だめなんだね。ジェイが投げたのと同じ方向へまた吸い殻を投げながら僕はそう叫んだ。僕は自分を「慎重な現実主義者」だと思ってるんだけど、それにしてもなあ。

僕らは車に戻った。影法師まで一緒に乗ってるみたいに狭苦しい感じだが、それでもエアコンのさわやかな空気はすごくいい。あー生き返るー、とエリックがつぶやく。密閉された小型車の中で海岸を見ながら、僕らは似たりよったりの感情に浸っていた。何が大自然だよ？　人の方がずっと多いのに。ジェイが耐えられずくっくっと笑う。鉄条網のむこうの白い砂浜で、一瞬、目がくらっとするほどの反射が起きて僕はめまいを覚えた。もう一度、アーメンという声が耳をつんざいた。こんな蒸し暑さの中でアーメンなんて、どんな理由であれ、「几帳面な努力家」でないわけはないなと僕は思った。

お前ら、クライン・ナッツ〔Kポップアイドル。四人のメンバーが軍隊に同時入隊したことで話題になった〕かよ？　と言われたときも、実は誰も海なんか行く気は全然なかったんだ。しばらくそんなこと言われててずっと嫌だったんだよな、理由は僕ら四人が同時に徴兵通知書を受け取ったからなんだけど。クライン・ナッツだって、いいじゃーん、と金とエリックは軽く笑い飛ばしてたけど、僕は違ってた。僕はめっちゃむかついていた。世間ってこうなんだよな。同伴入隊〔友人や知人どうしで同時期に入隊すると一緒に訓練を受け、同じ部隊に配属される制度〕さえすればクライン・ナッツだとか囃し立ててさ。よく知りもしないくせに、ずっとテレビばっか見てて、誰かが何かすりゃそいつのことをどうたらこうたらと、どぅおーーーでもいいことばっか。

どぅおーーーでもいいことばっか。

実はそれであんな感じがしたんだよな。今まで生きてきたのが、一瞬でどぅおーーーでもよくなっちゃったみたいな感じ。俺もだ、俺もだよって、ジェイも金もうなずいた。エリックは歯磨きをしてて、口をゆすいだ水をぺーっとしたあと、特に何も言わなかった。何かしようよという思いが、それで僕らを支配しはじめたのだ。それはすごくなじみのない感覚だったけど、みんなに共通した思いでもあったのだ。小・中・高、それと十六か所の塾の同窓生である僕らには、そんな微妙なネットワークがあった。

入隊前に絶対これをやりたい——議論の末に決定されたのはまず、「アボガドロ襲撃」だった。

アボガドロっていうのは高校のときの先生なんだけど、とにかく、そいつを殺して裁判所の法廷で理由を説明したら、判事によっては無罪判決を勝ち取ることもありうるくらい、ひっどい奴だった。何でアボガドロなのかはよく知らない。とにかく先輩たちがそう呼んでたので、僕らもアボガドロをアボガドロと呼んだ。やっちまえ。結論は満場一致だった。

病的に自尊心の高い変態なんで、たぶん控訴なんか絶対するはずがないと思った。跪いて泣く姿をデジカメで撮っておこうという話も出た。ねじでもまいたみたいに行動半径が決まってる人間だから、襲撃は決して難しいことではない。問題があったとすれば、約束の場所にエリックと金が現れなかったことぐらいだ。二人で片づけようぜとジェイが言った。吸い殻を消してうなずくと、路地の向こうからアボガドロの匂いがしてきた。偽善、腐敗、傲慢さ、狡猾さ、卑屈さ、不正の混じった地獄の香気だ。

おま……えら、とアボガドロはぎょっとして言った。ものすごく短い一瞬だったが、奴の頭の中でネズミみたいなもんがすばやく走り回ってる音が聞こえた。ぼきぼきっ、とジェイが後ろで組んだ指の関節を鳴らした。奴が逃げるのに備えて僕はいつでも飛びかかる準備をしていた。お前ら、と言ってアボガドロがこんこん空咳をした。頭の中を走り回っていたネズミみたいなものがその瞬間、背筋をぴっと伸ばす感じ。奴は意外にも、手を後ろで組むと偉そうな表情でこう言った。

どうだ、就職活動ちゃんとやってるか？

そうじゃなくて……急にジェイが下を向いた。それを聞いた瞬間妙に、僕も足の力がすっと抜けそうになった。訪ねて来てくれてありがとうなと僕らの肩を叩くアボガドロと一緒に、結局あいつの家に行くことになってしまった。来てくれてありがとう、いろいろ聞いていますよ。アボガドロの奥さんは、こんなひどい奴と喜んで一緒に暮らしてやってるだけあって親切な女性だった。一緒にご飯を食べ、バラエティー見て（ハハハ）、なぜか小学校二年生の娘の宿題を一生懸命見てやった。それではさようならと言う僕たちにむかってアボガドロは「一番弟子」という言葉まで持ち出す始末。就職、今から対策しないとだめだよ、わかったかい？　わかりました。そして家に帰ってきた。このことについて、僕らは何も話していない。やっぱ

人を殴るというのは、疲れることだ。

夏休みが始まると、誰かが別のミッションを思いついた。金かエリックかはっきり憶えていないが、とにかくまあ、よくある話だ。軍に行く前にしてみたい、ほんとの「セックス」を！　僕ら四人は全員童貞だったので、これは心惹かれる提案というしかない。まずはDデイを決め、午後の遅い時間から酒を飲んだ。彼女がいるエリックとジェイは彼女にトライし、一人者の僕と金は風俗みたいなところを利用することに。彼女たちが二人とも来たので、けっこう賑やかな飲み会になった。なーに、クラブ行くんじゃないの？　とエリックの彼女が首をかしげたが、しらば

っくれて手を振って散り散りになる。二時間も街をうろうろした末に、金と僕は「二十四時間営業」という点がひときわ強調されているスポーツマッサージに入店した。

結論を言えば、失敗だった。入室して座っていると、同い年ぐらいの女の子が入ってきた。こんにちはーとか何とか言って、マッサージみたいなことをたっぷりやってくれた。そして手で、めったやたらにしごいてくれた。こういう手順なんだろうと思っているうちに、ほとんど射精しそうになっちゃった。あのー、と僕は聞いた。いつ入れたらいいですか？　振り向いた女の子はびっくり仰天の表情を浮かべていた。あら、ここは手でするだけよ……知らなかったの？　ほんとに……知らなかった。知らなかったのだが、ああそうなんだと思って自分をごまかした。やわらかくてあたたかい手がもう一度僕の性器をこすりまくってくれた。僕はすぐ射精してしまった。

疲れた。

小さいときは四人で一緒に風呂屋に行ったりしたけど、金はあのときも、一風呂浴びて出てきたよーみたいな顔をしてソファーに座っていた。終わったか？　うん。そしてお互い、何も言わなかった。エリックとジェイも似たようなもんだった。エリックの彼女はかんかんに怒って家に帰り、ジェイは一緒にモーテルに行くことは行ったが勃起しなかったという。何でだよ、どうして？　知らないよ、とにかくもうそうなっちゃったんだ。俺もうすぐ入隊だし、ほんとに初めてなんだよ、だからまじめにお願いだって必死で言ったら、そうしよっか？　みたいな雰囲気になったんだ。シャワーを浴びるところまではむっちゃ興奮してたんだけど、そしたらあいつが前につきあってた先輩の話、したんだよ。で、その先輩はアメリカ国籍だから軍隊行かなくてもいいんだってーとか言うもんだからさ、その話聞いたら急にチンコがしぼんじゃってさあ畜生。

その感じ、

わかる気もする。小さいとき、隣の大規模マンションの四十七坪の家に招待されたことがあった。親友の誕生会だったんだけど、急におなかが痛くなってトイレに行った。用を足して水を流したら、すごく変な気持ちになった。水の、音が、あんまり違ったんで。うちじゃ、んごぉおおーっていう騒音とともに猛烈な渦巻きができて便器をすすぎ倒していくんだけど、その家では、スワッという優しい音がして水が静かに渦巻いて、便器からすーっと消えていくんだ。その感じがあんまり不思議で、僕は何度もスワッ、をくり返した。おおーっと感心してトイレを出てからも、その音が耳から離れなかった。それでもうパーティーを楽しむことができなかったんだ。考えれば考えるほどおかしなことだ。

僕らは「二十二坪友だち」だ。言ってみりゃそういうこと。そんな変な言葉より、幼馴染みとか親友とか、同窓生とか言った方がずっとわかりやすいだろうけど——あえてこんな言葉を使う理由がある。それがいちばん「正確な」表現だからだ。僕らはともに、同じ団地の二十二坪タイプの部屋で育ってきた。ジェイの家が隣町の三十六坪のマンションに引っ越していったのがおととしのことだから、ほんとにものすごく長い時間を隣人として過ごしてきたわけだ。団地の子どもたちは坪数を基準に固まって遊ぶ。そのうえ僕らには、僕ら以上に結束の固い母さんたちがいる。一緒に買い物をし、情報交換し、美容院に行き、サウナに行き、電話に貼りついたら二時間が基本の――そういう母さんたちだ。これはつまり、僕らが似たような服を着て、同じ通信学習教材に申し込み、ずっと同じ塾に通い、どやどやと同じ病院に行って一緒に包茎手術を受けることを意味する。さーてと、誰のがいちばん男前かなー、と四人の母さんたちの前で四人並んでちんちんを見られた記憶はまだ鮮明だ。でもだからって、何で僕らがクライン・ナッツなんだよ、ともいえるだろ。

お前どうすんだ?

ジェイが聞いた。僕はちょっとの間唇を噛んだ。とっても不安になる、嫌な質問だ。何が? 帰るか、でなきゃ入るか、それも嫌ならほかのビーチに行ってみるか。僕は、と僕は口火を切った。お前らの意見に従う。もう運転できないよとエリックがへばってたこともあって、僕らは結局このビーチに入ることに決めた。駐車券を切ってくれたのは、アーメンと叫んでいたおじさんだった。イエス様を信じて天国に行きましょう、と領収証をよこしながらおじさんがつぶやく。ごった返す人波さえなければ――高い空とバニラアイス的な雲、遠景に豊かなマリンブルーが広がる、それなりにいいビーチだ。天国にもこのぐらい人が行ってるなら、似たような風景じゃないかという気がしてくる。

お前どうすんだ？　なんて質問にはお手上げだよ。ジェイとエリック、金と僕の間では特にそうだ。中二のときだったか、ピッツバーグから来たおばさんがすっかり母さんたちをその気にさせてしまって、とにかく突然、バイリンガル教育を受けることになったんだ。塾が終わって金がゲームをしようと言ったんだけど、行くところがあると僕は答えた。どこ行くんだ？　うん、あっちこっちね。何日かすると、四人一緒にバイリンガル授業を受けることになってた。うんともすんとも言わなかったけど、みんなバイリンガルでも表現できないほど複雑な表情をしていた。

同伴入隊の内幕も実はそういうことなんだ。軍隊に行こうかな、と言いだしたのはエリックだったが、何日かの間に大騒ぎになった。エリックが入隊するんですって？　と電話したうちの母さんに、エリックの母さんがびっくりするようなことを言ったんだ。二時間の通話内容を要約すると――就職率は景気と密接な関係がある、だから景気の流れと除隊時期の組み合わせが就職の決定要因になるという見解だ。結局、経済学科を出てどっかのシンクタンクにいるという金の伯父さん、それから外資系のコンサルティング会社に勤めてるというジェイの遠い親戚が母さんたちに悩まされることになった。要は、金の伯父さんに堂々と電話して――こんにちは誰々の母ですけど、ええ、ええ、話、聞いてらっしゃいますでしょ？　と言ってる母さんを見たとき僕はすでに、あ、入隊は近いなと気づいていたわけだ。僕は

疲れるのは嫌だ。

反論を提起したり、けんかしたり、そんなのは疲れすぎる。ジェイも金もほぼそんなような理由で決心したのだ。近所の自販機でポカリを買って飲んだあと、ジェイと僕はタバコを吸った。いいよなあ？　まあな。別に何の考えもなくこの答えが出てきて、急に、それでいいよって気分になったんだ。考えてみれば、塾と学校を行き来するのに比べたら、まあ幸せだしなあ。

それでちょっとぽっちゃりした子が入ってきたんだけどさ、パンツはいてなくて網タイツだけなんだ。見るだけよ、触ったら人を呼びますからねーって、顔のすぐ前に尻、突き出すんだぜ？　その気分ったら……別に何も感じなかったな、来るんじゃなかったって気もしたけど……動画で見てたのと同じだし、それにどうせ手でやるんだから。だけどよーく見てみたら何かちょっと感じが違うんだよ、つまりさ……ぐっと力を入れてる感じだったんだ。何か、お尻をすっごくすぼめてる感じっていうか。それで、もしかして今、力こめてる？　って聞いてみたんだ。そんなこと……聞いたのか？　うん、そしたら……答えなかったけどさ、すっごいびっくりされたのは確かだな。だってその瞬間に広がって、それからまた急にもっと狭くすぼまったもん。ほんの一瞬だったけど、それがわかったんだよ。

海に行こうと思ったのは、語学スクールで金のそんな話を聞いた直後だった。変だよな、僕はどうしてそういうサービスをしてもらえなかったんだろう？　何となく急に狭くすぼまってしまった心を抱えて授業に出たら、その日に限ってこんな歌が教材に選ばれていたんだ。サーフィン・USA、ビーチボーイズ。アメリカの広い広い海に行けたら／みんなで波乗りしよう／カリフォルニアにいるみたいにね／だぶだぶズボンにサンダルはいて／ブロンドの髪なびかせて／六月まで待てないよ／夏じゅうずっと旅に出るんだ／サーフィンの旅に出たら戻ってこないよ／僕らは波乗りに行ったって先生に言っといて／サーフィンでアメリカを回るんだって

まさにこれだと

僕は思った。セックスもできず、アボガドロ襲撃にも失敗した心が何だかパーッと晴れ渡る気分だった。入隊前に絶対にやるべきことがあるとしたら、それはまさに海を見に行くことじゃないか？　話を切り出すとみんなの顔が明るくなるのがわかった。計画は着々と進行した。何より、母さんたちもすぐにうなずいてくれる内容だから、資金集めにも苦労しない。母さんの性格はだいたいにおいて「親切なアシスタント」だが、後に、リュックの中にコンドームが何個か入っているという事実を知ることとなった。もう母さんってば、と僕はタバコをくわえた。交代で地図を見ながら、僕らはとにかく南へと走った。

海は初めてだった。最初、えっ、そんなはずがと思ったけど——すぐ、そりゃそうなるしかないなと思った。夏休み、塾、夏休み、塾、夏休み、塾、夏休み、塾、夏休み、塾というかつての日々を思い出すと、そこにはいつも一緒に塾に通う友だちがいた。水泳なら一緒にスイミングスクールで一年ぐらい習ったことがあるけど、海はみんな初めてだったんだ。だから、塾、夏休み、

塾、夏休み、塾、夏休み、塾、夏休み、塾、夏休みの日々を思い出せば

それでもまあ、

幸せな気持ちになったのだ。僕もだよとジェイもうなずく。もちろん、ウォーリーが百人ぐらいいそうな人混みだったけど——高い空とバニラアイス的な雲、そして遠景の豊かなマリンブルーを眺めていると僕はすべてを許せた。来て、よかったよ。だから、宿を決めるのに二時間かかり、部屋がないからとぼったくりされてめっちゃ払わされたうえ、ちょっとぉ何でそんなとこに車停めたんですか？　と言われて車を宿まで移動、駐車場のおじさんは先払いした一日分の駐車料金の払い戻しもしてくれないくせにアーメンを連発するし、食堂じゃ畜生、およそ食えたもんじゃない飯を頑張って二さじ掬って食べて残したけど——それでも、来てよかったと思ったのだ。ついに水着に着替えて僕らはビーチへ走った。

ざっぱーん

近くの人波をまるごと無視すれば、そんな波濤のしぶきが僕には見えた。マジックアイの要領で波に視線を集中させて、一歩一歩、流れるように僕は海の中へ入っていった。ジェイと金がめちゃくちゃな奇声を上げていた。海水の供給を受けた四個の心臓の中に、大規模水力発電所が建った気分。エリックも僕も叫びだした。僕らは勢いよく腕をかいて少しずつ前へ進んだ。プール

のように体を伸ばすことはできなかったけど、それでも気分は最高というしかない。僕は腕を伸ばしていき、そして

疲れた。

休もう。そしてぷかぷか体を浮かべたまま、空と海を思いきり鑑賞した。海はほんとに、疲れる、美しいところだった。うわーっ、とそのときジェイが大声を上げた。何だこれ？　唇を真っ青にしたジェイの前にはすごく異様なものが浮かんでいた。それは何とも形容のしようがない怪物で、ぐにゃぐにゃした感じのこぶみたいな、とにかくもうちょっと大きかったら即、気絶しちゃうほど気味悪い生き物だった。ちょっと待てよ、動くなよ。金が叫んだ。そいつはだんだん近づいてきたので、ジェイはとうとう、わうわうをー、という変な声を上げはじめた。もう誰も体を動かすことができなかった。目の前にある危機、その射程距離に入ったという感じ——わうわうをー、と叫んでいるジェイは完全にもう正気じゃなかった。その声に、何だ何だと人々が集まってくる。切迫の瞬間だった。

くらげだ。

一人のおじさんがさっとそれに手を載せると、ぐっと手首をひねってすくい上げた。そして砲丸投げでもするように遠くに放り投げてしまった。くらげは小さな水しぶきとともに海の中に沈

んでいった。あーもう、何だよ、くらげなんかで。わうわうをー、と金とエリックがジェイのまねをしてからかったが、僕はそんな気分になれなかった。金とエリックのすぐそばにいたんだが、腰のあたりの水温が急にぐーんと上昇したからだ。海の真ん中で急にお湯が出るわけもないから、僕は必死でみんなのそばを離れた。ほとんど海岸についたころ、手首に何かつるつるするものが引っかかった。ぎょっとしたが、僕はゆっくりと手を上げてみた。たぶん、わかめだったと思う。わかめは意外に長く、大きな束みたいになってて、そのうえぬめりが半端じゃない。そのぬめぬめした泡を手で触りながら

野生は怖いな

と僕は思った。水の外に出ると何もかもがあったかかった。砂も砂利もあったかいし、大勢の人間のぽかぽかした体温があんなに嬉しかったことはない。だから人間は集まって暮らすんだなあ。砂を掘って体を埋めながら、僕は鼻先がじーんとした。ここにいたのか？　とエリックと金が順番に到着し、僕らは並んで砂に埋まって遊んだ。ジェイが来たのはかなりあとだったが、だいたい三十分ぐらい昼寝をしたと思う。ジェイはいびきがひどかった。

怖くないか？

とエリックがささやいた。何が？　軍隊行くことだよ。何で？　うん、だってさ……ニュース

にも出るじゃん、事故みたいなの。誰かの銃が暴発したとか、そういうの……運悪かったらレイプもされるだろ。まさか？　予備役〔兵役を終えた男性はその後の八年間を「予備役」（予備軍）として国防任務にあたる。年に数回召集を受け、有事に備え半日〜三日程度の再訓練を受ける〕の人が言ってたんだ。すっごい下痢ばっかしてる人だったんだけど、レイプされてそうなったんだって。それって……腸が悪いせいじゃないの？　とにかく、そんなことしようとする奴がいたら俺、撃ち殺しちまうけどな。

ぼんやりと、入試の小論文対策のときに読んだ本の一節を思い出した。こういうようなビーチでのことだけど、太陽がまぶしすぎたのでアラブ人を撃ち殺したという内容だった。ぼんやりと憶えているその内容を僕はエリックに話してやった。よくはわかんないけど、その人も何か、やられてたんだろうな。そんな気がするよ。でも、何で今その話をするの？　何でだか僕にもわからなかった。だけどその瞬間、そうだったのかもしれないって強く思ったんだ。アラブ人も軍隊に行くのかな？　よく知らない。ヨーロッパ人は？　そうだな……行かないんじゃないの？　行かないよ、俺たちぐらいなんだよ軍隊行くの。いつのまにか起きていた金が、めがねを探してかけながら上体を起こした。おかしなことだが、そして僕らは何も言わなかった。心臓の中の発電所からは徐々に海水が抜け出していく感じだった。

スワッ

寝そべってると、波の音がそんなふうに聞こえる。太陽はもう傾き、あたりもずいぶん閑散としてきた感じだ。砂から出て僕らは伸びをした。暗い夕焼けを背景に一列に並んだ砂の山が、毎年防水工事をしている二十二坪の団地みたいに盛り上がっていた。その山を、僕は順に崩していった。そうだ、再開発のこと聞いたか？　噂だけは盛んだけど、まだ確定したわけじゃないんだろ。区庁もいろいろ言うけど、一貫性がないよな。入隊前に再開発が決定されたらいいな、だったら俺も忠誠を誓うよ。俺もだ。うー、留守電が十二本も入ってるよ。何だよ、全部うちだ、うち。おい、さっさと写真撮って一枚送ってやろう。ほら、くっつけ。ジェイ、お前の携帯で撮って母さんたち全員に回してやってよ。さー、はい、ポーズ。

宿のモーテルでシャワーを浴びて、それなりに小ぎれいな食堂を選んで夕飯を食べた。飯は、それでも十さじぐらいは食べられるものだったし、衛生水準も見た目にはいい方だった。食事を終えた僕らはぼんやりとニュースを見て、コーヒーを飲んだりふくらはぎの筋肉をほぐしたりした。東南アジアのどっかで震度七の大地震が発生し、中東では内戦が起きていた。数千人が、また数百人が死亡した。パレスチナでは爆弾テロがあった。イスラエルは報復を誓い、ただちに大々的な反撃が行われる見込みだ。アフリカでは黒人の暴動が、イラクでは米軍の捕虜虐待事件がまた明るみに出た。

そんな国で生まれて死ぬ人たちもいっぱいいるんだよな？　それって運が悪いのかな？　さあな、それは個人差じゃないのかなあ。アメリカで生まれたからって誰もがサーフィンできるわけでもないだろ。だけど、可能性ってもんがあるじゃん、コンビニが一つもない国で生まれるのとじゃ、もう問題自体が違うんだから。僕はそんなのやだな、考えるだけでもぞっとする。戦争になったら、コンビニとかそんなもんみんな破壊されるだろ。テレビ番組の制作だって止まっちゃうだろうし。銃を撃つなんて……そんなの大変でも何でもないと思うよ。ほんとに大変なのは、疲れる、うんざりするその後の生活の方じゃない？　例えば、ただ土を掘るとかそんなことに動員されたりさ、何かちょっと飲みたいと思っても、いくら探しても自販機がないとか。あー、そんなのマジでやだ。ヘアーサロンなんかもなくなっちゃうだろ？　そりゃな。

食堂を出てからは、ひたすら時間をつぶした。おかしなことだけど、そうなった。一緒にベンチに座って夜空を眺めたりもしたけど、実はイヤホンを耳に入れてＭＰ３を聴いてたんだから、それぞれ個人の時間を過ごしていたといえる。一ギガ１９５曲のファイルの中を探して、僕はサーフィンＵＳＡを聴いた。デルマとヴェントゥラ郡、サンタクルスとトレスル構造橋、オーストラリアのナラヴィーン、リドンドビーチとワイメア湾……歌詞だけでも少なくとも二十か所のサーフィンの名所が出てくる。中東やアフリカで戦争が起きても、歌の中のアメリカではサーフィンが続いているみたいだ。僕らが全員兵隊になっても、トレスル構造橋には相変わらずビーチボーイたちがあふれ返ってるんだろうなと、暗く静かな海を見ながら僕は思った。

一緒に遊ばない？

女の子がにっこり笑っていた。あたしたちも四人なんだけどさ……そんな思わせぶりな言い方をしなくたって、女の子たちが向かいのベンチに座ってこっちを見ながらひそひそ話している。

すごいな、トレスルの砂浜に立ってたら、誰かがぽんとサーフボードを投げてくれて、乗ってごらんって言われたみたい。これもしかして、ボーイハントってのじゃないか？　金がささやいたが、ボーイハントだったらどうだっていうんだ。くらげでもわかめでもない、女の子たちが今、一緒に遊ぼうって言ってるのに。女の子たちはとてもしっかりしてた。僕らはすぐに合流し、近くのカフェを回って団体席を見つけ、輪になって座ってあれこれ話した。それで、みんなで一緒に入隊するんですよー。

えー、まんまクライン・ナッツだ。

そういうわけなんですよー、とジェイがはしゃいでみせる。クライン・ナッツだなんて。ちょっと居心地悪くないこともないけど、顔には出さない。たぶん、四人一緒に入隊するのはクライン・ナッツに続いて僕らが二番目でしょうね。かっこいいー、あたしたちもクライン・ナッツ大ファンよー。ところで、何でエリックって言うんですか？　アメリカ帰りなの？　ほんとは英語塾で作った名前だし、英語の生活化とかいって、エリックの母さんがそう呼べって言うからそう呼んでるんだけど——ちょっと住んでたんですよーとわかめっぽい感じでエリックが答える。ちょっとその感じも居心地悪かったけど、顔には出さない。ねえ、そろそろ堅苦しい言葉遣いやめようよ！　と、ジスっていったかな、最初に声かけてきた女の子が叫んだ。だよね！　と言葉遣いを変えるとすぐに打ち解けた雰囲気になり、個人芸の披露になった。ジェイのものまねと金の声帯模写に女の子たちは腹を抱えて笑い、エリックのコインを使った手品にもわーっと歓声を上げる。僕はマリア・シャラポワのサーブの動作と奇声をまねしたのだが、反応はほんとに普通じゃなかった。四人の女の子たちが、ビーナス・ウィリアムズみたいな目つきで僕を見つめたのだ。

雰囲気ぶち壊しになったのはカラオケに行ってからだ。盛大にビールをこぼして修羅場になったのだ。特にクライン・ナッツの「馬を走らせよう」を合唱したときがピークで、エリックがジャンプしたはずみで転び、マイクとテーブルを壊してしまったんだ。従業員たちが駆けつけてきて、結局修理費込みで四十万ウォンを弁償した。何か、資金に大穴が開いた感じ。萎えるよな、もう。それでみんな気まずい感じになったとき、女の子の一人がダンスで気分転換しようと言ったんだ。ナイトクラブ、どう？　とジスが提案してくれたのに、その目の前で金がくらげみたいに感じ悪く、粘着質なことを言い出すんだから。あんたらが金出してくれんの？　出してくれんのかよ？　夜の空気が一瞬にして凍りつきそう。ほんとごめん、悪かったねーと四人の雪の女王に手でサインを送って、僕は近くの建物の裏に金を引っ張っていった。


お前、シャラポワが好きかウィリアムズが好きか？

シャラポワ。

そうか、じゃあ頑張ろうぜ。

頑張る。

ビールを買ってきてくれたのは女の子たちだった。砂浜に座って僕らはビールを飲み、ごめんなさい、すみませんでしたと金が謝罪を、した。あらかわいいー、とジスは受け入れてくれたが、金は、だってずーっとぎゅーっと閉まってるんだから……何であんなに閉め出そうとすんだよ世の中は……そんな必要ない、じゃん、かよ、とつぶやいたあげく泣き出した。どうしたの？　とジスに聞かれたけど、とてもほんとのことなんか言えないから、えーと……と僕は嘘をついた。就職が狭き門で大変なんだよ。金が倒れて眠ってしまうと、ジスは黙って金の頭を撫でてやっていた。この髪ももうすぐ切るんだよね？　切らないとだね。ヨークシャーテリアみたいね。髪にオレンジのメッシュを入れた金はすぐに、利口な子犬みたいに寝返りを打った。

ぱーん

その瞬間、女の子たちが歓声を上げた。花火だった。派手な打ち上げ花火ではなかったが、まあまあの地方の団体が負担なく打ち上げられる程度の、地味でこぢんまりした花火だった。花火は二十二坪程度の虚空をほんのいっとき占領したあと、しょぼーん、という様子で闇の中に溶けていった。ぽん。ジェイがタバコをくわえた。僕も一本くれよ。ぽん。ボヒという女の子もタバコをもらってくわえる。ぽん。エリックの肩にもたれたヒョンジョンがそっと目を閉じた。ぽん。国立墓地に永遠に埋められてもいいからナイトクラブで一日じゅう遊びたいと、僕は思った。ぽん。ユヒという子が、胸を包み込むようにしてジスを後ろからハグしていた。ぽん。そしてそれが最後の花火だった。

急にやってきたその静けさに、僕は耐えられなかった。僕は走り出して海に飛び込んだ。体は水に浸かっていたけど、サーフボードみたいな何かに乗ってる感じだ。エリックとジェイが続いて飛び込んできた。体がやっとぷかぷか浮かんだ状態で、僕は幸福だと言ってもいいぐらいの気分になっていた。月光をたっぷり浴びた二十二坪面積のプランクトンになって、このまま流れ流れて新兵訓練所まで行きたいぐらいだった。僕は目を閉じた。

目が覚めた。頭が痛かった。女の子たちはいなかった。時間は正午を過ぎており、たとえそばにジェイとエリックと金が寝ていても、僕は孤児になったような感じだった。また頭が痛む。宿までどうやって帰ってきたのか、いくら考えても思い出せない。ただ、ここで聞こえていたひそひそ声と誰かの鼻歌、そんなものが思い出せるだけだ。まず所持品を確認したあと、僕はシャワーを浴びた。携帯の液晶が水に浸かって文字が出なくなったのと脇腹のあざを除けば、特に異常はないように見えた。僕はタバコをくわえた。

タバコを消した。どうなったんだ？　ジェイもエリックも、記憶がないことではおんなじだ。悪くはなかったけどさ、とジェイがつぶやいた。討論、みたいなことやった覚えはあるとエリックが言う。討論だって？　うん、でも、ちょっとどうしようもないような議論だよ。女も軍隊に行くべきだよ、どうしてよ、あたしたちはその代わりに出産の苦痛を経験するのに？　そんなの包茎手術の苦痛に比べたら何でもないよ――とかってさ。特にジェイが興奮してたんだよな、そんなの、内臓を引っ張り出すようなもんじゃないか、とかって。

内臓だなんて。宿に食事を出前してもらって食べてから、みんな少しずつ元気を取り戻した。僕らはぼんやりタバコをふかし、女の子たちに電話をしたが誰も出なかったので、伸びをして外に出た。とても、とても、とても、とても暑い日だった。こんな日に泳いでもいいのかな？　ほとんど目を開けることもできないままジェイが叫んだ。そんなことがふと心配になるほど、とても、とても、とても、とてもぎらぎらの日差しだった。やたらに道に立ってたりしたら「ケンタッキー・フライド人間」になりそうな気分。でも、とても、とても、とてもだったから、それで僕らはビーチに行った。

ざぶん、と僕らは海に飛び込んだ。そして並んでブイのあるところまで泳いでいった。いい気持ちだった。ずーっと行ったらどこに出るのかな？　そうだな、済州島とか中国とか、日本に着くこともあるんだろ。ニュージーランドにも行けるかも。ニュージーランドか、それだったらいいよなあ、そんな冗談を言い、ブイとブイの間を競争して、それからまたどれくらい時間をつぶしたんだかわからない。何だろ？　と金がつぶやいた。振り返ってみると、遠くの浜で大騒ぎが起きている。巨大な波が――海岸を埋めていた人たちが集団で逃げていく波が見えた。風に吹き払われた砂山みたいに、そんなふうに人波が急激に消えていたのだ。何だろう？　さあな。そういえばライフセーバーの人たちも見えないね？　結局、じゃんけんをした末にエリックが浜まで行ってきた。エリックはずっと手招きをし、泳ぎながら必死で何か叫んだが、結局あきらめて僕らのところに戻ってきた。はあ、はあと何度か大きく息をして、エリックは真っ青な唇を震わせて言った。

戦争が起きたって。

僕らはお互いの顔を見つめた。どこと？　わかんない、とにかく戦争が起きたから避難しろってことしか聞いてない。はあ、はあ、いったい、どうしよう？　誰もすぐには口を開かなかった。とにかく、早く戻ろう。汗と涙まみれの顔でエリックが叫んだ。ああやだ……下を向いてジェイがつぶやいた。むかつく。不快そうな表情で金が唾を吐いた。どうするんだ？　エリックが尋ねた。答える代わりにジェイが沖を目指して泳ぎはじめた。僕らはまたお互いの顔を見つめ合った。どうするつもりなんだよ？　エリックが叫んだ。

知らないよ、サバにでもなるかもな

振り向いてジェイが答えた。僕と金もそのあとに続いた。体の外にはみ出した内臓みたいに、全身が熱く、くらくらした。別に疲れも感じない、こういう感じなら僕は好きだ。僕は振り向きもしなかった。

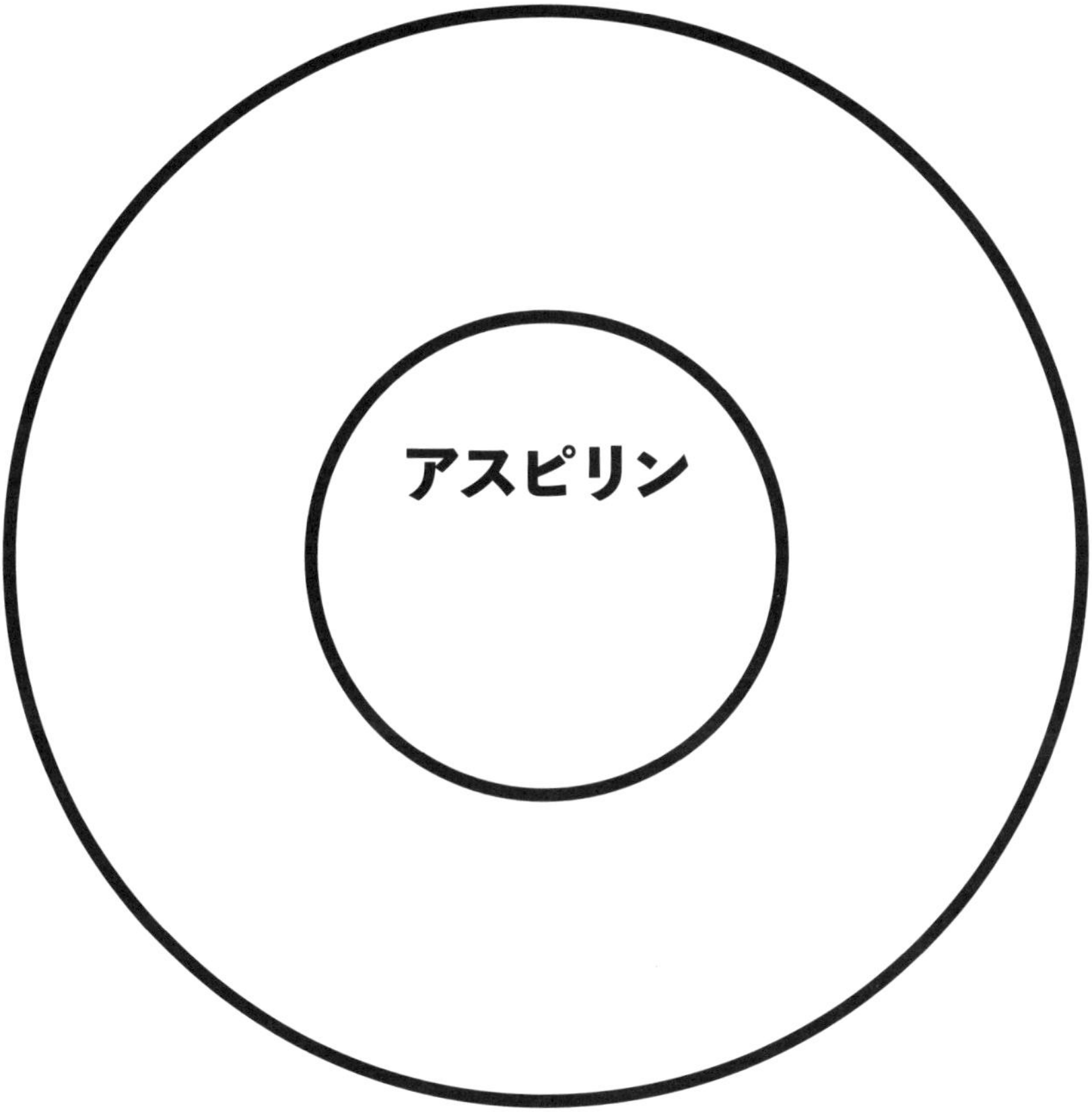
アスピリン

その日のお昼はラーメンを食べた。

日本そばを食べようと郭《クアク》と皇甫《ファンボ》が言ったけど、ラーメンが食べたかったんだ。二人はそばを、僕はラーメンを、デザイナーのライはとりあえず地下鉄の駅の方へばらばらに散った。どこ行くんだ？　うん、とりあえず。ライの答えが「うん、とりあえず」だったので、とりあえず僕は一人でラーメンを食べた。

言ってみればそれだけのことだ。昼休み、軽いランチ、スタバ、エスプレッソ。

窓側のテーブルでアイディアスケッチをしたのもいつも通りだったし、クァクとファンボが合流したのも、あれこれ話をしたのもいつも通り。ふだんと違うところが一つはあった。キャラメルマキアート？　今日はあれを飲もうかと思って。つまり、クァクがキャラメルマキアートというものを持ってきたことだ。どんな味だ？　そうだな、あえて言うなら名前通りの味っていうか。それで僕も、キャラメルマキアート、キャラメルマキアート、と二、三度口の中でつぶやいてみた。それだけ。

ライのメールを受け取ったのはスタバを出たころだ。三十分遅れる。三十分遅れだって？　二時から会議なのに？　ライの奴、いつだって自分勝手だからな。たぶんそんなことをクァクかファンボと言いながら会社に向かって歩いていた。会議、会議、会議、会議、会議でいっぱいの午後もいつもと変わりなく、ライが自分勝手なのも通常通り。似たりよったりの人々の後ろ姿と、似たりよったりのポプラの木陰、葉っぱの輝き、風と光とその揺らぎ。

あれ何だろ？

そして、それを見た。おおっ……と、何だよ？　クァクかファンボのどっちかがそうつぶやいた。その瞬間、耳が遠くなるほどの「ブン」という衝撃を全身で感じた。広場はランチを終えた人たちで混み合っていたが、その瞬間、全員がそんなうめき声を発したからだ。これ以上ないほど青い、五月の、まるでウィンドウズのデスクトップ画面みたいな完璧な青空の上に、それは浮かんでいた。

それを

何というべきなのか、まだよくわからない。つぶれた円筒みたいな平べったい形で、明らかにはっきりした輪郭を持つ物質だった。汚れ一つないまっさらの純白だが、雲とは明らかに違う感じがした。何ていうか、もっと丈夫で確固たるっていう、そんな感じで、そして巨大だった。だけど誰もそれをＵＦＯとは感じなかった。金属よりは確実にやわらかそうに見えたが、決してそれが理由の全部ではない。うまく説明できないが、それは明らかにＵＦＯとは情緒の異なる、何らかの「もの」だった。

空に浮かんでてあのぐらいなら、いったい直径はどれくらいなんだろ？　鼻ひげをいじりながらファンボがつぶやいた。そうだな。とにかくこれって、ある種の歴史的事件じゃないのか？まずは携帯のカメラでそれを撮影してから、僕はせっせとメールを送った。俺らが第一目撃者だよな？　クァクとファンボも特ダネを釣り上げた記者みたいに熱心にメールを送っている。何だかわからないがとりあえず、会社に戻る途中でそれをバックにして記念撮影をした。写真は思ったよりよく撮れていた。

当然、大騒ぎになっていた。すぐにオフィスに上っていくと、世の中の「ブン」を肌で感じることができた。電話に、メッセンジャーに、ニュースに……街中はもちろん建物の窓もすべて、あれを見に集まってきた人たちでごった返していた。いつも防水防火セメント壁みたいな感じの部長まで、デスクで一心不乱にニュースを見ていた。歯磨きを終えて戻ってくると、携帯には何と十六本のメールが入っていた。僕はすぐに、二十一本のメールを送った。

そしてすぐに会議が始まった。避難でもしなきゃいけないんじゃないか？　とクァクがささやいたが、部長の司会でいつもと変わりなく会議は進行。言ってみれば異様な雰囲気だった。窓の外には堂々とあれが浮かんでいるのに、誰一人それに言及しないのだ。いつものようにそれぞれがアイディアを発表し、討論し、論争をくり広げ、た。ファンボのプレゼンが続く――従って私たちのコンセプトは「プレミアム」です。大韓民国を牽引する二パーセントであるあなたのための尿漏れパンツ……とファンボが言っていると

とてつもない騒音を立てて何十機ものヘリが窓の外に現れた。誰もが、つまり全員が窓の外を見つめた。空中に浮いた――ぱっと見ても直径が何キロもありそうな巨大な物質――その周囲をぐるぐる回る何十機ものヘリ。プレゼンをしていたファンボもう、話を続けることができなかった。ささ、動揺しないで……何か公式発表があるだろうから、と会議の場を収拾したのは部長だった。

会社は七十一階だ。アメリカに本社のある外資系広告会社だ。七十階と七十一階の両方を使っているんだが、上の階に僕らの部署がある。七十一階からの眺めは決してありきたりではない。四時に別の会議があったが、そのせいでまるで考えを整理できなかった。何ていうか、見れば見るほど、うっすらと気がもめる。それはもう、オフィスから見える空の半分ぐらいを占領していた。うっすら白くて、まぶしかった。

三時ごろ、長官の緊急発表があった。ブリーフィングでの長口舌の要旨は——まだあの物質の正体を把握してはいないが、生体反応や金属反応は出ていない、放射能も検出されていない、いずれにせよ政府は継続的な調査を通して慎重に対応していくものである、ということだった。ある市民が提供した動画には、出現の瞬間がとらえられていた。それは晴れた空に突然、出現した。どこから移動してきたのでもなく、現在の位置にいきなり実体を現したのだ。四、五秒の間うっすらと出現していた輪郭が確定項目みたいに固まったのは、一瞬のことだった。そうそう、ほんとにああだったもんなと伸びをしながらファンボが言った。いつもなら僕らをせかす部長も、腕組みをしたままモニターを凝視している。ああやってて、「ブン」って光線を出すんじゃないか？　映画でよく見るじゃん、そういう光景……とクァクが大声を出した。光線だなんて

インテリの恥だよ。

月面着陸したときみたいだなあ。部長がつぶやいた。直接ごらんになったんですか？　いや、ユーチューブで。ヘリからぶら下がった人があれの表面にそうっと足をおろした。みんなが緊張したが、それから、よいしょ、と両足を持ち上げた。これからのことが気になったが、懸命に手で合図を送る姿を最後にニュース速報は幕をおろした。何だか残念だったけど仕方ない。そんな中で会議が開かれ、仕事、仕事、仕事、仕事。また会議、会議、会議、会議。

いつも仕事は山積みだ。仕事してたから、その日の夜まで窓の外のあれのことはすっかり忘れ

ていた。もう夜の十時だ。残業をした日はだいたいビールを飲むことにしている。ずっと前から身についている習慣だ。ビールどう、なんてお互いに聞いたりしなくても、噴水前のビヤガーデンにはもう予約を入れたも同然なんだ。同然なんだが、ビルを出た瞬間みんなぎょっとして立ち止まってしまった。「あれ」のせいだ。昼とは違う感じのする「あれ」が、依然として夜空を占拠していたのだ。うっすら

怖かった。

誰も口を開かなかったが、誰もビヤガーデンに行かなかった。みんな黙って手を振って別れた。僕はまたビルに戻った。地下七階の駐車場、地下二階の遮断機とゲート、四キロほどの八車線道路、二つのトンネルと高架道路、そしてずっと浮かんでいる……「あれ」。マンションに戻っても電気をつける気になれなかった。暗闇の中でシャワーを浴び、ベッドにぺたんと座ってビールを飲んだ。七キロも離れたのに、あれは全然小さくなった感じがしない。月が墜落してきたみたいに巨大で、いつでもこの軟弱な大地におおいかぶさってきそうな感じをうっすら漂わせている。いったい何なんだ、このシチュエーションは。引き出しをかき回して僕は、ビタミン剤を何個か取り出して飲んだ。墜落しなかった月だけがかろうじて自分の運行を維持していた。僕は手探りでノートパソコンを開けた。メッセンジャーの中でクァクが待っていた。

さっきビール飲みたかった？

あ、ビールなら今飲んでる。

そこからも見えてる？

もちろん。

ニュース見た？

ううん。

直径十キロだって。

おー、イエー。

ほんとこんなことってあんのかな？　地球の終わりでもあるまいし。

ニュースでは何て？

はっきりした発表はまだないって。

あー、まあ、なあ。

夜中になって、自然現象だろうとか何とか言ってる人が多いよ。

まあ、なあ。

海外のマスコミも大騒ぎだよ。韓国……一気に世界の話題のトップランク入りです、とかって。

まあ、なあ。

とにかく会社ではさあ、何か対処しないといけないんじゃね？

まあ、なあ。


翌朝には、都心の一部が災害区域に指定されたという発表があった。まあ、なあ、とテレビを見ながら僕はつぶやいた。会社は当然その範囲内に入っている。トーストとベーコン、牛乳とサラダ、昨日と違わないメニューだったが、明らかに昨日とは違う朝だった。牛乳を飲みながら僕はぼんやりとあれを眺めた。朝の風景の中にあれは依然として浮かんでおり、何というか、昨日に比べて少しは

自然だった。どうしようもないよなあ、そこに落ち着いてしまった新しい「現実」の前で、ベーコンを嚙みながら僕はそう思った。妙なことだが、昨夜みたいな怖さは感じられなかった。これがインテリの力というものかな？　でなきゃ僕という人間が……白くまぶしいものに対してうっすら心を開いてしまうキャラだってことなのか？　とにかく、早めに適応できてラッキーだとも思った。コンペまであまり時間がないことを考えればなおさらだ。食事は十分で終わった。

都心のあちこちに軍隊と警察が配備されたことを除けば、いつもと変わりのない日常だった。ラッシュアワー、ラジオの時事ニュース、赤、青、赤、青と点滅する信号。まあ、あいまいな状況というしかないなと僕は思った。都心への出入を禁じたら経済が麻痺するだろう――しかも災害は何も起きていないのだし。経済は大事だし、単に異常な物体が空中に浮かんでいるだけだ。赤、青、赤、青、政府としても並大抵の苦労ではないだろうな。まあ、なあ、と僕はつぶやいた。それでも

欠勤した者は誰もいなかった。みんな、白くまぶしいものにうっすら心を開きやすいキャラな

のだろうか？　午前中はずっと重役会議だったので、僕らはほんとに久々にのんびりした時間を過ごすことができた。仕事したり、ニュースを検索したり、あちこちで三々五々、雑談が続いた。「あれ」の表面に向かって、何機ものヘリが装備を乗せて運んでいる。何やろうとしてるんだ？　僕らにわかるわけないだろ。尿漏れパンツの業務提携に関するフリーマーケティング資料、を伏せてクァクがつぶやいた。コーヒーでも飲もうよ。僕らはスタバへ降りていった。

スタバは相変わらず人で混み合っていた。とても災害区域なんて言えそうにないな。だよなあ。っていうか、災害ってものの性格もどことなく変化してきてるんじゃないか？　つまり、現代ではさ。先に押さえておいた席に座り、僕らは災害について話した。戦争とか洪水とか……自分がそういうの経験するとは誰も思ってないじゃん？　だよな。そういやずいぶん昔のことだよね、戦争も洪水も……だから今じゃ、災害ってのは……こんなことがあったにもかかわらず座ってコーヒー飲むとか……そういうことなんじゃないの？　妙な気分になった。不安だ。ライがそうつぶやいた。不安だとライがつぶやくと、それが広がったみたいに、みんなうっすら不安になってしまった。そういえば、あーあ、……こういうことがあったのにここに座ってコーヒーを飲んでる——もんなあ。窓の外を見ながらファンボは顔をしかめた。まず注文しようよとクァクが言った。

注文して戻ってくると、何か呪文でも唱えたみたいに気分が異様に楽になっていた。俺、またキャラメルマキアート飲むんだと笑いながらクァクがコーヒーを持ってきた。キャラメルマキアート、キャラメルマキアートと言いながら——それで僕らはコーヒーの話をした。つまり豆の原産地について、それからパスタとアイスクリーム、寿司について。そして流れで

キムチチャーハンをおいしく作る方法について論争が始まった。文字通り、流れでたまたま始まった論争だ。クァクはインドカレーを加えて山椒で香りをつける方法を、ファンボはご飯を炒めるときにすりつぶしたピーナッツの粉を平均にまぶすんだと主張、ライは中国河南省産のラー油の効用を、僕は発売から二十七日めの「宗家キムチ」を水洗いして炒め合わせたときの味に、それぞれこだわった。結局、こっちの方がうまいんだぞーと言い争いになり、ライと僕は顔を紅潮させた。上、行こうよと仲裁したのはクァクだった。依然として、しかし、不意に、という感じで

あれは浮かんでいた。

初夏の青空を見上げつつ、だから僕らは何も言わなかった。いや、言えなかった。ご飯を炒める方法は違っても、その瞬間の感情だけはみんな似ていた。言ってみれば——いったい、今、何を、して、いるんだ、ってことだ。広場を行き来する似たりよったりのワイシャツたちの中で、ポプラの木陰と葉っぱの輝き、風と光とその揺らぎの中で僕は思った。いったい今、何、して、るん、だろかと。

インテリらしく、昼飯を食べながら僕はライに謝った。いや、いいんだよと顔を赤らめてライも謝罪を受け入れてくれた。ごめんな、俺、実はホールズのせいでストレスが半端じゃなかったんだよね。ホールズのせいで？　昨日のお昼、俺、三十分遅れるって言ったじゃん、あれ実はホールズ買いに行ってたんだよ。俺がホールズマニアだって知ってるだろ？　し……知らなかった。だけど、ライがときどきくれるスーッとするあめがホールズだってことは知っている。とにかくライは話を続けた。メントリップスターとかアイスブルー、ハニーレモンなんかはありきたりだろ。でもおととい、ビタCアソーテッドと、ビタCオレンジってのがあることがわかってさ。ビタCアソーテッドとビタCオレンジだぜ！　すぐに情報をつかんで、それを売ってるとこに行ってみたんだ。で、やっとビタCオレンジは買ったんだよ、でもアソーテッドは品切れでさ——アソーテッドの野郎——そんなにポピュラリティのある名前でもないのにな。近所の店を何軒か回ってみたけどやっぱりなくてさ。もちろんビタCオレンジも期待以上だったんだけど……アソーテッドってどんなんかな、アソーテッドっていったい……とか考えてたときにあれを見たんだ。俺、あんまり驚いて五分ぐらい身動きもできなくて……いや、ほんと動けなかったんだよな。それで何か、むっちゃ、挫折してさ……こう思ったんだよ。どう思ったんだ？

ホールズだなんて

って思ったんだよ。ホールズだなんて？　そうだよ、ホールズだなんて！　って思ったんだ。とにかく急にそんな気分にとりつかれちゃってさ。あんなものが浮かんでるのにいったい俺って人間は……って思って、ホールズだなんて！　状態になっちゃってさ。実はそれでずっと低気圧が続いてんだ。わかるよ、と僕は言った。ほんとか？　それってまるで……キムチチャーハンだなんて！　と思うのと同じじゃん。そしてライはポケットから取り出したホールズの箱をトントンと揺すって、僕らにもそれを分けてくれた。強力な揮散作用のある、ホールズだった。

不愉快です。

休憩室で顔を合わせた部長に、僕はそう言った。何が？　部長は緑茶を飲んでおり、じっと窓の外の「あれ」を見ていた。あれのせいで不愉快なんですよ、かくかく、しかじかとこれまでの経緯について僕はまくし立てた。それで憂鬱なんです。うまく説明できないんですけど、とにかく、あれが浮かんでるのがですね。何も考えてないときでも……例えば仕事、仕事、仕事……ってやってる間も実際、あれは浮かんでるわけでしょ。金、金、金って言ってたら急にあんなことになっちゃって……不意に、もう前みたいには生きられないって気もしてきて。でも、チャーハン作る話をちょっとしたからって別に何も悪くないでしょう？　人間がちょっと

ホールズに

夢中になったからってことないのに。なのに何で、それにここに現れた理由はいったい何なのか……不愉快です。言ってみれば存在ちになるのか、あういうのが現れると複雑な気持

117　アスピリン

の悩みっていうか、そういうもんかな？　よくはわかりませんが似たような感じです。どうせ適応しちゃうんでしょうけど……適応しちゃうのに、何でそんなに悩むんだ？　タバコでもくわえたような表情で部長が言った。つまりこの七十一階で、部長は七年前にタバコをやめたのだった。しかしその瞬間、煙、みたいなものが部長と僕の間にいっぱいにたちこめている感じだった。いいんじゃないの？　と部長が聞いた。

イデオロギーも存在しないんだし

あんなもんがあるだけでもさ。眠気が襲ってきそうな気分だった。そりゃ……そうですねと、何だか奥歯にはさまってたホールズを転がしながら僕もつぶやいた。ささ、仕事だよ。防水防火セメント壁の顔でトントンと僕の肩を叩いて部長はつぶやく。わざわざ肩まで叩いてくれるなんて。そして僕はそういうことに心を開くキャラだったのだ。トントンされて、よくも悪くもない。まずまずの気分になったのだから。

また仕事が始まった。午後の業務開始とともに重役会議の結果というのか、短い簡略な社長の社内放送があった。要は、政府の発表があるまでは落ち着いて各自の業務に集中するようにというものだった。落ち着けなくても無理はないのになあ、と空を占拠した「あれ」を見ながら誰もが思ったことだろう。現代の災難とは……確かに、こんなことがあったにもかかわらず……じっとして仕事をしなくちゃいけないことだ、要するにそういうことだと、尿漏れパンツの業務提携に関するフリーマーケティング資料をめくりながら僕は思った。
あんまりじゃないか？　僕と同じく尿漏れパンツの業務提携に関するフリーマーケティング資料をめくりながら、隣の席のクァクがささやいた。何が？　会社がだよ。せめて在宅勤務とか、そういう決定を下してもいいんじゃないかってことだよ。仕事だなんてほんとにもう、とむくんだ顔でクァクはこぼした。僕は固く口を閉ざしていた。勤務態度に直結する話はできるだけ控えるのが得策だから。ああやってて、「ブン」って光線を出すかもしれないじゃないか、映画みたいにさ、というクァクの言葉にいらいらがこみあげてくる。もう……頼むから光線の話は……光線はさあ、と荒っぽく資料を伏せて僕は言った。

出ないの。

出ないんだよ。わかった？　やはり資料を伏せながらクァクも顔を紅潮させた。反論こそ展開しなかったが、その代わり何秒間か荒い息をした。いや、あのねと僕はとりつくろった。別に大したことじゃないんだ、インテリらしく考えようよって、それだけだよ。クァクはすぐに静かになった。周囲の視線を感じたのは僕だけではなかったのだ。あー、冗談で言ったのにさ……と言うと、クァクは頭がずきずきすると言って引き出しを探しはじめた。僕は

集中して

仕事した。頭の上には直径十キロもあるものが浮かんでおり、僕は仕事をする——それで何がどうだっていうのか。侵略されたわけでもないし、とにかく直接的な災害が迫っているわけじゃないんだから。いつもと同様、仕事はすべてを忘れさせてくれる。退屈ではあっても、それで僕は気分が安定した。三時ごろにはマーケティング研究所を訪問した。クァクと一緒にブリーフィングを受け、また、そこの課長と歓談した。重要なコンペなんですってね、と気楽そうな言葉遣いで課長が言うので、僕も気楽に、そうなんですよーと答えた。ブリーフィングのときにお話しできなかった事例がいくつかあるんですよ、言ってみればC、D、E案ぐらいの参考事項ですけど。課長は七〇年代アメリカの電話機市場、また九〇年代日本の百貨店のセール競争の事例などについて丁寧に話をしてくれて、そこから、現在の韓国の尿漏れパンツ市場にも応用できるいくつかの解決法を要約してくれた。つまりC、D、E案ということですね？　そうです、C、D、E案！　まあ、そんな話をした。僕らは残ったコーヒーカップを傾けた。ここからもよく見えますねえ。窓の外を眺めながらクァクが言った。あー見えますねえ。にっこりと微笑を浮かべて課長が答えた。とにもかくにも

世界的なできごと

なんじゃないですかね？　そういえば……そうですねえ。課長は不安になられたりしませんか？　まあ、いずれにせよこの一週間は尿漏れパンツのことだけ考えてましたから。すばらしい

ですね。いやいやどうも。ニュース速報を見たのは研究所を出て広場を横切っているときだった。午後、五時ごろだっただろう。ごった返す人波の中で、新聞社の社屋の側面に設置された大型電光掲示板を通して。速報です。ソウル上空に出現した怪物質の正体が明らかになりました。政府の公式発表会見場に直接おつなぎします。しばらくして、見慣れた長官の顔がモニターに現れた。事件の概要と推移、調査委員会の発足と研究過程、各国の科学者たちが参加した実験と検証……長口舌の最後に、従ってこの物質は百パーセント純粋な「アスピリン」だという事実が明らかになりました。アスピリン？　一瞬耳を疑ったが、ただちに壇上に上がった調査委の科学者が、何度にも及ぶ検証を経て得られた結論である旨の発表を行った。自然状態においてどのようにしてこんな現象が起きたのかについてはまだわかっていません。韓国の気候条件がもたらした異常現象なのか、また、あのように巨大な結晶がなぜ浮揚状態を維持できるのかも疑問といわざるをえません。これらすべて、今後も継続して明らかにされるべき課題と考えております。実に一時間を超す発表とインタビューを、しかし最後まで我々は見守った。アスピリンだなんて。広場の人波全体が、巨大な「ブン」におおわれた瞬間だった。

僕らは何も言わなかった。その代わり、近所のベンチに座ってアスピリンが浮かんだ空を見上げるだけだった。なぜか頭痛がしてきた。そんな、気分だった。ビクトリアン・アイスクリーム、英国王室御用達そのものの味、バニラ、ストロベリー、チョコレート。近くに来たアイスクリームの販売車をじっと見て、僕は聞いた。アイスクリーム食べるか？　クァクがうなずいた。バニラ？　いやチョコレート。アイスクリームを一つずつ平らげて僕らは会社に戻った。

テレビ見たか？　三十二人の友だちからメールが来ていたが、僕は一通も返信しなかった。異様に疲れる、気落ちする午後だった。ほんとに頭痛がしてきたが、僕は薬を飲まなかった。その代わり、引き出しから取り出した一粒のアスピリンを指先であっちこっちへ転がしてみた。文字通りの、アスピリンだ。文字通りのアスピリンかよ。僕は資料室に行き、あれこれ本を探してアスピリンについて調べてみた。アスピリンは柳の成分を元にした薬であり、紀元前から人類は柳の葉や樹皮を鎮痛剤として使ってきた。古くて、優しいものだったのか。本を片づけて僕はメモを書いた。

一八九七年　ドイツ・バイエル社のホフマンがアスピリン〔アセチルサリチル酸〕の合成に成功
一八九九年　アスピリンがベルリン特許庁に商品名を登録
一八九九年　初のアスピリンが市場に出荷
一九二五年　ヨーロッパ全域にひどい風邪が流行、アスピリンが多くの生命を救う
一九七一年　スミス・アンド・ウォーリスが、アスピリンのプロスタグランジン抑制作用を証明
一九七八年　アスピリンの脳卒中予防効果が証明
一九九五年　バイエル社のアスピリン、世界九十か国以上で百十億錠以上販売
一九九九年　アスピリン誕生百周年

そしてメモの最後に――二〇〇九年六月　アスピリン侵攻、と僕は書いてみた。何やってるん

だ？　部長の声だった。あ、と僕は後ろを振り向いた。アスピリンについてちょっと調べてみたんです。部長は無言で、まあ、なあという表情をしてみせた。君が書いたメモか？　そうです。どら、ちょっと見せてごらん。おとなしく僕はメモを渡した。短いメモだが、しかし部長は長いことそれを見つめていた。書いてみると必ず、こういう具合になるんだよな。何がですか？　アスピリンでも……産業革命でも……何でも。そうですねえ。適応はしんどいかい？

そんなこと

ないですよ。窓の外を凝視しながら僕は話し続けた。とにかく……世界的なできごとなんじゃないでしょうか？　そりゃそうだろうな。夕飯食ったらすぐ会議だって知ってるよな？　メモを返してくれて部長がそう言った。はいと答えて僕は突然メモをくしゃくしゃにした。古い、優しい感じの質感が一粒の結晶のように小さくぎゅっと固まった。そしてぽんとそれをゴミ箱に投げ捨ててしまった。何ていうか「昔の地球」みたいなものを捨てちゃった気分になった。アスピリン侵攻。誰が、何と言おうとも

世界は変わったのだ。

以降のことを要約すると次のようになる。夕方から夜まで尿漏れパンツについて熱っぽい討論をくり広げた。そろそろ十一時というところで会議を終えた。一時までに二本のダミーを完成さ

せた。ビヤホールでみんなでビールを飲んだ。家に帰った。ぼんやりベッドに座って窓の外のアスピリンを眺めた。そして寝た。深い眠りだった。

翌日、クァクは会社を休んだ。ひどい風邪だと言っていたが、本当にそうなのかどうかは知るよしもない。大丈夫かなあ？　ファンボが尋ねた。大丈夫だろ。僕が答えた。もう足の踏み場がありませんよーと外回りから帰ってきた新入社員が舌を巻いていた。広場はもちろん、都心全体が麻痺ですよ。特に日本人が、それから中国人やヨーロッパ人も団体で来てて大混雑なんです。これじゃ、観光特区に指定されるんじゃないですかね？　まあ、なあと僕は思った。

残るは全員の適応だ。

ニュースのヘッドラインもことごとくアスピリン関連だった。世界の碩学《せきがく》たちが入国、ドイツ・バイエル社が自社とはいかなる関連もないことを表明、アスピリンに関する海外報道やゴシップ、東北アジアの各国首脳による共同研究体制協議、中国政府がアスピリンの起源は中国にあると発表、危機に陥った韓国政府にアメリカが最大限の支援を惜しまないと表明、そして政府の、関係部署の、市民団体の、宗教指導者らによる声明、現状報告、異論、発言。まあ、なあと僕は思った。

その翌日、クァクは出勤してきた。大丈夫か？　部長が尋ねた。はい、と力のない声でクァクが答えた。大丈夫か？　僕が尋ねると、いや、そんなことよりさ……一日じゅう音楽を聴いてたんだ。音楽？　すごく憂鬱になっちゃってさ。憂鬱って？　ただもう、すごい憂鬱でさ。実態がわからなかったときは不安だったけどね……もうこうなっちゃ、どうしようもないじゃないか。だってアスピリンだなんてさ。アスピリンじゃ……悪いともいえないだろ。それで何か、憂鬱な気持ちなんだよ。悪いとも……いえないからさあ。

インパクトだよ。それがないんだ。コンペの準備が最終段階に入っていた。クァクの憂鬱とは関係なく、徹夜必至ムードの夜だった。まさにああいうのを言ってるんだ、ぱっとみんなの視線を惹きつけるようなアイディアを出せってことだよ。窓の外のアスピリンを指差して、局長が自ら陣頭指揮を取りはじめた。わかりました。ぱっくりとひびが入った防水防火セメント壁がうなだれて答えた。ひどいなあ、あんまりじゃないか？　ホールズの包装を開けながらライがこぼす。あーあ、スイス製のフォンデュが食べたいなあ。伸びをしながらファンボが叫んだ。子どものころに食べたら、「フォン」って胃に響くだろうけどな。フォンデュより、僕はパスタが食べたかった。

結局、翌日団体で押しかけてスイス製フォンデュを食べてきた。「フォン」ってしない？　腹を叩きながらファンボが言ったが、僕は尿漏れパンツのことで頭がいっぱいだった。できてまもない、オープンテラスのヨーロッパ風レストランだった。でも、どうしてアスピリンなんだろ？　腹を叩いていたファンボがつぶやいた。それもあんなに大きなアスピリンなんてさ。頭痛の種が増えるぞっていう警告なんじゃないか？　イヤホンを耳からはずしてライが言った。とにかく、悪いとは言えないもんなあ。フォンデュを半分も残したクァクが憂鬱な顔で言った。クァクのその言葉で僕も憂鬱になった。考えてみると何も変わっていないのだ。仕事、仕事、仕事、仕事、会議、会議、会議、会議、フォンデュ。たとえフォンデュがちょっと割り込んだとはいっても、憂鬱以外の何かになれる成分配合ではない。パスタを食べたら

違ってたかな？

乾燥した気候がずっと続いていた。ほんと、世界的ではあるよな、そうじゃないか？　案の定、テラスから見おろした広場は観光客でごった返している。アスピリンの上にまたさまざまな重装備が、ヘリに載せられて移送されていた。見る人によって感じ方は違うだろうけど、すごい眺めというしかないと僕は思った。何やろうとしてるのかな？　ファンボが聞いた。僕らにわかるわけないだろ。クァクがつぶやいた。まあ、なあと僕もクァクに続いてつぶやいた。

コンペで僕らは勝利した。

名誉、というコンセプトが大きな決め手だった。「三〇パーセントに属するあなた。でも、二パーセントにも属しているのです」というコピーを書いたのはクァクで、中世ヨーロッパの伯爵夫人をビジュアルに採用したのはライだった。尿漏れに悩む一人の患者ではなく、守るべき名誉

を担った二パーセントの名士として顧客を礼遇するのです、と説得力ある明確な声でプレゼンを主導したのは部長だった。おおイェー、と最大の歓呼を上げたのはファンボだった。まあ、なあと僕はつぶやいた。

その日の夜はクァクと飲んだ。広大なアスピリンが浮かぶ夜だった。別に大した話はなかったが、言ってみればそれにもかかわらず飲んだ。僕はやっとギネス二本、クァクは十三本のコロナを空けた。いっそさあ、「ブン」って光線でも出してくれたらどんなにいいか……そしたら、これは何かよくないものだっていえるじゃん。朦朧とした表情でクァクがこぼす。アスピリンはさ、と明確な意識で僕は答えた。光線は出さないの。

バーを出たのは真夜中だった。雨が降っている。久しぶりに見る雨だ。近くのコンビニで傘を買おうかと思ったがやめた。てん、てんとクァクの群青色のシャツの上に薄いしみができていく。うっすら白い、雨に溶けたアスピリンだった。黙って歩いていたクァクが髪の毛を払いのけながら尋ねた。何ができるのかな。僕らに……何ができるんだろう？　黙って雨に濡れているだけの僕は何も答えられなかった。僕は急いでタクシーをつかまえる態勢に入った。

何かほんとに支配されてるみたいな感じがするんですよね。部長とランチを食べているとき、ふとそんな言葉が出た。アスピリンが……誰かを支配しているとはいえないじゃないか。それはそうですけど……でも、とにかく、ああやって浮かんでるわけですから。それで嫌な気持ちになるのかい？　っていうよりは……ちゃんと適応してってるのに、ふとそう思うんです。だけどそれはアスピリンのせいじゃないだろ。そうなんですよだからね、いっそ光線でも出してくれたらどんなにいいかって、昨日なんか、ちょっとそんなことまで考えたりして。インテリとして恥ずかしいですけどとにかくそうなんですよ。アスピリンのせいで君も悩みが多いね。ほんとは、それがいちばん大きな疑問なんです。疑問って？

悩みってものが消えちゃったことですよ。

夏には五回、雨が降った。ちょっとのにわか雨ではなくて、降ったなと記憶に残るぐらいの雨のことだ。そのたびにアスピリンは溶けたが、大きさは全然縮まらない。それにくらべてファンボは三インチもウエストが縮んだ。言ってみりゃ、にもかかわらずダイエットに成功したわけだ。休暇をとったあと、ファンボはちょっとの間うつ症状を呈していたが、おなかの肉が減ると表情が明るくなった。五つの歌謡番組を根気強く視聴したら自然と気分がよくなったんだよ、と明るい顔をして、ファンボはジャズダンスを習いはじめた。

七月だったか、小さな集会があった。小規模のデモだが、アスピリンに反対する人たちもいるんだなと思うと印象深い集会だった。短かったがニュースでもその様子を扱った。ただもう、いてもたってもいられなくてね／いったい何でアスピリンが浮かんでいるのか、政府が速やかに解決すべき問題でしょう／陰謀があるんですよ、黙って見過ごすわけにいきませんよね／こんなことしててタイレノールまで発生したら大変じゃないですか／私はただ友だちについてきたんです。デモは一時間も続いた、という。

八月中旬、ライはアソーテッドを購入した。たかがホールズ、されどホールズってことにしたんだ。ライは僕にだけそっとアソーテッドをくれた。いいね、と僕は言ってやった。そして

ほんとに何事もなく

秋が来た。九月にはＷＴＯの総会が開催され、アスピリンを歴史的スポットに指定したが、実際的な意味よりは象徴的な意味の方が上回る総会だった。アスピリンの上に設営された会議場に酸素マスクをつけた各国の閣僚たちが座った光景は、それこそ圧巻だった。その写真は外信に乗って全世界の話題となり、ただちにコカコーラとバイエル、韓国クライスラーの広告モチーフに使われた。クライスラーのビジュアルを担当したのはライだった。アメリカの本社も大きな関心を見せてくれたので、ライとしては意欲に燃えるしかない仕事だった。アスピリンのおかげで助かったよ。作業を手伝ったファンボはあごひげを撫でながら、働いていた。

君はどんな人物になりたいんだ？　クライスラーの件の打ち上げパーティーで部長に聞かれた。そうですね、どうせ大した悩みもないですけど……リカルド・ペレスぐらいのコピーライターになりたいと思います。手にしたバーボンのグラスを空けてようやく、僕はそう答えることができ

た。悩みがないってのはいいことだよ。うなずきながら部長はマティーニを飲んでいた。何の悩みもなく、僕はアスピリンを見つめた。

対応できないとき、人類は適応する。資料室で見つけたリカルド・ペレスのタイヤの広告には、そんなキャッチがついていた。みごとなコピーというしかないと、僕は思った。砂漠、氷結した道路、沼沢地帯、砂利道の上に大きなタイヤを配置したシリーズ広告だった。

そしてある日、アスピリンが続出した。東南アジアに、中南米に、アフリカに、東欧のあちこちの上空に同じ大きさのアスピリンが出現したのだ。何だよ、これじゃ、俺たちは例題だったのかって気までしてくるな。ニュース速報を見ながらライがため息をついた。もう今じゃ……世界的ともいえないなあ。残念そうな表情でファンボも口をはさんだ。まあ、なあ、これでアスピリンは世界化されたんだと僕は思った。一人で音楽を聴きながらクァクは一言ものを言わなかった。新しい世界が始まったとも、僕は思った。

何ができるんだろう?

クァクの質問を僕は自分自身に投げかけてみた。ぴったりの答えはやはり浮かんでこない。財布を開けて、身分証を探し、社員証や何枚ものクレジットカードを一枚一枚取り出してみた。僕は仕事をすることができ、僕は品物を買うことができる。確かに、悪いとはいえない人生だ。一枚のメモ用紙を広げて、僕はまたメモを始めた。まず買うべきものの目録と、いつかは買わなくてはならないものの目録を。

新型アイフォン、ノートパソコンのケース、時計、冬のコート、無線受信ポート、15ワットのスピーカー、洗剤、モニター、静音掃除機、シングルのニットタイ、スキーウェア、芳香剤、除湿剤フルセット、フランシス・ベーコン画集、「20世紀の音楽」CDセット、雑誌三冊、米、食パン、かぼちゃのペースト、いちごジャム、ビタミン剤、ミネラル栄養剤、カメラ、AIアイロン、アンティックのラジオ、マッサージチェア、ボトムスタンド、水槽、空気清浄機、ヘアアイロン、スリム形エアコン、コーヒーメーカー、加湿器、スキンケア用品、ヘアケア用品、外付けハードディスク、スニーカー、スノーボード、カッター形のひげそり、額縁、スケートボード、シートカバー、ローバーミニ、いやそれよりメルセデス・ベンツ……書き出してみると「地上最大の幸福」というコピーが浮かんだ。リカルド・ペレスの、ほら、あれ……あれ、どんな広告だったっけ？　ぼんやりと

アスピリンを見ながら

部長が立っていた。休憩室は静かで、窓の外の世界も静かだった。何してらっしゃるんですか？　あ……アスピリンが浮かんでる国々のことを考えてたんだ。何か特別な理由でも？　そこでも今、誰かが私みたいにアスピリンを見てるんじゃないかと思ってね。誰かは……見てるでし

ょうね。またアスピリンを見つめながら部長はつぶやいた。実は俺、高所恐怖症なんだ、重症の。でも毎日七十一階で勤務しなきゃいけないだろ。二百対一の競争率を勝ち抜いて分譲マンションに当たったんだけど、そこも二十三階だ。毎日あそこで休んで寝て、暮らしてる。変じゃないか？　そうですね。でもとにかく

悪いとはいえませんねと僕は答えた。誰もいない休憩室で、僕らは無言で立っていた。悪いとは言えない世界のどこかにその瞬間、上るだけ上ってしまったような気がした。くらっとめまいが、した。ただ浮かんでいるだけのアスピリンを眺めて、トントンと肩を叩きながら部長が言った。ささ、仕事だ。

はい、と僕は答えた。

ディルドが
わが家を守って
くれました

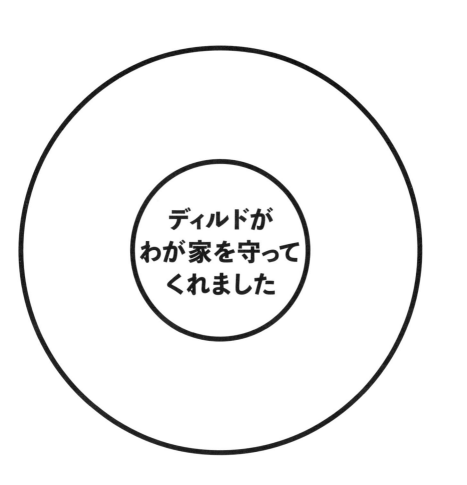

こんなふうに

天下壮士〔ソーセージの銘柄。韓国相撲の横綱の意〕を二本持ってベンチに座っていると、人生終わったって気分だ。午後五時だ。この時間まで昼飯も食ってない。まずは牛乳を開けて、俺は黙ってソーセージのビニールをむく。誰かに見られるかもと思うと、怖くもある。五十歳も過ぎた大男がハーハー言いながらソーセージのビニールをむいているなんて。顔は真っ赤、腹ぺこなのに、その腹がでっぷりと太ももに載っている。この世にこれよりみっともない眺めがあるのかどうかわからんな。暑い。ほんとに最悪の天気だ。

午前中ずっと汝矣島《ヨイド》を回ってきたが、どうにもならん。これはもう日光なんてしろものじゃないぞ……バシン！　と汝矣島の空ぐらいの大きさのハエ叩きでデコを引っぱたかれた気分だ。額が割れて死にはしなかったので、とにかくやっとのことで家に帰るだけは帰ってきた。だからもう蒸気は上るだけ上っていたのだ。何でそっちに行っちゃったんですか？「信友《シヌ》ビル」じゃなくて「善友《ソヌ》ビル」ですよ、善友！　とあいまいな発音をして俺に広場を横切らせたあのめがね野郎も一役買っている。すぐにでも買いそうなこと言って、契約書を三回も広げさせたくせに、カタログを受け取ったら、ほぉーとか言ってすぐにしまい込んじまって。もうちょっと考えてみますと言うあの若僧に、もちろんですともわかりました、肝臓を取り出して置いていきますからねー、みたいな顔で俺はぺこりと頭を下げた。念のため名刺をもう一枚パンフレットにはさむ。さっきいただきましたよとあいつが言った。あ、これは、スペアです。胆嚢も取り出して置いていこうとしている人間みたいに、俺は笑いながらウインクした。その瞬間も、肝臓と胆嚢を合わせたぐらいの大きさの宅配ボックスがあいつのデスクの上には置いてあったな。さっき俺の電話に出たとき

来るときに向かいのコンビニに寄って、私あての宅配を受け取ってきていただけませんかね？ ちょっと、忙しいもんで。私の名前ご存じでしょう？ とあいつに頼まれたものだ。耳を疑ったが、わかりましたとも、もちろんです！ という言葉が自然に飛び出した。そんな気持ち、あなたにわかってもらえるかなあ？ 身分証明書を見せてくれとコンビニの店員に言われて、えーと……私、本人ではなくて、ちょっとお使いで来たんですよと言うときのあの気持ち。もぐもぐもぐとソーセージでいっぱいの口を俺は牛乳でゆすぎ、それから牛乳を飲み干した。何はともあれ

今日も、車を売れなかった。

要は、それだ。最後に売り上げを記録したのはいつだっけ？ 記憶さえぼけぼけだ。くっそぉ、

残ったソーセージのビニールをむこうとするが、あの赤いビニールの、ひも？　っていうのか何ていうのか知らないが、とにかくあれが、なぜだか切れる。っきしょう……てっぺんについてる金属のつまみみたいなもんを倒したり引っ張ったりして、俺は力まかせにソーセージのビニールをむこうとする。噛んでも、みる。ざけんじゃねーよ力ならまだ誰にも負けないんだぞこのおじさんはよ。切れ……るか……切れろよ……負けねえぞ。それにしても暑い。暑すぎる。十回も曲げたのでだらんと伸びちまったソーセージの根元を握って、俺は重い体を起こす。待ってましたといわんばかりに

その……何ていうべきか……ほんとに大事な、人体の九番目の穴のまわりがものすごくじめじめして不快な感じだ。かゆい。だから夏は嫌なんだ。汗が嫌だし、世の中が嫌だ。尻たぶの間いっぱいにたっぷりたまった汗！　俺のような肥満人にとってこれ以上に怖いものが世の中にあるだろうか？　ズボンを引っ張り上げるふりをして、そのあたりをさっと手でほじる。誰も見てないよな？　あたりをそっと確認してから、俺は公園の入り口の店にむかって歩いていく。長距離ではないが、いろいろとしんどい道だ。サドルがとんがった自転車があればいいんだが、と、しんどい中でもそんな空想をするぐらい俺はポジティブな人間だ。暑い。

暑すぎる。

これ、むけないよ。ソーセージを突き出すと店の女が、ぱっちんとビニールの先をはさみで切

ってくれる。実は交換を希望していたのだが、ほー、すごいねと言っておとなしく店を出た。この歳でソーセージ一本をめぐって喧嘩するわけにもいかんだろうが、顧客の精神的苦痛と……時間的損失は果たして何で補償してくれるのだ。こんなんじゃだめだ……ほんとにだめだ。時間があり余っているなら五分だけでもあの、しょーもない女に真のセールスマンシップを教えてやりたい。いや、可能なら世の中の全員に教えてやりたい。真のセールスマンシップとは何なのか、世間は知らなすぎる。だから礼儀がないのだ。もしも俺が大統領だったら、

やめよう。

またベンチに戻って、そのごりっぱなソーセージをじっと見る。何度も引っ張ったりねじったりしたので、店の女がむいてくれた上の部分はむちゃくちゃ崩れて薄汚く見える。ホームレスのチンコだってこれよりは清潔だろうなあと情けなく思いながら、俺はごくんとソーセージを飲み込む。どっちにしろ遅い昼飯だ。そして……六年前にやめたタバコを一服だけふかしたくなる午後だ。もしかしてと財布を開けてみるが、やっぱり中はからっぽだ。金も入ってない財布が分厚い理由は、金にもならない名刺……契約職に転落したにもかかわらず堂々と、部長という職階が印刷されている名刺のせいだ。「ミド自動車ソウル・京畿《キヨンギ》統括特殊営業部部長。最高の車をお届けします」。名刺の下の方でにっこり笑っている一人の男の証明写真を、俺は確認する。四十歳のときに撮った写真だ。太った顔は変わってないが、

ジョン・グッドマン〔原注・アメリカの映画俳優、『バートン・フィンク』『キング・ラルフ』など多数の映画に出演〕に似てますねとか言われてたころのことだ。そうだ。この一枚一枚が全部、金になったときがあったのだ。ひっきりなしにかかってきた電話、真心が感じられた顧客との握手……お父様も私のお客様だったんですよ、と亡くなったお得意様の息子さんに新車を納品するときの喜悦と感動……覚えているかどうか知らないけど、まあ詳しいことはミド自動車社内報一九九三年十二月号掲載の「今月の営業マン」という記事を参考にしていただきたい。とにかく、

いい時期は過ぎ去った。

そして長い長い、果てしない下り坂を車椅子に乗って降りてきた気分だ。特にこの何年かはもう、南山《ナムサン》公園の階段みたいなところで誰かに後ろから車椅子を押されちゃったような感じだった。そんな気分……わかってもらえるかなあ？　郊外ではあったが三十二坪のマンションを買う直前だったのに、そこから二十二坪のチョンセ〔韓国特有の賃貸の形態。解説参照〕へ、二間の安アパートへ……次は月払いの部屋へ……契約職への転換で……いてもいなくてもいい人間に……矢のごとく落下した。何だってこうなったんだろう？　どこで何を間違えたのか？　ハンカチを取り出して俺は額を拭く。ハンカチよ、この、優しくもキュートな肥満者の親友よ。

ハンカチをしばらくいじってても気分はよくならない。よくなるはずがない。そりゃそうだ、あんな大騒ぎをして家を出てきたのに、どの面下げて笑えるっていうんだ。額に湧いた肉汁のよう

な汗を拭きながら、俺は今日一日を順に振り返ってみた。あのあと、汝矣島を出るとすぐに麻浦《マポ》の代理店を訪ねた。久しぶりの訪問だったが、あの小生意気な連中め、先輩が来ても見て見ぬふりをする。自信を持って言うが、所得税の請求書が舞い込んでも俺の十倍は歓迎されると思う。そんな気持ちを誰が知ろう。全員昼飯を食いに出て空っぽのオフィスで、一人『週刊テレビ芸能』をぱらぱらめくる男の気持ちを。

入社時の同期だった支店長とは電話がつながらないし、腹は減るし……それで、「フォーカス・上半期の話題をさらった芸能界の遅咲きたち」を読んで席を立った。よろしくやってろよ貴様らよ、と憎まれ口を叩きたいほど腹が減っていた。近所にはおいしい食堂もいっぱいあるんだよ。カードさえ止められてなきゃ、家まで戻るような苦労もしなくていいのに。バスに乗って一時間。もう二時を回ってて……いや、三時だったかな？　とにかく家に、つまり足を洗って飯も食えるだろうと思って家に入ったのが災いのもとだった。

飯くれ。
今までご飯も食べないで何やってたの？

何——やって——た——の？　その一言によって、異常なくらい、胃とか内臓とかその手のものたちがめらめら燃え上がる感じになった。異常な奴らが俺の腹の中に大挙して入ってきて、心臓といわず肺といわず手当たり次第にライターをつきつけて、火、つけるよ？　ついた？　つかないんだけど？　つくじゃん！　何だぁ革じゃないんだぁ～～みたいな野次を飛ばしてる感じ！安全帽をかぶった頭の変な奴が俺の耳にドライバーをねじ込んで十分ばかり回してから、何だプラスじゃないみたいだな、マイナス持ってこ～いとか叫ぶのを聞いてる気分！　それで駆けつけた同僚という奴が、今日は暑いんだし、もうぶっ壊しちゃおうぜ？　と俺の目の前でハンマーを差し出してるという、まさにそういう気分！　誰が見てもこれは正当防衛だ。それで致し方なく変身――

ファイヤー！

畜生。どっちが正しいかこだわる気は目くそほどもない。こだわったところでなあ。しばらく、頭の中にヘリウムガスがいっぱいになったみたいだった。かっとして頭がふくらみ、ふくらみ、風船みたいにぷわん、ぷわんと飛んでいきそうだった。それからパーン！　危うく63ビル〔汝矣島にある高層ビル〕四十一階の女子トイレの窓の外で爆発し、罪もない女の子たちを泣かせる男になるところだった。混迷のあと急に正気に戻ってみると、窓の外ですでに家具も家電もめちゃくちゃにぶっ壊れていた。さっき、何かあったんかい？　一階だか半地下だかから、ばあさんが一人顔を突き出してぎゃーぎゃー叫んでた。妻は顔をおおってうずくまっていた。恨多き一匹の亀、みたいに。

何でああなったのか今でもわからない。あの家！　扉を蹴ったことは蹴ったけど、実は逃げるようにしてばたばたと飛び出したんだ。あんなに腹を立てたのも、物を壊したのも初めてだったから、まずは自分で自分に慣れることができなくて。何か、絶対やるべき予防接種を抜かしてたんじゃないか？　知らないうちに体の中で卵が孵って、迷子になった寄生虫が脳まで到達したんじゃないか……主人を追って逃げ出した犬みたいに、町じゅうを徘徊した。

不幸中の幸いがあるとすれば、

気の毒な女房には指一本触れなかったこと……運よく通行人がいなかったこと……それから……待てよ、そういやテレビだって電子レンジだって全部、金じゃないか、俺の金……栄養失調を患った幼い生命の尊く貴重な血と汗にも匹敵する俺の金！　何てばかなことをしたのかという現実的な思いで、俺はもう一度頭をかきむしる。暑い。あの空におられるという、つまり我々をしろしめしたもうといわれるその人が、依然としてハエ叩きを持って虎視眈々と俺をにらんでいるような気分だ。俺だけを……にらんでいるような気分だ。これもすべて仕事がうまくいかないからだ。もう十か月というもの、一台も車を売ってない。おーい、神とか何とかおっしゃるそのお方……あなた様は、車、要らない？

とっくに別の道を探さなきゃいけなかったのだ。そんな助言を何て多くの人から聞いたことか。畜生、それでも少しずつよくなるだろうと思ってたんだ……だって実際、習った仕事もできる仕事もこれしかないんだから。何より、一九九三年十二月の「今月の営業マン」がこのまま投げ出すわけにはいかないと思ってのことだった。恥じない道、正しい道を歩むのだと自負してきた。

君は実に骨のある人だね。営業というものをちょっとでも知っている人なら、誰でも俺の人生をそう評価することだろう。そうだ。一言で言って、世の中がでたらめになったせいだ。ダンピングする人間、実績を横取りする人間……世の中をまともにするにはまず、そんな人間たちを一掃すべきだ。いったい、政府は……

畜生

俺はまた額の汗を拭く。どんなに言い訳を並べたところで、結論は一つだ。俺はおしまいだ。人生、詰んだ。家に入るのが心配だ。いや、これからどうやって生きるのかが心配だ。銀行預金もクレジットカードも、最後のとりでさえ消えてしまった人間だ。息子がもう大学生なのに……年とってからできた下の子は来年中学生なのに……あたりをうかがいながらこっそりケツの穴なんかかいている。車を一台でも売ることができるなら、また以前のように販路というものをつかめるなら……そうだ、ホームレスのチンコだって俺はなめるだろう。世の中は不公平だ。遅咲きスターになって世を席巻する奴もいるのに、遅咲きの悲劇でこの世の馬鹿騒ぎに巻き込まれている。それはそうと、どうやって家に入ろう？　ひょっとして誰もいない空っぽの部屋に、離婚書類とハンコがきちんと置いてあったりするんじゃないか？　考えるだけでも息が苦しい。暑い。ハンカチがおしぼりになってもう長いぞ。それはそうと

テレビ投げたときに、はずれちまったのかな？

俺の肩！

＊

何だ、ここにいたのか。

びっくりだな。息子だ。しかしまあ、何であいつがここに？　今日はアルバイトが早く終わったのかなと思っていると、奴がどっかり横に座る。名前は炳太《ビョンテ》。勉強はけっこうできると思っていたが、やっとのことで今年、地方の名もない大学に入学した。わかってもらえるかなあ、これでも大学かと思うような大学でも、授業料ってものがどぅおーーんなに高いかってことを。それでもおやじなんだからと、チョンセの保証金を引き出したのをばしっと充てて、どうにか払ってやった。ご存じだろうけど、それが父親というものだ。おっと、この話はしたかな？　地方大学地方大学って一くくりにバカにするけどな、うちの息子のはその中でも、首都圏だから。いや、自慢みたいに聞こえたらすまんけど……

ご飯は食べたんですか？

食った。

お母さんに聞きましたよ。壊れたものは全部片づけたから、心配ないですよ。掃除もしたし。

…………………………（おお、妻よ！）

お母さんも大丈夫ですよ。お父さんは最近、しんどいことが多かったからだろうって、生きてりゃそんなこともあるわよって言ってました。

うちの母さんがか？

下の階のジャンディのママが言うとでも？


妻よ……。奥歯をぐっと噛みしめ、俺は心の中でそう叫んだ。危うく泣きそうだったので、五分後緊急出動に備えるかのように、汗を拭くふりをしてハンカチを目のあたりに当て、西陽を見つめる、そんな男の気持ちがわかってもらえるかなあ。突然、ずっと前に夫婦で一緒に見た映画を思い出した。『ゴースト』だ！　あれを見た日はこんなことも夢見たっけ。どこかわからないけど、小ぢんまりとした居心地のいい場所で女房がせっせと陶芸をやってて、俺は黙ってその後ろから近づき……おっと、肩が！


感動はそれぐらいにして、早く家にお入んなさいよ。

感動だなんて、いったい誰が感動したんだよ。

顔が、まんま、感動してますよ。

腹が立ったんだよ、腹が！

どうして？

どうしてだと？


ちょうどそのとき、腹の中で横綱ソーセージの決勝戦が開かれる音が聞こえてきたが、なぜかプライドがその提案を許さなかった。知らんのか？　大きく一度目をぎょろりとさせて、俺はビヨンテにむかって真顔になってみせた。えーと、この話はしたかどうかわからないけど、俺のひいじいさんといったら有名な漢学者なんだぞ。つまり……町内で有名なということだが。信じられなかったら聞いてみろ、俺のまわりの人間ならみんな知ってることだ。


とにかく嫌なんだ。家も世の中も……ビヨンテ、父さんはもう疲れた。

誰でもそういうときがありますよね。

何もうまくいかないし、希望もないし。最近、玄関を入るときに俺がどんな気持ちがするか知ってるか？　今日みたいな暑い日に、日なたに停めておいた車の運転席に座る気分だよ。エンジンはかからないし、洋服はウールなのにエアコンは故障してるって、そういう気分だ。

その後部座席に乗ってる人間はどうすりゃいいんです。

俺はね……いや、言うまい。

いいですよ、言ってください。

お前、金、あるか？　と俺はビョンテに尋ねた。はい、今日、バイト代もらいました。ため息混じりでビョンテが答える。じゃ、ちょっとタバコ一箱買ってきてくれ。ビョンテはしばらくためらってからぱっと立ち上がった。どの銘柄ですか？　何でもいい。大股で歩いていく息子の後ろ姿を見ていた俺はもう一度ビョンテを呼び止めた。何です？　何でもじゃなくて……いちばん、安いの！

ありがとよ、と息子がくれたタバコを受け取って俺はつぶやく。いくらだった？　あとで払うよ。いいですよ。えーとライターは？　ライターは買ってこいって言わなかったじゃないですか。くそー、と俺はタバコを開けかけてやめる。ビニールのひもをせいぜい一センチ開けただけだから、何か他のものと交換できるだろう。また買ってきますよと立ち上がろうとする息子に、いや、いいよ、いいから座れと俺は言う。色づく地平線を見ていると、急に父子の情というものが湧いてきたような気がする。すっと腰をそらした三日月がまた、都会人の感受性をいかに刺激することか……なあビョンテ、と俺は話を続ける。

父さんは不安だ。
うまくいきますよ。
だめだ……本心なんだ。もう自信がない。お前もすっかり大きくなったから言うが、それと、これは母さんには秘密だが……もう半年になるかな、父さんは契約職になっちまったんだ。首を切られたも同然だ。

お母さんも僕も知ってますよ。

え、どうして？

下の階のジャンディのママも知ってると思いますけど？　お母さんと仲よしだから。

あの呪われたアマ……これだから俺が……畜生、話が出たから言うが、母さんみたいな女と結婚するぐらいなら、江原道《カンウオンド》に行ってクマと一緒に暮らした方がましだよ。クマなら入場料ぐらい取れるだろ。わかるか、父さんの仕事がうまくいってたとき……あのとき母さんがちょっとでも助けてくれてたら、マンションも買えたんだ。家さえあったらここまでなりゃしなかったろうさ。

お母さんを恨んでるんですか？

恨んでるんじゃなくて……そういうもんだって話だ。

お母さんも一生懸命生きてきたじゃないですか。

わかってる。俺の言いたいのは……でもそれだけじゃ足りないってことだ。それで腹が立つんだよ。

クマの話、お母さんにしてもいいですか？

よくねえよ。


それにしたって、人並み程度には暮らさにゃならんだろ。

希望を持ってください、お父さん。

ごめんな。面目ないよ。

お父さんだって一生懸命生きてきたじゃないですか。

わかってくれてありがたい。だけどな、ビョンテ。

はい？

俺たちひょっとして、庶民でもなくて、貧民とか……そういうんじゃないかな？

だったらどうなんです。

わかってないな、龍山《ヨンサン》は、それほど遠くの山じゃないんだぞ〔二〇〇九年に貧しい人々が犠牲になった「龍山事件」を指す。解説参照〕。

今日のニュース見ました？

何を？

ＮＡＳＡはもうすぐ月への衝突実験やるんですってよ。

いきなり何のこった？

いえ、お父さんが、遠くの山の話、するから。

おい。

はい。

でも俺たち、まだ、庶民だよな？

庶民でしょう。


お前、調子を合わせるのはうまいんだな。それと言い出したことだから言うが……正直、俺は、お前がもうちょっといい大学に行くと思ってたんだ。

ははは、お父さんったらもう。

残念なのは事実だ。金を稼げとも言わなかったし、バイトだってさせなかったろ。

僕……塾にも通えなかったじゃないですか。

何だとぉ……もうやめよう。

塾に行ってる連中には勝てないですよ、お父さん。

で、そんな不遇な環境で育ったのにどうしろと？　って言いたいわけか？

まったくもう。そう言うお父さんは……それで何もかもぶちのめしたんですか？

ぶったことはない。投げただけだ。おっと、肩が！

急にかっとしたんですね。

悔しくて、やっちまったんだ。中産層になるチャンスをあんなにやすやすと逃すなんて。

お父さん。

何だよ？

いらいらするのは僕も同じですよ。

お前がいらいらすることなんかあるか？

いいですよ、言ってもどうしようもないし。

言いかけたことは全部言え。

いいですよ、お父さんが正しいんですよ。

　脱力しちまって言葉が出てこない。こんな奴に人生を賭けたという事実が……暮れてゆく空を見ていると、俺は急に辛く寂しくなってきた。家長が家族全員を皆殺しにして自分も自殺を企てるとか、その手のニュースが新聞に載ってる理由がわかる気がする。金のない人間どうし、支えにならない人間どうしが家族になるのがこの世でいちばんひどい悲劇だ。暑い。夜なのに何でこんなに暑いんだ？　腹は減るし……いらいらする。何より、今の俺には革新が必要だ。


家に帰りましょうよお父さん。お母さんに連れてきてって言われたんだから。

いや、いいんだ、今日みたいな日にどうしてのうのうと家で寝られると思う。

じゃあどうするんです？

頼むから、今日一日は放っといてくれ。寝るのはここでいいし……それより今夜は、俺の人生についてまじめに悩んでみたいんだよ。まあ、どうこう言ってもいちばん悪いのは俺だろ？

お父さんを恨んだことはありませんよ。

今まではそうだったとしても、これからは違うだろうさ、ずーっとな……俺の法事の膳にレトルトカレーでも上りゃいい方だ。だけどお前な、どんなに俺が憎くてもこれだけは忘れるなよ。父さんはベストを尽くしたということをな。衣食住の面倒見て、そのうえお前の包茎手術の費用まで出したという事実を。

あの、ほんとにここで寝るんですか？

そうだ。

蚊はどうするんです？

この肉を見ろ。この際、燃費もちょっと落とさなきゃ。

心配だな。このへん、夜になるとたちの悪い中坊が集まって遊ぶんですよね。

へん、笑わせるなよ。

最近の中坊、ナイフ持ってますから。

え。

まあ、僕も話で聞いただけですけど。

金、ちょっと、貸してくれない？

いっそチムチルバン〔サウナを中心とする健康ランドのような施設。多くは二十四時間営業〕に行けと、ビョンテが一万ウォンくれた。中に食堂もあるから、わかめスープとかタラのスープとか食べてくださいと、あと二万ウォンもくれた。あ、それと、電子レンジは無傷でしたよ。不思議でしょ？　不思議か……それもこれも父さんが上手に投げたからだろ。そんな会話をしながら息子と一緒に歩いていると、それでも俺のそばには家族がいるんだなあと……ずきずき痛む肩の上に銀河が降りてきて流れているような気分だ。なあビョンテ……昔、

ウォルトン一家〔原注・一九七二年から八一年にかけてアメリカのＣＢＳで放映された家族ドラマ。韓国では「ウォルトン家の人々」というタイトルで公開された〕っていうドラマがあったんだが、知ってるか？

それは知らないけど、シンプソン一家なら知ってます。

シンプソンって誰？

ウォルトンと似たようなもんでしょ？

それならいい家族なんだろうな。

明日は必ず帰ってこなきゃだめですよ。
わかった、約束だ。
ほんとですね？
今まで父さんがお前をだましたことがあるか？
ちっちゃいとき、目、つぶってろって言って、握りっ屁したじゃないですか。
ははは、お前ときたらもう。

ビョンテを帰らせて、開けてないタバコを店で返品する。交換はできるけど返品はだめなんですよと店の女がぶつくさ言ったが、ぷっ、俺のようなベテランにそんな手が通じると思うか。遠くのチムチルバンの明かりを見ながら、俺は歩き出す。家に帰るのが怖い理由は、また、逃げるように家を出た本当の理由はビョンテには言えなかった。つまり、しばらく頭に湯気が上ってモノをぶん投げていたときのことだ、時計やラジオまで……すると、もう一年近く車を一台も売れずにいるという現実が頭に浮かんできた。ほんとに頭がおかしくなりそうだった。何かもっと投げるもの、投げて壊すものが必要だった。何かないか？　鏡台やたんすの引き出しまでがたがた引っ張り出してコンチクショ～ッとやったら、ぽん、と何かが落ちたのだ。何だこのくされチンコめ……と思って見ると、ほんとにチンコみたいなものだった、そしていきなり気が動転してしまい、俺はしばらくその場で凍りついた。あなたでもそうなったことだろう。

それはディルドだった。

俺のの三倍……太くてがっちりして黒っぽいそいつを見ていると、急に全身から力が抜けそうだった。十か月とか一年とかじゃないよ……そういや、もう三年にはなってると思う。一度も、してくれませんでした。そんな誰かの声が、九時のニュースみたいな感じで耳の中でガンガン響くのだった。つまり、そういうことだったんだ。

＊

ほんものの悲劇がどういうものか、あなたは知らない。三年前からチンコは立たないし、一年近く金も稼げてなくて、会社ではクビ……気がつけば女房の引き出しにディルド……でもそんなのは、いわば悲劇のつるつるした殻にすぎない。悲劇のほんとの核心は、小さな杏仁《きょうにん》のように杏の種の中に隠れているのだ（だからって、悲劇が杏仁と同様、お肌に良いという話ではない）。その中心に、小さいがとても固いものが……そんな気分をわかってもらえるかなあ。女房のディルドは輸入ブランドのでもなければ高級振動型でもなかった。

一般的な棒タイプだった。

畜生、いくら俺が稼げないからって……脱衣室でべとべとのランニングを脱ぎながら俺は思う。これってもう……いや、言うまい。ああ、気持ちいい。シャワーを浴びてすごく熱い湯に身を浸すと、この世は天国だ。金があれば……金さえあれば、と俺は妄想にふける。今……俺は葛藤しているところだ。どうです、決まりましたか？　いらいらしはじめた不動産屋が注意深く声をかける。カブトムシに似た不動産屋の顔をじっとにらんで、わかった！　と俺は叫ぶ。そしてテーブルに手のひらを叩きつける。タワーパレス……じゃなくて、チムチルバンを買うぞ！　ぷぷぷぷぷぷぷはっ。笑いをこらえるために俺は湯の中に潜水する。ぶくぶくと額をくすぐる空気泡の中で、俺はしばらく幸せになる。

タワーパレスのくそったれ。チムチルバンの服を着て八階の窓の外を見おろしていると、ふと、一人でタワークレーンに上って上空ストライキでもしているような気分になる。最低生活費を保障せよ！　そんな垂れ幕でもかけたらいいかもしれないな。みんなが言うだろう、あんなに太ってるのに食えないなんて……そして「ハンスト宣言した五十代のクォン某氏、二食めにして自分から降りてきて」……みたいな記事で万人を楽しませてくれる男になれるかもしれない。これ、もしかして、ビッグアイディアではないのか？　そうでもして有名になれば、また意外に遅咲きのスター営業マンに生まれ変わるとか、自分の人生を生きられるようになるかも？　おっと、肩が！

いやこりゃまた、誰かと思ったら。

聞き覚えのある声がして振り向くと、おっと、本当にこりゃまた誰かと思えば。キム・サンホだ。ずっと前、一緒に営業で飛び回っていた同僚だ。同じ商業高校の出身で喜びも悲しみも分け合ってきて、俺より先に没落の道をたどった友だちだ（自分と比較するとなおさらだ）。会社を離れたのはもう五年前、今はどこかで三万八千八百ウォンの冬虫夏草でも売ってるのかもしれない。いやあキム・サンホ！　ほんとに、何年ぶりだろう、それはそうとここにはどうして？　勝者の余裕というのか、俺は世間話を持ちかけ、どうしてって……とキム・サンホが笑う。俺、最近ここで暮らしてるんだ。あ、そうなのか？　と俺も笑いはしたが

笑うところだとは思えない。ここ、設備がすごくいいしなと、そんなお世辞を代わりに言うと、そうか？　俺はよく知らんけどと首をかしげる。我ながら気が利かないと思うが、はははと俺はまた笑う（このチムチルバンに住み着く許可でももらってるのかもしれんな）。そうか、元気か？　彼が聞く。ははは元気だよと、俺はもっと大声で笑う。

一緒にわかめスープ定食を食べながらあれこれ話を聞いた。おととし、女房と別れたんだ。娘は誰が育ててるんだ？　女房が連れてったよ。考試院［非常に狭い賃貸の部屋。もともと公務員試験（考試）の受験勉強をする若者対象だったが、家賃が安いため生活に困窮した様々な人々が利用するようになった］で一年暮らしてからここに移ってきたんだ。養育費とか生活費とかで頭が痛く

てさ、お粗末ながら営業もやってるけど、そっちはまだこれからだな。そうか、何を売ってるんだ？　何って何だよ、車だよ、できることはそれしかないのに。そうだよな、とうなずいたが飯がのどを通らない。これって……俺の自伝の後半じゃないか。

赤い照明がほんとにきれいだ。岩塩サウナで並んで横になっていると、過ぎた歳月がけだるさとともに思い浮かぶ。長かった今日一日もけだるさとともに思い浮かぶ。お前は相変わらずうまくいってんだろ？　とサンホが尋ねる。けだるく長いため息が思わず漏れて出てくる。どうにかこうにかな。いや……そうだ、隠してどうなるっていうんだ。実は俺も契約職に落っこちてずいぶんになるんだよ。塩気たっぷりの沈黙がサウナの空気を重たく押しつぶす。そのせいか、頭を支えていた安物の木枕がいっそう固く、痛く感じられる。畜生、あのときマンションを買っとけばよかったのになあ。


お前は相変わらずうまくやってるんだろうと思ってたのに。

このご時世にそんなことあるかい。

もっともだな。いつも思うんだ、走ってる車より車の営業マンの方が多いんじゃないかってな。しかもみんな、大卒だろ。

畜生。

元気出せよ。

それにしても、今まで一度も連絡、取り合いもしなかったな。食っていくってしんどいよな。

誰のせいでもないよ、自分に取り柄がないからだろ。

にしたって、みんな薄情じゃないか？

そうじゃない奴、一人も見たことないぞ。

チョ・ドゥチュル知ってるだろ？　あいつが今、麻浦の支店長なんだ。今日、昼飯でもおごらせようと思って行ったんだが電話に出ないんだ……くそ、あのタコが横取りしてった俺の売り上げ、いくらだと思ってんだ……

もともとそういう奴らが成功する世の中だもんな。でも、言っちゃ何だけど、お前も俺の売り上げ、くすねたよな？

あん？

お前は忘れたかしれんが、俺ははっきり覚えてっから。

おっとぉ、何のことだかぼんやり思い出した。だけど……俺とチョ・ドゥチュルを同レベルと思ってくれちゃ困る。実績ってそういうもんだ。それはちょうど、心をこめて巻いた海苔巻きを切って、皿にきれいに盛りつけるようなことなんだ。俺がくすねたものがあるとすればこういうことだよな――海苔巻きを切ると余る端っこ……あのつんつん飛び出した、皿に盛るのも何だから、っていう……ほら、あるだろ、あれ、あれ、切り終わったところで店のおばさんたちがぺろりと自分の口に放り込むあれ。ああいうの。

一方、チョ・ドゥチュルがくすねたのはどういうものか。きちんと皿に盛っておいた海苔巻きの最重要部分……言ってみればカニカマだとか、ハムといったものをだ、ごっそりつまみ出して大穴を開けちまう、そういうことだったはずだ。それも一度や二度じゃなかった。キムチ海苔巻きだと思って持ってったら、おじさんちょっと、これ、唐辛子の粉は振ってあるけどキムチが入ってないよ？　とかって言われた気分……もうやめとこう。とにかく、俺とチョ・ドゥチュルを一緒にするなんて、悔しいにも程がある。畜生、口を押さえて握りっ屁でも食らわせてやったら真実を理解するかな？　おっと、肩が！


何で今その話なんだ？　寂しいじゃないか。

そのときは言えなかったんだよ。お前が怖くて。

あん？　そりゃまた何のこった。

知らないのか？　営業所じゃお前のあだ名、狂ったムントだったじゃないか。

初めて聞くんだけど。

ほんとはみんな、お前のこと怖がってた。

それはそうと、ムントってどういう意味だ？

知るかよ。それはそれと、お前がどうしてチョ・ドゥチュルに話つけられなかったんだ。

あいつは石頭だしさ……畜生。とにかく、すまんかった。

何だよ今さら。俺らの仕事ってそんなもんだろ。

それはそうだけど……お前、あっちの方、立つか？

立ったらどうなんだよ、めんどくさいだけだろ。けど、何で？

いや。

もしか、お前、立たないの？

まさか、最近だって毎晩女房は海外旅行だぜ〔エクスタシーに達すること〕。

お前、昔もよくそう言ってたな。

ハハハ。

お前、ほんとに一つも変わってないな。

お前こそそのまんまだ。ウンカみたいな顔も全然、老けてないし。


あのなサンホ、生きるって何だろうな？

庶民がそんなこと考えてどうすんだ。

それでも……それでもさ。

お前もずいぶん弱ったな。

俺ほんとにこのごろは、休みたいってそればっかりだ。いや、死にたいんだ。

そんなこと言うなよ、女房の海外旅行はどうすんだ。

もう……車、売る自信がない。営業って何か、どうしたらいいのかももうわかんなくなってきた。家に米があるのかどうかもわからん。

そんなに辛いのか？

辛いよ、死にたいんだから。

………………

なあ、とキム・サンホが口を開いたのは、ひそかに眠気が忍び寄ってきたと感じるころだった。あん？　しばらくの間俺は、粘っこい涎を垂らしながら、ここで眠ったら大変なことになる……とか、頭の中でそんなことを考えてたといえよう。俺、寝てないよ、ちょっと考えごとしてたんだ。聞かれもしないのにそんな返事をしたのはそのせいだ。お前なあ、とキム・サンホはあたりに注意しながら言葉を続けた。そんなに大変なら

一度、遠くまで行ってみたら？

何言ってんだあ、平澤《ピョンテク》も安城《アンソン》も天安《チョナン》も……大田《テジョン》だって全部回ってきたんだ。どこ行ったたって、俺たちみたいな老いぼれが入り込む余地なんかないぞ。すーっと涎を拭きながら俺はそう答えた。あのな、とキム・サンホが言った。済州島まで行ったってそんなところはないさ。もう足の踏場もない世の中だからな。それで、俺がついに開拓した販路がどこだと思う？　ちょっと待て、販路だと？　販路という言葉を聞くと、誰かが工業用電気ドリルを耳にぐいぐい押しつけてるような気分だった。俺、月に行ったんだよ。キム・サンホがはっきりそう言った。

＊

千字文《せんじもん》〔千の漢字を四字ずつ二百五十句の形にした中国六朝時代の古詩で、初学者の教科書であり手習いの手本〕を作ったのが誰か知らないが、確かに人生をよく知る人だったのだろう。当然、いい大学を出た人なんだろうなと俺は茫々たる暗闇を見ながらつぶやく。どんなに忙しい朝だったか、あなたにはわからないだろう。まず、明け方こっそり家に行った。足音を殺して、すえた匂いのする下着を着替え、暗闇の中でよくアイロンのきいたシャツを探し出して着た。ネクタイを締めると、一人の愚直な男のシルエットが鏡の中に立っていた。みんな……幸せにならないとな。かばんを持って玄関に立ったまま、俺は闇の中でそうつぶやいた。そして、妻よ……すまん。

生きるか死ぬかだ。

嘘ではなく、ほんとに淡々とした気持ちだった。代理店の近くの地下鉄の駅構内でトーストを食べ（クソ、あのマーガリンの匂いときたら）、コーヒーを飲んで時間をつぶした。よお、こりゃまた誰だ？　チョ・ドゥチュルは相変わらずだった。手の指を全部組んでうなずく癖も、こりゃまた誰だ？　と笑ったあと、俺、金はないぜと要点だけ言う無礼な話し方も。ふふ、金借りに来たんじゃないぞみたいな軽口は言わなかった。俺は悠々と腕組みをして笑い、とぼけたような顔で、最近いちばん苦戦してる車種は何だ？　と聞いてみた。

カラット〔原注・ミド自動車の最高級セダン。史上最高の開発費をかけたが、高級車市場を席巻した輸入車ブランドに押されて苦戦を免れずにいる〕だよ、とあいつが答えた。無駄口叩いてないで一台出してくれ、買いたいって人がいるんだ。た、確かか？　奴が言った。百パーだよと俺は靴をトントン鳴らして答えた。残念だ、口にチンコでも突っ込まれたようなあの表情をあなたにも見せてあげたかったのに。俺の車ではないが、とにかく今、ミドの最高級・最新型セダンに乗って俺は火星に向かっている。宇宙洪荒〔千字文の最初の行にある言葉。宇宙は広大であるという意味〕だ。宇宙は確かに、文字通りそんな感じだ。

月に行っただぁ？

行ったんだよ。

そんなとこ、どうやって。

ナビに入力して、ずーっと行ったら行けた。

酸素もないのに。

せっぱつまってるときに、酸素のことなんか考えてられるか？

そりゃそうだが。

あっちはまだ、競争が激しくないんだ。食えてる連中があっちに行くわけないからな。

それはそうと、そこ、何が住んでんの？

何だかわからんけどとにかく住んでんだ、それに金回りもかなりいい。

いっぱい売れたか？

結構な。それで一息つけたんだよ。

俺の聞いたとこじゃ宇宙ってのは、暗黒物質とか、太陽放射線とか何とか、怖いもんもあって、危険だっていうんだがな。

金もないのにここに住んでるより危険じゃないよ。

ったくな。でも放射線でくたばったらどうする?

こっちで死のうとあっちで死のうと同じだろ。どっちにしたって、謝ってくれる奴がいないのは同じだからな。

えい、畜生め。

次は絶対、パク・クネに入れてやんだから。

俺もだよ。


長い旅になりそうだったから、焼酎も二パック買った。サンホの言う通りポリ公がいるわけないし。だがパックは開けずに、俺はひたすら運転にだけ集中した。言われたようにナビに入力し、案内に従ってむちゃくちゃ走った。走って、走って、走って、また走った。あっちこっちのハエの群みたいな人工衛星をよけさえすれば、そこは広大なる大海のごとしであった。月より遠い火星を選んだ理由は一つだ。礼儀、まさにそれ! チョ・ドゥチュルが一生かかっても身につかないセールスの礼儀……見ろよサンホ、これがまさに俺という人間なんだぞ。

道も混まないから

思ったより早く俺は火星に着いた。クソみたいな信号もないし、眠くなることもない。昼ごろなのかな？　時計は止まっていたが、とにかくそう感じた。静かだった。そしてちょっと、怖かった。見知らぬ惑星の風景を眺めながら握り飯をむしゃむしゃ食べてる気分を……誰が知ろう。窓を開けるのも怖かったが仕方ない、ツナマヨとチキンの辛味炒めのエネルギーを借りて俺はバッと車から降り立った。うっ。怖くて寒くて息さえできない。だがそれしきの環境が、生きるためにもがく人間の決心にどうして勝てるものか。あたりを見回して、ヒューッと俺は大きく深呼吸した。どこだろうが、庶民は適応しなければならない。適応もできない庶民は、死ぬしかないのか。

適応完了。

あちこち見回してみた火星は、書き込むべき離婚書類の空欄のごとく荒涼たる、寂しい場所だった。微生物一匹いないみたいなそんな場所……じゃあ何かい……レッド・カーペットでも敷いてあると思ってたのか、え？　と俺は自分に尋ねた。とにかく、別の惑星なのだ。地球の物差しで顧客の有無を評価してはならないだろう。俺はまた車に乗った。アドベンチャーはまだ始まってもいない。お客様どちらにおいでで？　窓を開けてくださーい、窓を……開けてください。それからどれくらい走ったか。

寒くて
単調で
寒くて
退屈だった。

音楽も切れた。もうずっと手離し運転だ。走っても走っても砂漠だし、どんなに見回してもネズミ一匹いない。寂しい。俺は結局エンジンを切った。これは絶対やっちゃいかんことなんだが。畜生、俺は車から降りて近所の低い岩に腰かける。焼酎を開ける。どうせ誰もいないんだ、ここに座ってマスターベーションでもしてみようか？　と考える。一抹の期待を……俺は中断する。

そんな目で見るな。
わかってる。全部わかってるから、
もう言うな。
あのときマンションを買うべきだったんだ。
ご立派なお前が何を考えたところで、
俺にわかるのはそれだけだよ。
いや、お前が知ってることだって、
実はそれだけだろ？

寒い。

寒すぎ。

たぶん、半分ぐらい焼酎を空けたころだったろう。おお、あの光景はあなたも見ておくべきだったな。遠くの丘を越えて車が一台、よろよろ走ってきた。飛び回る皿だとかそんな異様なものじゃなくて、文字通り地球の車！　こりゃいったい……こっちも夜が明けたのかと思ってイラッとしたのも事実だが、一方では嬉しくて涙が出そうだった。白っぽい埃とともに車から降りた生物は、誰が見ても人間だった。しかも俺と同年代の……畜生め、金はなさそうな……黒人だった。そいつもあわてたようで、穴が開くほど俺を見つめている。期待半分、失望半分。そして

ファックユー、火星人だと思ったのに！

逆に手を振って肩をすくめられてしまったよ。ちょっと見にも、匂いがぷんぷんする。何か売りに来てる奴で、しかも老いぼれだ（ここまで来てるところを見りゃ言わんでもわかる）。くんくんと営業マンの匂いを確認してから、俺は威丈高に奴にむかって尋ねた。

東南アジアか？

ちょっと面食らったようだが、奴は、あ、とすぐ意味がわかったようだった。アメリカ、とそいつが答える。え？　という気持ちではあったが、まあ……牛とか馬とか飼ってるような地域なんだろうと思った。カンザス？　アイオワ？　ともう一度尋ねるとそいつの答えは非常にシンプルであった。ニューヨーク。ちょ……ちょっと気圧される。どっちにしろ特に別に何も考えてない顔で、お前はどこから？　とそいつが聞いた。

韓国。
韓国？　うむ……初めて聞く国だ。
パク・チソンってサッカー選手、知らない？
知らない。
リアル・マドリードを知らないようじゃ困る。
レアル・マドリードなら聞いたことある。

火星ってほんとに変なところだ。誰とでもすぐ友だちになれるし、誰にでもすぐ本音を打ち明けられる。たぶんあの白っぽい空気……そうだ、宇宙放射線だか何だかのせいかもしれないな。この旦那の名前はジョー、聞いてみたら何ともまあ、状況が俺とそっくりだった。しがない保険会社で営業をしてるってんだが、電気代を六か月、医療保険を三か月滞納してるそうだ。すぐにでも路頭に迷いそうで、何より息子の歯痛がひどいんだって。遺産を一文も受け継いでないところも同じ、食ってくためにここまで来たのも同じだった。ひどいんだよ、公共料金高すぎだよ。

タバコをくわえたニューヨーカーが帽子を脱いでそう言った。そんなざまだけど帽子にはニューヨーク・ヤンキースのロゴがついている。

一杯どうだ？　残った一パックの焼酎を俺はジョーに渡してやった。いい車だな、とカラットを見ながらジョーがつぶやく。ほほう、買うかい？　ニューヨーク・ヤンキースの帽子をかぶせてやりながら、週末に決勝戦があるから見に来いよな——みたいな感じで俺は言う。買いたいところだけど……車、買い替えたのが先週だからな——と、ジョーはまるで俺みたいなことを言う。もしもジョーがヤンキース・スタジアムに俺を招待してくれたら、俺は真顔でこう言っただろう。どうしたもんかな、その日、女房のお母さんの誕生日なんだよって。俺たちはためらわず焼酎を傾けた。

寂しい風景のせいか、焼酎をぐいぐい飲んでいたジョーが急にうっと涙ぐんだ。おい、どうしたんだい相棒、と俺はジョーの背中をトントンしてやる。それでもお前はアメリカの市民権があるじゃないか……おい、俺の事情を一度聞いてみるか？　何がどうしてあんなこんなだもんだから……それで家ん中、引っくり返しちまって、そしたら女房の引き出しの中からディルドがぽんと落ちたんだぜ。そりゃひどい、とジョーも俺の肩を叩いてくれる。友よ、とジョーが言った。助けが必要ならいつでも言えよ。どさくさまぎれにありがとうと言ったのは、放射線のせいだったんだろう。

ジョーはすっかり魂が抜けたような顔だった。ぺちゃんこになった焼酎のパックを蹴って、えいくそ、とジョーが泣き出す。もしも目の前に宝くじの悪魔が現れたなら、俺はすぐにそいつに魂を売り払うだろう。もしも鼻先に不動産の悪魔が立ってたら、一年でも二年でもそいつのチンコ舐めてやるのに。こんなふうに生きるぐらいなら……こんなふうにさ。不動産の悪魔が女だったらどうすんだとも思ったが、俺は黙ってジョーをそっとしておいた。アンディ、ああ、かわいそうな俺の息子……顔をおおって一しきりすすり泣くとジョーが突然立ち上がり、歌を歌いはじめた。雰囲気のせいもあって、物悲しいジョーの声を聞いていると、俺まで憂愁をさっと振り払って放浪者になったような気分だ。いいぞ、俺も久々にステップを踏んでやろう。

アンディよ、俺の息子よ
達者で、達者で、達者でいるかい？
火星にいるパパは、社長じゃないんだ〔一九七〇年代に流行した口伝歌謡「ヨンジャ・ソング」の歌詞による〕

えっ、何でこの歌をジョーが知ってんだ？　とも思ったが、俺もダンスの最中だったんで、合いの手を入れようにも息が上がっていた。

この家庭環境を、何としょう！
パパは火星にいて、社長じゃないから

砂漠の真ん中で、必死のセールス

この家庭環境を、何としょう！　え？

歌が終わると、何か木枯らしのようなものが俺とジョーの間をひゅうーっと通り過ぎていく感じだった。それはそうと、と涙を拭きながらジョーが尋ねた。どうしてお前がこの歌を知ってるんだ？　はあはあと激しく息をしながら俺が答えた。俺の方こそ聞きたいよ。そりゃまたとジョーがつぶやく。俺たちは並んで岩に腰かけた。実はな、とジョーが言った。

ピッツバーグから来たんだよ。
初めて聞くところだぞ。
ピッツバーグ知らない？
知らない。

とにかく健闘を祈るよ。エンジンをかけるジョーにむかって俺は手を振ってやった。ありがとな、君も健闘を！　黒っぽい手を振りながら、ジョーも帽子を目深にかぶった。出会いも別れもバカボンドの宿命さ……粛然とした火星の大気の中で、俺もなぜか目頭が熱くなる思いだった。ブルン、と俺もエンジンをかけた。ジョーのポンコツが消えたのと反対方向へ、俺は走り出す。酒が抜けるまで走りつづけよう。俺は営業マン……持っているものは試乗用の車一台がすべて……俺は、だから……えい、畜生、この家庭環境を何としょう、え？

たぶんどこかに車を停めて

しばらく寝たのだと思う。どしん、という音が外から聞こえた。目をこすって涎を拭き、はっきりと眠りから覚めた俺は窓の外を見回した。そこに……何かが立っていた。いや、座っていたというべきか……寝ていたというべきかもしれないくらい、特異で巨大な「何か」だった。すーっと涎を拭いて窓を開けると、あら、とその何かが吠えた。大声を出したわけではないのだろうがとにかく声量が巨大なので、車体がぶるぶる震えるほどだ。私が起こしちゃったのね、と「それ」が言った。寝てたんじゃありません、考えごとしてたんです、と首を出して私は大声で叫んだ。

*

とにかく俺は降りた。そのおかげで

火星人というべきか、火星怪物というべきか……とにかく「それ」の全体を見ることができた。背はおおむね七～八メートル、肥大した体全体が薄い灰褐色の皮膚におおわれていた。動きによって岩のように固そうにも見えたし、人間の肉のようにやわらかくも見えたが――とにかく全体として、巨大な肉塊という印象を放っている。足らしきものは見あたらないが、胸板ぐらいのところに埋もれている、タコと人間の合作みたいな顔が見えた。すごく変わってるのは手だ。脳天から垂れ下がってくる長い、六本の触手を俺は目にしたが、細くて柔軟な触手の先には、人間の手とほんとによく似た、小さくて精巧な手がくっついていた。そしてそれは、雌だった。

いや、わざわざ確認したわけではなく……実際、目の前に見えた風景が問題の部位だったからだ。ふむ、つまり俺の背丈より大きい、巨大な生殖器が、地面にだらんと垂れた下腹みたいなところに自然にくっついていたのだ。その形についてあえて説明する必要はないと思う（ほんとにそっくりだったんで）。とにかくそんな理由で、俺は小さな岩山とその下に位置する巨大な洞窟の前に立つ形となった。ほほー、こんにちは、ご機嫌いかがと俺はあいさつした。そちらは？と彼女もあいさつした。寒い日だったし、本当に自然に――するめみたいな匂いがうっすらと鼻を突いたので、俺はまるで注文津《チュムンジン》〔江原道の魚で有名な港町〕の夜の海の前に立っているみたいな気分だった。はい、元気ですと

俺は話を続けた。こう見えても成人なんですよ。えっと……凍りつきそうな気温なのに、ぷつ

ぷつと額に汗が吹き出した。微妙にひくひくする目の前の洞窟の中ではなぜか、目が退化したコウモリの群とか……太古の神秘が宿る鍾乳石がぽたぽたと石灰成分のしずくを落としていそうに思えた。ひょっとしたら剃髪した修道僧でも座っているのかも。うちの曾祖父が

漢学者だったんですが……と言いながらもたもた汗を拭いていると、彼女がすぐに握手を求めてきた。わかってるわよ、地球人でしょ？　全体の感じに比べたら本当に小さな、やわらかい手……そしておっと、驚いたね、彼女の指と手首にぎっしりはめられた色とりどりの宝石と……ブランドものの時計を俺は見た。地球のものに間違いない。あれ、全部で何カラットだろ……思わず

お目にかかれて光栄です奥様、という言葉が勝手に出てしまった。ＮＡＳＡから来たの？　と彼女が問う。そうではなくてですね、よいお品をご紹介できればと思って、出かけてきたんですよ。よいお品って……と問い返す問題の奥様を見上げて、俺は食欲がひとりでに引っ込むのを感じた。こりゃだめだ。目の前の奥様がミニカー収集の趣味でも持っていない限り

望みはない。それでも念のため、あのー奥様と言葉をつなげる。このへんに、私みたいなちっちゃい方たちはいらっしゃらないですかね？　いや、ちっちゃくてもですね、いい時計をしていらしたりとか……そういう方たちのことなんですが。ここはね、と奥様が言った。ここは私たちだけよ。そうですかと私はうなだれる、あーあ。ＮＡＳＡの人たちは怖がりだったけど、あなた

はそうじゃないのね？　と彼女が聞いた。


その方たちは怖いものがいっぱいあったんでしょう。

じゃ、あなたは？

怖いものはないですね、お金を持たずに暮らすこと以外には。

私はお金しかないんだけど。

ほおー……ここではだいたい、どうやってお金を儲けるんです？

決まってるでしょ、土地よ。

じゃあ、不動産？

ＮＡＳＡが来て、すぐに全域で開発に入ったからね。補償金もらった人たちは大儲けでしょ。

いいですねえ。

いいことはいいけど……どうだかね。

なぜです？

寂しいの。

旦那様はお留守で？
忙しいのよ、ずっと仕事で。それに、休みはオレンジ踏むのに夢中で〔原注・火星のゴルフ場には芝生がないため、グリーンに上る、というのと同じ意味でオレンジを踏むという表現〕
ほほー、こんなきれいな奥様をほったらかして……お気の毒に。

ね、知ってる？
何をでしょう。
一年以上、一度もしてないのよ。
一年ですかっ？
そう、一年。
旦那様もほんとに、あんまりですね！

だけど、あなたほんと可愛いわね。
まあ、ときどきそう言われることもあります。
それと、あれは何？
どれのことでしょう？
あれよ……ほんとに、あれみたいな形ね。

俺はちょっと後ろを振り向いた。荒涼たる風景の中にあるのはただ、俺が乗ってきたカラットだけだ。莫大な開発費をかけた流線型のセダン……つまり……火星の旦那たちのは……これくらいでっかいってことか。あなた忙しいの？　奥様が聞いた。すぐに帰りたい心情ではあったが、忙しいと言うことはできない。世の中は弱肉強食。不満でいっぱいの奥様の前で、あなたが言える言葉はもう決められている。一つも忙しくありません。そう？　と奥様は触手を振った。じゃあちょっと、それ、ここに入れてみて。イカの体液みたいなぬめぬめしたものがどっとあふれ、その流れがもうしっとりと俺の足首を濡らしていた。しばらく膝の裏側がしびれたが……俺は顔を上げ、泣きそうになりながら言った。でも奥様……あれは……

商品なんですよ。

気に入ったら買うわよ、私、お金は余ってるの。しばらく頭の中が真っ白に燃え尽きた感じだったが、俺は最後まで精神の手綱は握りしめていた。俺は宇宙の秩序について考え、陰陽の調和と、北朝鮮の核実験と……そしてビョンテのことを考えた。ビョンテよ、父さんはだな……達者で達者で達者で……タバコを一本だけ吸いたい一瞬だ。人生についてみんながあれやこれや言うが、でも俺には食わせ、生かさにゃならん家族がいる！　すなわち人生とは……明らかに無駄骨だとわかっていても危険を冒す……そんな、ロマンチック人間たちの臆病な核実験じゃないのかな。そのほかに何を望むもんか。それ以上に欲しがったら欲張りってもんだ。

ドント・ウォーリー、シスター！

指を振って俺はウィンクをした。あら～と彼女は歓声を上げた。あなたったらカットゥギ〔大根のキムチ〕ね！　たぶん、ちゃっかり《カツチエンギ》という言葉を間違えて覚えたんだと思うが、とにかく俺はエンジンをかける。ぶるるん、宇宙旅行の時間だ。目いっぱいふくらんだ洞窟の入り口目がけて、俺はゆっくりと徐行運転を開始する。金が先か、人が先か？　俺はときどきそんな考えにふけったりするが、それは鶏が先か卵が先か？　と一つも違わないクソみたいなたわごとといわざるをえまい。顧客用に備えてあるCDを探して、俺はベートーヴェンを大音量でかける。楽しいホームミュージック、九番・合唱。そうだ、何といってもまずはムードだ！

行きますよ、姉上！

　窓を開けて俺は大声で叫ぶ。ふぅーんという鼻声があたりの砂を巻き上げる。ギアを下段に入れて、俺はそーっと、そーっとカラットの頭で洞窟の入り口をこすりはじめる。前進と後退……前進と後退。どれだけ時が経っただろう。ついにせきが切れたように彼女が自分のすべてを開きはじめた。ベートーヴェンに敬意を！　また、手軽な角形デザインを退けて流線型セダンを作ってくれた本社のデザイナーたちにも敬意を！　ぶるん、と大きな排気音を上げて俺は洞窟の奥まで前進する。そして後退。エミレ～〔慶州に残る新羅時代の遺物「エミレの鐘」による。解説参照〕みたいな、ほんとに清らかな、美しいうめき声が、天地に鳴り渡る。

　ひくひくする中身が現れると、俺は車を引っかけておいたまま、窓の外へ頭を突き出す。どうしたの？　彼女が尋ねた。俺は人差し指を高く突き立ててから、きれいなピンク！　と叫ぶ。嫌ねえもうカットゥギ、と灰褐色の頬を赤く染めた彼女の姿を、あなたにも見せたかった。前進、後退……前進後退……左三三、右三三……巨大な彼女の体が地軸を揺るがすほどに振動する感覚、エミレの鐘が鳴り響くあいまあいまに俺もサイドミラーを出したり引っ込めたりして、膣壁を刺激する腕前を披露した。クライマックスが近づいていた。たぶんこれは知らないだろうと、秘蔵の武器、ワイパーを俺は最高速で作動させる。あ、熱いわエミレー～と彼女がむせび泣く。待てよ、あれは！　そのとき運のいいことに

頭上に、ひくひく揺れる丸い岩のようなものが見えた。いいぞ、とサイドブレーキをかけて俺はエンジンの空回転を思いきり上げてやった。振動、また振動……そしてウィーンとサンルーフを開けた。今やこの身が打って出る番だ。靴をはいたまま運転席に立ち上がって、俺はサンルーフの外へぐっと上半身を突き出した。そして、姉上～と大声を上げながら、手のひらで、大事な核心部分に一撃を加えた。姉上！　姉上！　姉上！　姉上！……ああーっ、肩が！

あなたにも見せたかった。その後に起きた熱い洪水を……ダムが開いたようにほとばしり出た流れの壮観を……すかさずサンルーフを閉めてよけなかったら、俺の体もたぶん木星を通り越して土星の輪っかのあたりにかろうじてひっかかっていたことだろう。耳を刺すように響き渡るエミレーの中で、俺は営業の成功を確信した。ゆっくりと俺は車をバックさせ、彼女が意識を回復するまで何も言わずに待ってあげた。

＊

火星はやっぱり遠かった。
急いだことは急いだんだが、家に到着するともう時間は真夜中の十二時を回っていた。今俺は、明かりの消えた二階の窓を見ている。あそこが、わが家だ。体はへとへと、家は急な坂を上った路地の先、だが

俺のかばんの中には今、三枚の契約書が入っている。彼女のご友人たちにまで協力してもらった三枚の契約書……しかも特別配送費と運転講習費まで追加……これならいい商売だと、あなたも思うだろう。ひゅー、と俺はため息をつく。ほんとに長い一日だった。そして今、俺がやるべきことは何か。まずは家に入って、寝ている女房を起こして、お尻を一発、ぱん！　それから飯を食ってぐっすり眠るんだ。いつか、俺たちも

オメガ3の油を使った体にいい料理が食卓に並ぶような、仲睦まじい家族になるかもしれない。

どうしたの、おなかでも痛いの？
不満でもあるのか、ん？
あるとしたら、あなたがいつ、一台ぐらい車を売ってくれるのかってことね。
あれこれ、口数は多いけど

お前も、俺も
宇宙に名高い欲張りだしな。

何？　何だって？
聞こえないよ、
だからさ、今はちょっと、何だから
よーく寝て起きたら
明日、話すよ。

おっと、肩が！

星

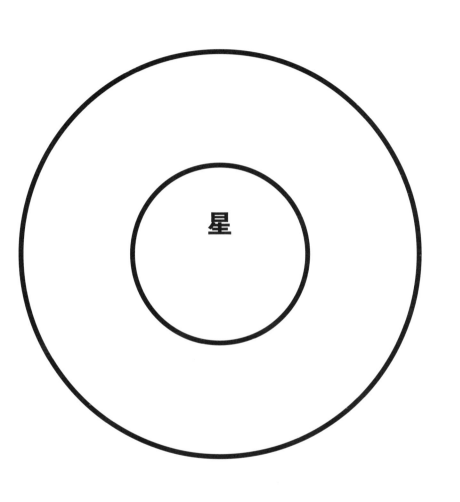

運転代行、お呼びになりましたか?
ウェイターが代わりにうなずいた。
脇を支えてもらいながら
女は、荒い息をしていた。

わからん……よな。ときどきそう思う。昨日の朝なんかどんだけ咳がひどかったか……結局吐いちゃって、もしかして肺ガンじゃないかと要らない心配をして。それでも、いや、それだからまたタバコをくわえる。知らんよもう。肺ガンだったらどうしようと思いながらも、軒先にぶら下がった電気のコードをぼんやりと見つめてしまった。白っぽく濁った空気と……どんよりした路地を見回し、ひたすら煙を吐き出す。でもわからないもんだ、寝て起きたらそんなことはまたすっかり忘れてしまった。目を覚ましたのは午後四時だったかな? とにかく一山《イルサン》まで来る途中、俺は何を考えてたんだろう? わかんないよなあ、城南《ソンナム》の自宅から一山まで……そんな遠距離を。
午後に大雨が降ったらしいのだが、よくわからない。漢江《ハンガン》を渡るとき、増水して濁った川の水を見ただけだ。そんなことより、隣でずーっとお祈りを唱えてるおばさんが妙に気になったりして、いろんな広告や、その中の製品や女たち、そして誰かが置いて降りてった新聞を一字も抜かさず最後まで読んだあげく、念のため持ってきた傘を……置いて降りちゃった。どっちにしろ肺ガンについてはすっかりかんに忘れていた。知るかよもう。傘はいいとして……そういえば飯は食べたんだっけ、それもよくわからないけど、たぶん海苔巻き……食べたのは昨日か。飯も具もひどかったんだけど。

こういうのが俺の暮らしだ。寝て、起きて、待って、呼び出しが入って、駆けつけて、運転して、金もらって、酒飲んで……あとはもうわからない。飯食って出てきて、コーヒーを半分もこぼしちゃった。自販機の横のATMブースにもたれてたら、挿入口にカードを入れてくださいって女の声がきんきん鳴ってびっくりしちまった。それでばかみたいにコーヒーをこぼしたんだ。くそーって手を振ってたら、ヒョヌ兄貴がぷっと吹き出した。おい、お姉さんが、カードさえあるなら挿入OKよーって、言ってんじゃん……それでまた何だ、かんだ、かんだ、かんだ。

知らんよもう

そのときにまた発作みたいに咳が出て、明らかに普通の咳じゃなかったけど、一緒になってけらけら笑っていた。ブースをトントン足で蹴りながら……だから、あのときにもう、健康への配慮っていうのか、そんなことをすべきだったんじゃないか……わかんない……よな、だって、タバコにしたって五年前に吸いはじめたばっかりなのに。たった五年で……いくら何でも……いや、それはわからない、病気が流れに乗ってしまえば一年以内に人生だめになる。それはともかく、いびきなんかかくとはほんとに思ってなかった……思ってもみなかったいびきがずうずうしく、シートを越えてくる。これだから……

ベルが鳴る。呼び出しを受けて移動中だからヒョヌ兄貴以外であるはずがない。兄貴、どうしたんです？　路肩に車を停めて俺は降り、電話に出る。運転中か？　いえ、タバコ一服も兼ねて降りたんですよ。お客は？　ぐーぐー寝てらっしゃいますよ、兄貴はどこです？　いやあ、今、ミスATMとコーヒー飲んでるとこ。あ、呼び出し、来たんですね？　それが、呼びつけといてキャンセルだってよ……あーもうむかつくよな、BMWに乗ってる奴が、キャンセル料五千ウォン払えないっていうんだぞ。それで？　言い争いになって三千ウォンは出させたよ。厄落としだと思ったらいいですよ。お前、いつこっち来るの？　兄貴、今、江南《カンナム》に向かってるんです。そうか、行っていつごろ戻ってくる？

でも兄貴、

何だ、どうした？　いえ……そうじゃなくてですね。何が？　いいえあの、体調もよくないんでね、城南《ソンナム》の自宅にまっすぐ帰るつもりなんです。おい、ずるいぞ一人で長距離担当して、夜の一時にもう退場か？　誰かさんは嫌な客にあたってキャンセル料もろくにもらえないのに。体調が……よくないんですよ。おい、そう言わずにさ、泊めてやるから……焼酎一杯飲まないか？　兄貴……今日はだめですよ……だって……ほんとに具合がよくないんですよ。そうか、お前まで俺を見捨てるんだなあ、どうしようかな俺、このお嬢さんとコーヒーでも飲むか……でも、どうする、ミスATM？　このお兄さんはクレジットカードがないんだぞ……まあしょうがないな、体に気ぃつけて、夜道に注意して帰れよ。あのね兄貴……いえ、いいです兄貴、ごめんなさい。

その夜道を

俺は眺めた。夜は更けて道は遠く……スモッグみたいに立ち上るこの息は煙なのか、ため息なのか……知らないけど、しばらく爪を噛んで、俺はまた運転席に乗り込んだ。客の……そう、客の顔をじっと見つめ、また目の前の暗闇を見た。どうしようかな、どうしようかな、どうしようかな……ハンドルをつかんだ手が少しずつ震え出す。そうだ、どうしようかなって言ってたよな……シートベルトを締めてサイドブレーキを解除し、ゆっくりとアクセルを踏む、そっと、踏む。そっと、踏みしだく〔国民的詩人・金素月（キム・ソウォル）の詩「つつじ」の一節による〕……それはそうとヒョヌ兄貴とは何でこんなに親しくなったんだっけ？　わからん……よな、運転代行の仕事を始めてからだから、長くてせいぜい六か月だろう。あれ、そんなもんだったっけと思うけど、そういうのってわかんないよな。たった一瞬ですっかり目がくらんじゃうことさえあるのが人間なんだから。そういえばヒョヌ兄貴と俺は似た点が多い。まず、二人ともカードがない。自己破産者……って点が同じだし、それに二人とも人を見る目がなくて人生を棒に振った。それが決定的な理由だ。

あの殺しても足りない奴が持ち逃げしたのは、資本金だけじゃ、なかったんだよ……俺に黙って、手形もどんだけ切ってたか……しかもそれを現金化して持ち逃げしたんだ。あーもう……ほんとに、そんなひどい奴があるかよ？　竹馬《ちくば》の友と事業を始めたばかりに、ヒョヌ兄貴は破滅した。気づいたら、友が手にしていたのは竹馬ではなくて竹槍だった。そして一人で罪をかぶった。家も何もかも手放して、二年ぐらい臭い飯を食わなくてはならなかった。二人の娘と妻の行方は、全州《チョンジュ》の妻の実家も教えてくれなかったという。どっかで元気でいるだろうさ、そうだろ？　ヒョヌ兄貴の手首には二すじ、自傷の跡が残っている。よく死ななかったよな……どうやって生きてきたのかもわからないし、何で生きてきたのかもわかんないよ……俺も以下同文だ。

手首を切りはしなかったけど……俺の人生も致命的に行き詰まってる。つまりこういうことだ、田舎の出身ではあったけど、特に問題もなく大学を出て、まずまずの会社で会計担当という人生だった。別に女を遠ざけてたわけじゃなかったが、誰かとつきあったこともなかった。与えられた生活、与えられた仕事、生活、仕事、生活、仕事、そしていきなり三十歳だ。言ってみりゃそんなある日のことだ。新人の女性社員の友だちだという子が一人、オフィスを訪ねてきた。偶然出入り口の近くに立ってたんで、何のご用ですか？　って聞いたんだけど……聞いたとき……息が止まるかと思った。雑誌や映画じゃなく現実で、あんなにきれいな女を見たのは初めてだった。実際、しばらく気が遠くなった。

わからないもんだよね

あれ、全部整形ですよーと新人が口を尖らせて言ってたけど、そんなこと耳に入るわけがない。一か月ぐらい様子見て、紹介してくれって頼んだら、わからないもんだよね、異様なくらい簡単に紹介してくれた。いろんな人と会ってるけど、ちゃんとつきあってる人はいないと思いますよ？　という新人の言葉は事実だった。心臓をかばうために清心丸を服用して臨んだその場に、ほんとに彼女が来てくれたのだ。あ、はい、あ、はい、と言いながら手がものすごく震えてたけど、そんなこと知る……かよ、オッパ〔女性から見た兄に対する呼称だが、恋人や夫、血縁関係のない年長の男性を呼ぶのにも使う〕ときどき電話してもいいですか？　と、次のデートを先に提案したのは彼女だった。あ、はい。

そしてときどき、ほんとに彼女から電話が来た。初めて並んで道を歩いたあの瞬間の緊張と震え……震えに震えて……いたら、あのねオッパと彼女がささやいた。そうだ、いつもそんな調子だった。あのねオッパ、ところで……実はあさって私の誕生日なの。デパートの輸入品コーナーというところに行ってみたのはそのときが初めてだ。あらー、これほんと可愛い……どう、オッパ？　一か月分の給与額に相当する靴だった。値札を見て全身が麻痺しそうだったけど、彼女がいきなり腕を組んできた瞬間、いきなりカードを差し出していた。これください。

それが始まりだった。わけも……わからず、愛してるって言葉を……信じた。手をつけずに増えつづけていた三つの積立預金を崩したのも……約二年、必死でカードでやりくりしたのも……愛していたからだ……結局、会社の金をちょっと引き出したのは……埋め合わせしておくつもりだったからだ。ほんとだ、それは課長も認めてくれた事実だ、事実だけど……そうだ、もういいんだ、いいんだけど、わからないのは何で俺みたいな奴を選んだのかってことだ。それはほんとにわからない。もっといいのがいくらでもいるだろうに三年も……ほっといてくれりゃいいのに三年も……それで電話したんだ。オッパ、私結婚するのって言われたんだっけ？ あのアマ……とにかくまあ、

　ほんとにわかんないよ

自由路〔京畿道の自動車専用道路〕に上ってしまった。夜は更けて道は遠く……午後に降った豪雨のせいか、霧だ……スモッグかも……しれないけど、路肩に車を停めると、いびきがさらに大きく聞こえてくる。車から降りて、俺はタバコをくわえた。霧だろうがスモッグだろうが、ごく近くも見分けがつかないような夜だ。空があるのかどうかもわからないし、むこうのあの明かりが坡州《パジュ》だか、一山だかもわからない。ひゅいーんとトラックが一台通り過ぎる。過ぎ去ってゆく人生みたいな、矢のような速さ。あっちの方、カーブがひどいんだけど……知るか、人生が沈没するのはいつも一瞬だ。タバコに火をつける。ショックで一週間会社を休んだ。病気休暇届は出したんだが……使い込みに課長が気づいた。本当に、返すつもりだったんですよ、本当ですよ……もう使えるカードも残っていなかった。急なことで、どっかから金を引っ張ってくることもできなかった。ふう……君の心は信じてるんだが……課長はそう言った、いや、会社の経営状態や社内ムードがもう少しよかったら、起訴は免れていただろう。カードの請求書が舞い込んできたのも一瞬、提訴されて豚箱に入ったのも一瞬のことだった。わからん……よな、それからどうやって生きてきた

のかほんとにわからない……振り返れば悪い夢みたいで……そうなんだけど、夢から覚めるといつも、食っていかなきゃならない、青天白日の下の一日があった。昼は長く、仕事は多く……夜は短く、夢のない一日。

夜道を、また

眺める。わからないよ、いつからか何もわからない人間になった。考えてたら生きていけないし、考えたら死にたくなる。それとほんとに……わからないんだ、昨日の夜中、五十代の紳士を一人、下渓洞《ハゲドン》まで乗せてったんだけど、途中ずーっと経済特区が指定されてこそ中小企業が活路を見出せる……経済特区が指定されてこそ中小企業が活路を見出せる……って言ってるんだ。酔ってはいたけど目ははっきり開いてて、同じ言葉だけをくり返す。わけわかんない、そして四の五の一切言わず、料金払って闇の中へ消えてった。おとといの人はまた、帰っても家に誰もいないんだよ、な？ワイフと子どもたちはカナダにいるんだから……って言いながら最後まで目的地を言ってくれなかった。カナダでおろしてくれよ、な？　バンクーバー……バンクーバー知らない？　知る……かよ。結局、漢江の川べりに車を停めて、料金もらって帰ってきた。金、金さえ払えばいいじゃないか……そうだ、金、金さえもらえば問題ないけど、わからないんだよ、何でこんなに、参っちゃってる人間が増えたんだか……結婚もしていい車にも乗ってる人間たちが、何であんなふうに生きてるのか。

ふう……吸い殻を投げ捨てて夜道をまた眺める。わからん……よな、また咳が出てくる。げほげほ……俺やっぱり、肺ガンなのかな……いや、それでもとにかくこんな夜道を走って、毎日、金さえもらえりゃそれでいいわけだけど……わからないよなあ。兄貴、その憎い奴を探して殺そうと思いませんでしたか？　だって俺が死ぬ方が簡単だしなあ……わからない、どうしてアメリカへ逃げた人間はつかまらないのか。わからん……よな、どうしてこんなふうに生きてるのか……俺は何もわからない、わからないけど

一つだけわかることがありそうだ

後部ドアを開けて、俺はお客が……投げ出したハンドバッグを拾って、開けた、そして財布を……探した。化粧品や、何だかわからないいろんながらくたの中からそれを見つけ、そして身分証を確認する、室内灯をつけて、見る、確認する、李《イ》……姸《ヨン》……電気を消す。そうだよ、お前が誰か、俺が知らないわけがあるか。知ってる、忘れたことがない……忘れられなかった。こんなふうにまた出会うことがあるなんて、と俺はもう一本タバコをくわえる。

運転代行呼ばれましたか？　と近づいた瞬間……マジで息が止まるかと思った。髪が短くなって、年は食ってたけど、確かに一瞬も忘れたことのないあの顔だった。発作のように咳がついて出る。振り向いて咳を殺している間にウェイターがささやく。すごく酔ってますけど……ナビに自宅までの経路が入ってるそうです。はい、あ、はい……わからないよ、何だってこんなことが起きるのか……運転中ずっと心の中で祈っていた。お願いだから別人であるようにと……祈っていた。いや、実はお願いだからあのアマであってほしいと何度も祈ったんだ……いや、ほんとのと

ころは……わからない、ドアを閉めて立ち、俺はまた夜道を眺めた。誰も見てないし、何も見えない夜だ。だめになった人間もだめになった世の中もおおい隠す霧のように、俺は今夜、この道のどこかに霧のように潜んでいる。大きく一度息を吸い込む。異様なほどに、肺が静かになる。だめになった肺の中は、霧が立ちこめた沼みたいだ。

車を駆って

さらに三十分走った。どこだかもわからないし、どこでも関係ない、丘、平地、丘、平地と続く小さな野原だ、わかりゃしない、聞こえてくる水音が漢江なのか臨津江《イムジンガン》なのか……わからない、どうしてここを車で走っているのか……エンジンを切ったときもわかっていなかった。ひたすら暗いばかりの夜だ。窓とサイドミラーを通してしばらく周囲の様子に視線と耳を集中させる。静かだ……さらに十分待ってみたが、人の気配はまったく感じられなかった。注意深く俺はドアを開けて出る。何も見えない。ただ、音が……霧の裾野で押さえつけられていた水音が、息を殺したネズミの行列みたいにどこかへ退いていく。

タバコをくわえる。そして俺は何度も、火をつけ損ねる……風もないのに火が消えるのはなぜだろう……わからない、そういえば今日もガス料金を払うのを忘れた。通知書を玄関に貼っといたのに……持たずに出てしまった。忘れてきた……払うべき料金、やるべき仕事、料金、仕事、料金、仕事、料金、仕事……もういいや、面倒だったそんな世界も、夜が明ければ消えるのだ。もうすぐお前もおしまい、俺もおしまいだという事実、やっと終わりにできるということの事実……すぐさま浮かんだのは、神は確かにいるという思いだった。そうでなかったらいったい誰が……わからないよな、人生の意味なんか忘れて久しいけど。ようやくついたタバコの火を吸い込んで強くしながら、俺は空を見上げてみる。神の意志でもいいし、俺の意志でもかまわない。神も人間も何も見えない空だ。知ったことじゃないけど……実に適切だという気が、それで、する。

トントン、と車のバンパーに足で触れてみる。シ、グ、ナス……運転代行をやってなかったら、俺の人生には入場してくることすらありえない高級セダンだ。そういえば医者だか漢方医だかとくっついた、ということだった、そんな噂を……あとで聞いた。オッパほんとにオーバーすぎるわ……それは電話で直接聞いたんだった。あなたぐらいの仲になった人はいっぱいいるし……そっちはたぶんメールだった。そしてパトロンが大勢いたという事実や……その中でやらせてももらえなかった間抜けは俺だけだという事実も知った、そして行方をくらましちゃったよな……バンクーバーだかアメリカだかで、うまくやってんだろうと思ってたよ、俺は。

いいんだ、もう、エンジンをかけて車もろとも水葬にしてやるのも手といえば手なんだ……考えてみれば俺が買ってやった服、靴、バッグ……そんなもんも全部もろとも、一緒くたにして落としてやりたいけど……全部入るかどうかもわからないし……第一、まだ持ってるだろうか？　わからないよな……ハンドルについた指紋を拭いて運転席に座らせて、それから……いや、そんなことしたいわけでもないんだ。単にあっさり捕まって、殺した理由を明らかにしてやりたい、そうなったらいい。そうなりゃ結局俺もおしまいだけど……俺の人生がいつ、おしまいでなかったことがあるんだ。おしまいか、お陀仏か知らないけど……人生にまだ何が残ってるか知らんけど、とにかく公平、だったら、それでいい。

息を殺したネズミのように、俺は後部座席の暗闇の中に入り込む。そして寝顔をじっと見る。暗かった。月光が彼女を照らしているというよりは……霧の網で濾《こ》しきれなかった月光の粒がやっと、彼女の額や小鼻にこぼれているという感じだ。一割の顔と九割の暗闇……その闇を俺はずーっと眺めている。六年前にもこんなふうにお前を見ていたことがあったかな……わからないよな、月光の粒を払うようにして俺は彼女の額を、鼻と頬を黙って手探りする。そして、ぱしっと、

頬を叩く。反応がない……さらに何度か叩いてみても、彼女は微動だにしない。放っといたら一匹のエイのように腐って発酵しそうな、すさまじい酒臭さが漂ってくる。元気……だったか？　そんなことを……言っちまった。熱い何かが口蓋を焼き尽くしたような感じで、胸がつまって俺は叫ぶ。元気だったのかよこのズベ公……わからん……よな、泣いてるような笑ってるような平穏な顔を見ながら、俺はため息をつく。俺自身が嬉しいのか悲しいのか、でなきゃ何ともないのかさえ……わからないんだ。何でもないことみたいに、このまま手を伸ばして首を締めたかった。このまま締めたら、それですべてが終わる……首をつかむ。彼女とは別に生きている一匹の動物のように、小さなチワワみたいに、かぼそい脈が搏っている。どれだけ時間がかかるのだろう、この小さい動物の体から最後の息が抜けるまでには。わからん……よな、自分の手を自分で引っ込める。これじゃまるで安楽死じゃないか……今までのことを考えたら……そんなに簡単に死んで

もらっちゃ困るんだ、それじゃ公平じゃない……何かもっといい方法があるだろう。朝までにはいっぱい時間がある。ゆっくり、もっとゆっくり……どうせ放っておいたってとうてい目を覚ます状態じゃないんだから。もう一度、僕は頬に手を載せてみる。まるで夢みたいだ。

わからない……川沿いを歩きながらタバコを吸っても、方法、つまり的確な方法が思いつかない、的確な方法が……っていうより、暗闇と白っぽい霧のカーテンの中で僕は結局、誰かの声が聞きたくなってしまった。誰かと話がしたい……何だろうなこれは……そして結局なぜか、ヒョヌ兄貴の番号を押してしまった。おお、城南に着いたか？　ひょっとしたら二度と会えないかもしれない人の声を聞いて、じーんとしてしまう。はい、あの、兄貴……どうしたんだ？　お前、今どこ？　あ……家です。こいつ、またこっそり一人で飲んで電話してきたな。誰かさんは今、一山ぐるぐる回るのだけで三回目なのに。すみません兄貴……運転中でしたか？　呼び出し待ってるところだよこのクソ野郎。兄貴、あのね……えとですね。おっとぉ、その口っぷりじゃあ焼酎三本目だな？　おいおい、長距離一本こなしたらもうお休みくださいよってことだぜ、お前、体調よくないとか言ってからに。酒飲んだんじゃないんですよ。おい、こっちで一緒に飲みたかったら、江南駅で一山行きの客一人、拾ってくりゃいいだろ。ハハハ、ところでね兄貴……兄貴は何で生きてんです？

しばらく兄貴は無言だった。またタバコを探してがさごそしている間も、咳が、咳が爆発する……つまりどうせ肺ガンなんだ俺は……知るかもう。お前、何かあったか？　真剣になった声が沈黙の果てに聞こえてきた。何かって……何か起きるような人生でもないでしょ。お前もしかして、事故ったんじゃないよな？　事故なんて……ただ兄貴の声が聞きたかったんすよ。おー、こいつ、誰かに聞かれたら俺たちつきあってると思われるじゃねーか。おい、切るぞお前、呼び出し、逃しちまうからな。呼び出し入ると……嬉しいですか？　じゃあお前悲しいのか？　生きるってそんなもんだろ、どうせなら多い方がいいよな、基本料金よりは長距離の方が歓迎だし……違うか？　そして電波がぷつんと切れた。ここの地形のせいなのか……または霧のせいか……わからない。電話はもうかかってこず、俺も電話しなかった。寂寞の中で水音が……息を殺したネズミの行列がまたどこかへさささささっと移動していく。息を殺したネズミのように、俺もまたセダンの後部座席に乗り込む。ドアを閉める。電波が切れた携帯みたいな顔で彼女はまだぐったりしている。なぜそんなことしたのかわからないが、ただ並んで彼女の隣に座って

ヨンジュ……

と俺はささやいた。返事は何も聞こえなかったが、返事が欲しくて言ったのではない。俺が……俺がどんなふうに生きてるか知ってるかい？　そして気がふれたように言葉をぶちまけた。もうわからない、そのあと何を吐き出したのか……言ってるときもわからなかった。もっと言いたかったけど、五分も経たないうちに頭の中が空っぽになってしまった。わけわからないよな、五分もしゃべれば言うことがなくなる身の上って……そんな人生があるという事実に、自分が虚しくなる。誰のせいだかわかるかい？　うなだれて俺は拳を握った。そして白っぽい……膝……膝を見た、膝に……手を載せる、拳を開いて、その手が……膝を包む。なぜ、と思うより先に……その

手をスカートの中にしのび込ませた。ストッキングとかパンツとかそういうものが……霧みたいに構えてる感じだ。体の向きを変えて、俺は彼女と向き合う。それらを全部膝の下まで引きずりおろして……手を……突っ込んだ。何かあったかい部位が人差し指と中指にやすやすと触れるが、何の感情も、興奮も湧いてこない。あのねオッパ、あのねオッパ……させてくれるような、くれないようなことを言いながら、一度もさせてくれなかったよな、いくらカードを使っても……俺には何の感情もなかった、だから勃起は可能だと思った。肩を下げ、力をこめると、無防備な足はほんとにあっさり広がった。どこかから流れ出たねばっこい粘液が俺の指を濡らし、また濡らした。

わかんないもんだよね

予想外の匂いを俺は嗅ぐ。何だこれ……じゃなくて、これは実際、よく慣れた香りだ。精液……だった。わかりゃしないよな俺がしばらく茫然自失してしまった理由なんて……お得意さんなんですけど今日はもうべろべろですよ、とささやいたウェイターの顔とネオンと、車に乗せるまでつじつまの合わないことをべらべらしゃべっていた彼女の顔……そんなことをいっぺんに思い出した。負けたよ、俺の負けだヨンジュ……そんな気持ちだった。ティッシュを探して手を拭いてから、俺はまた車の外に飛び出した。逃げ出し……た。がさがさっと、だんだん狭くなっていくタバコの箱をつぶしながら、ふーっと煙を吐き出した。川の空気、霧の膝、あたりに見える青黒い樹木……いわばそんなもんを肺と目に必死で収めた。ちらっと時間を確認すると、そろそろ三時に近い。ストッキングを脱ぎ捨てるような感じで霧はまばらに散っていったが、やはり何も見えないままの空だ。川の方に向かって俺は遠くへ、できるだけ遠くへ……火のついた吸い殻を投げ捨てる。ネズミたちの行列が乱れて散るように、一瞬、水音が大きく響く。

わからんよな……それでも、逃げてった側の人間は腹いっぱい……十分に食えてるもんだと思ってた……頼むから……食い過ぎて腹がはじけちまえよという思いも、あったんだ。わからないよな、他人の幸福を横取りしても幸福にはなれないんだとしたら……人間が幸福になれる方法って何なんだろう、わからん……よな。時計を見る、ふと思う、マンチェスター・ユナイテッドとアーセナルFCの試合が……見たい、今の時間なら……マンチェスター・ユナイテッドとレディングFCの試合の中継をやってるだろう、そして来週にはマンチェスターとアーセナルの……マンUのが……見られる……かも……しれない。死ぬってことは、つまりタバコも吸えないし、もうマンUとアーセナルの試合が見られないってことか、もうナイトクラブにも行けないし……酔っ払うこともできないってことか？　も、しれない、と思えば思うほど人生がもっとみじめになる。俺だけがそうなのかな、俺だけが……そうなんだろう。

それはそうと冷麺……冷麺が食べたい。どうだろう？　最後に冷麺食べたのはいつだっけ……わからない。覚えてるのは、スープ冷麺とビビン冷麺のどっちにするか悩んでたこと……何でそんなことって思うけど……わかんないよな結局はビビン冷麺を美味しく食べるのにさ……膾《フェ》冷麺〔調味したエイなどの刺身を入れた冷麺〕だよ、いつも膾冷麺を注文できなかった……どこ行ってもビビンより五百ウォン高いんだ……たかが五百ウォンのせいで……それでなのか急に膾冷麺が食べたくなる……わからないよ、人生から後悔をとったら何が残るか……食べ残しの人生も結局、後悔が——赤身の肉みたいな後悔がいっぱい詰まった缶詰みたいなもんじゃないのかって……わからんよな、このアマ……結局お前も俺も同じ、だったのかもしれないね。お前も基本料金のところを走りながら、呼び出しを……つまり長距離の呼び出しを待ってたんだろう……要するにもうちょっと稼ぎたくて……知らんけど……膾冷麺を……腹がはじけるくらいに……

うぇーっ

ドアが閉まってなかったのか？ 背後から急にうぇっ、うぇっという音が聞こえてくる。ゲロなんか吐くとは本当に思ってなかった。そんな時代が……あった。言ってみりゃウンコもしないもんだとばかり……そこまでじゃなくても……十日にやっと一ぺんぐらい、仕方なくウズラの卵ぐらいの可愛い排泄物を出して、あのねオッパ、あのねオッパって鳥みたいにさえずってんのかと思ってた。さっぱり流した便器の水みたいに……過ぎ去った歳月だ。残忍で残酷な風景だった。シートはダチョウの卵を破裂させたみたいに吐瀉物まみれだし、彼女はダチョウの卵を孵して死んだウズラみたいに横向きに倒れて身動きもしなかった。理由はわからないが、やがて殺すつもりの人間のゲロを……俺は掃除しはじめた。トランクで見つけたタオル何枚かとティッシュを使って……とにかく床をだいたい片づけた。途中で、ガソリンスタンドでもらったらしいミネラルウォーターが目に飛び込んできたので、服と袖と顔の汚れまで拭いてやって……何やってんだか理由はわからないけど……残った何枚かのティッシュを揃えて、それをきちんと半分に折った。折って、そしてそのやわらかいもので……彼女の股を拭いてやった。

パンツとストッキングをはかせてやって運転席に座ると、言葉にならないほど複雑な気持ちになった。何なんだよこれ……だけど何をやらかしたにしても、死体ぐらいは清潔にしてやらないとな……窓を全部閉めて俺はタバコをくわえる。目の前の暗闇を前にすると……結局、込み入った考えはやめにして、一緒に死のうと思えてくる。ベルトを締めて車を出して、川に飛び込んだら死ねそうだ。なかなか……死ねないもんだよ、というヒョヌ兄貴の言葉も耳元に浮かんだが……わからん……よな、ただ首を締めた方がましなのかも……とにかく最後のタバコを吸い込んで、俺は目の前の闇を際限なく凝視する。どこからか音楽が……

確かに音楽だった。オーディオは消してあったので、ちょっとの間、緊張してしまう。音のもとを探して車の中を調べると、ハンドバッグの中で……携帯だった。旦那かな？　彼女は電話に出ない。着メロはしばらく続き……とうとう切れたあと、一通のメールに変わった。「ねえ寝てる？」知るかよ……住所録には暗証番号が設定されている……俺はしばらくためらった末にその番号に電話した。もしもし？　男の低い声だ。知る……かよ……夜遅く申し訳ありません、一山署の暴力課の刑事でソン・ホギョンと申しますがと言うと、男は少なからずあわてた様子だ。もしやこの電話の使用者の方の保護者でいらっしゃいますか？　違うと男が答える。夜中にこの方が遺体で発見されまして……身分証がないもんですからね、現在、関係者を探しておるんです。住所録が開けず、それとこの番号が最新の受信番号だったもんですから。少々ご協力願います。たぶん間違い電話をかけちゃったんだろうと、男が言う。メールも送られましたよね……捜査が進めば結果は全部出てしまうんですが、と言うと、ぐずぐずためらっていた男が声を殺して言う。秘密にしといてもらえますか？　はい、一切、非公開です。

あのー……私はですねよく知らないんですよね、チャットしてて、何度か会っただけの方なんです。今日ナイトクラブに一緒に行こうって言ってたんですが、私が行けなくなって……電話は、もしかしてクラブから出てきたかなと思って、してみたんです。既婚者でいらっしゃいますか？　えーと、まあ、先方もそうなんでして……私も……そうですが。もしやこの方の自宅の電話番号もご存じですか？　それは知りません。旦那さんとは他人も同然で、別居してるって……聞いてます。それも酒の席で聞いた話ですから……今日は本当に、会ってないんですよ、旦那さんとは仇みたいな関係だって……離婚しても子どもを取られそうだって……失礼ですが、お名前は？

知るかよ

タバコも切れて、俺は目の前の暗闇を黙って見ているだけだ。夜も更けて、道はまだ……わからない、どこへ行くべきなのか、ふと、わからなくなる。このまま一緒に死んでもいいみたいでもあるし、殺して俺は自分の家に帰ってもいいのだし……ここにただこうしていてもいいような気もする。時計を見る。明け方四時……また霧が濃くなって、膝の下まで降りたストッキングをずるずると引っ張り上げている。目の積んだやわらかい……きめの細かい空気だ。肺ガンについてちょっと悩み……わからないよな、あのねオッパ、あのねオッパ……ずっと前に聞いた声が耳元を惑わす。わからん……よな、どんなに壊れても結局、人間が流出させる水分は涙と鼻水、唾……

それだけなのか。知らんけど、そうはいってても人間が一般的に出す水分っていったら……それ以外にはないのか？　わからん……よな、暗闇の中でしきりに水音が大きく聞こえる。どうしようかな、どうしようかな……霧の中の暗闇の果てまで俺は凝視する、まるで幻……みたいだ、あの闇は、あの水音は……でもねオッパ、でもねオッパ……どうしようかな、どうしようかな……タバコがあと一本だけあったら……おそらく俺は別の決定を下すことができそうなのに……わからない、今のうちにすべてを終わりにすべきなのに……手遅れになる前に……体を起こして俺は彼女の腰にベルトを締める、窓を閉め、ドアをロックする。

けどさヨンジュ……

お前さ……お前、何でこんなことやってんの？　そうはいってても一般的に人間が目から流出させる水分を、俺も少し流してしまう。鼻水と唾が口の中のどこかでつっかえてるみたいでもあったけど……そんなのわからない、しょせん人間は人間であるだけなんだから。彼女と同じように……俺もベルトを締める。そしてエンジンを……かける。かけた。しばらく消えていた水の音が大きな轟音に転換して、肺の中をいっぱいに満たす感じだ。激烈な波だ。目の前の暗闇を俺はまた見つめる。そっと、アクセルを……踏んでみる……踏みしだく。夜は更けて、道は遠く、力を振り絞って俺はアクセルを踏む。望んだ通りに、目の前に闇が激しく迫ってくる。

夢のように……七年前の夏のことを思い出す。人生には夏の日がいっぱいあるだろうけど、「あの夏の日の午後」について話さなければ俺の人生を説明したことにならない、そういう午後が……ある。でもねオッパ……ヨンジュと一緒に旅行に行った。といったって正確には彼女の妹も一緒で……もっと正確にいえばコンドミニアム代も、運転も、諸経費も全部俺持ちで、そのうえ重い荷物も全部持ってやる間抜けとして参加……という旅だった。三歳違いの妹が一緒でも、谷川の風を浴びて俺は幸せだった。でもねオッパ、でもねオッパ……妹と離れたところでこっそりキスもしたし……でもねオッパ、でもねオッパ、私の家、ものすごく保守的なのよ……それ以上欲を出すことはできなかったけど、それでもよかった。木と森と、水面いっぱいに降り注いでいたあの日ざしのきらめき……妹の名前はキョンジュだった。言ってみれば義妹、になると信じていたから、今もはっきりと名前を覚えてる。一人で離れて泳いでいたキョンジュが急に手をばたばたさせてもがきはじめた。ヨンジュの悲鳴が聞こえて……俺は……飛び込んだ、ほかに何も考えられなかった、全力を振り絞って……ついに俺はキョンジュを引っ張り上げ……そこで力尽きてしまった。やっと駆けつけたライフセーバーがいなかったら、あのとき俺は一かたまりの鉛のように水底深く沈んでいたことだろう。沈んでいたときのあの感じを……あの水底の風景を俺は今でも忘れることができない。胸は苦しかったけど……妹を抱きしめているヨンジュの顔はすぐに思い出せた。水の中に広がった太陽のまだらな光が……俺を包んでいるようだった。ぼんやりしていく意識の中で……それは一般的に……美しいといえる風景だった。

あのとき……死ぬべきだったと、ずっと思ってきた。あのとき死んでたらどんなによかったかと……思っていた、そんな俺の気持ち……知らない……はずだ、何も知らずに死ねるとは何て大きな祝福なんだろう……輝くものに満ちたこの世はいつ消えたのか……消えて、しまったのか……わからない、あのとき俺は輝いていたか？　水を飲んで……肺が……もしかしたらあれからだんだん肺がおかしくなったんじゃないのかな？　わからん……

けど、あのとき見た水底の模様が……忘れられない、肺が水でいっぱいになってたあのとき……あのとき死んでいたらどんなによかっただろうヨンジュ……あのときお前は、輝いてたの？　水の中で……あのとき俺が見たものは何だったのか……あんなにも輝いていた……輝いて、いた……

　わかりゃしない……ここがどこだかわかりゃしないが、カーナビの設定が間違ってなければヨンジュの家の近くであることは確かだ。進入路側のコンビニで俺はタバコと飲み物を買い、近所の路地を何度もぐるぐる回って、適当な位置に車を停めた。五時……夜明け前だからまだ暗い、夜明けまでが、まだまだ長い。まずはタバコを一服して、俺はヨンジュのシートベルトをはずしてやった。目を覚ますまでにはもうしばらく時間が必要だろう。キーをハンドバッグに入れてやり、その場を離れ……五十メートルぐらい歩いてから……また戻った。そうして……財布を探して料金をもらい、ドアを閉めようとしたんだが……すっかり生気を失った小さな顔が目に入ってきた。暗い路地だった。わからん……けど、日が昇るまでそばにいてやろうと……それで思った。東の空が明るくなるまで……顔をしかめて俺はタバコをくわえる。いろんな道を走ってきたけど

　今、目の前にあるこの道はよそよそしすぎる……あの夜道……まだ夜は更けて、道は遠いのだろうけど……マンUとレディング戦は終わったのかどうかも……どっちが勝ったか、長距離の仕事を受けたのが誰かも……わかりゃしない、いくら呼び出しに応えてもこんなふうに道は続いていくのに、道は遠くて……そして夜は果てしなく深いのに……まだ何も見えない空だ。誰かのそばに神がいないなら……人間でもいいから、いてやらなくてはならないだろう。俺は座る、後部

座席の暗闇の中に……俺は溶け込む。嘔吐の痕跡がまだ残っているシートの上に……座る。ふと眠くなり……眠いけれども俺は目の前の闇を見つめる。ぼんやりと……そして不意に、何か冷たくてやわらかいものがそっと俺の肩を押すのを感じる。見なくてもわかる、ヨンジュの、眠さのあまり重くなった頭だ。手を……手を一度だけ握ってやろうかと思ったが……やめておく……わからん、けど……頭上に何も見えない夜だけど、

アーチ

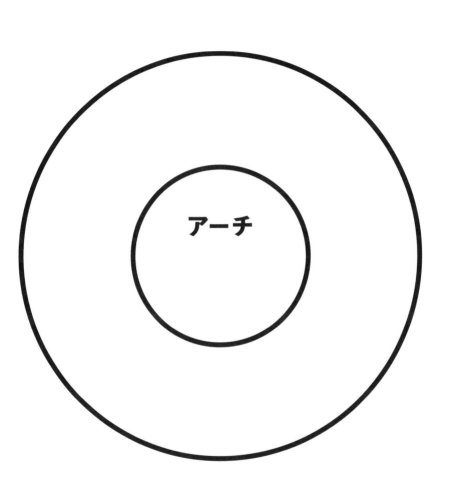

十二月十九日（月）。天気：晴れ／今日の運勢：猪年、五九年生まれ。今まで首を長くして待っていたことがついに実を結ぶ。役所との縁が深まり、官庁に出入りする機会ができる。／真冬の寒さもダンクシュートで吹き飛ばせ。行け、バスケットボール大会の熱気の中へ！／待たれるW杯、サッカー代表チームの転地訓練。／私のすべてをお見せします。十億ウォン！　ミステリアスな歌手Kがモバイルヌード写真集を電撃契約。／私はほんとに悔しいです！　訴えられたタレントLの最近の心境、単独インタビュー。／わかりやすいセックスQ&A。亀頭がすごく小さいんです――現代医学は解決法も多様、近くの病院へどうぞ。／本格企業マンガ・回転椅子。ふっふっふ、あのヒキガエル野郎の回し者か？　知ってるくせに、お前を狙っているのは一人二人じゃないぞ。ふっふっふっふ、何も言う必要はなさそうだな。以下同文だ。ぱっ、しゅっ、ぴしっ、ぼかっ、がったーん、う・うう……がたん、ばたり。ほほほ、待ってたわよ。なぜ私を？　知らないの？　このあたりの噂の速度は超高速インターネット並みだってこと。おおっと、すぅーっ、どきっ、もみもみ、あはーん、ぺろり、あうっ、あああん、ずぼ、ずぼ、くあーっ。さすが片手で百億ウォンをつかんだ男、こっちの技術も……はあっ。／第115回宝くじ当選番号、572……／今日の話題・またセクシー路線？　歌手H、ライブ中にまた胸ぽろり。

ソルロンタン〔骨ごとの牛肉を長時間煮込んだ乳白色のスープ〕お待たせー。

ばさっと新聞を閉じる。ほかほかの湯気がもわもわと立ち上る。いい匂いだ。胡椒を振ってネギをたっぷり載せる。大きく切った大根キムチを一つ、ざぶんとスープに沈める。この新聞、読み終わってます？　同年輩とお見受けするタクシー運転手が、新聞を引っつかんでそう尋ねる。私はうなずく。キム巡査長、と言いながら店主がどっかり向かいの椅子に腰かける。お肉、もっと載せてあげましょうか？　これでも多すぎるよ……と言って首を横に振るが、ちょっと、おばさん！　と店主は大声で、ホールをうろうろしていた女性店員を呼ぶ。何やってんだい、巡査長にはもっとお肉いっぱい入れてさしあげなくちゃ。いらないよと手を振るが、中国から来た四十がらみのおばさんは、どっちの言うことを聞けばいいのかと迷子の牛のようにもじもじしている。ぼーっと

突っ立ってないでさ、コーヒーでもお出ししなさいよ。コーヒーを飲みながら私は店主の訴えを聞いてやる。駐車問題だ。あれだって屋外広告でしょ。ああいうのも法律があるのに、あんな場所に立てちゃってほんとに困るんですよ。言葉も通じないし……もともと車一台分の場所なのに。一度注意しておきますからと言って私は立ち上がる。いやあ巡査長、お忙しいのにと言って店主はお代を受け取らない。五千ウォンをそーっとカウンターに置いて私は食堂を出る。帽子を、かぶる。隣の店はゲーセンだ。食堂との境界で風船カカシが冬風に舞っている。その前で私はタ

バコをくわえる。アリアリ　スリスリ　アラリヨ　アリアリ〔「江原道アリラン」の歌詞〕。スピーカーから流れてくる歌が急にしゅーっとしぼむ。店員が一人、シャツ姿で飛び出してくる。敬礼すると、へへぇーというような顔でおじぎする。すいよ日まで大目見てくださいよ、先週オープンしたもんで。へへぇー、と言う店員に、音楽が大きすぎると私は忠告する。わかりました、とまたへいへいしながら店員が敬礼する。ソルロンタン屋の店主が窓越しにこっちをじっと見ているのを感じる。みんな、生きるために頑張っている人たちだ。何事もなく

つつがなく、やっていってくれれば私としてはそれでいい。十二年も管轄しているこの通りが、だから私は好きだ。うんざりすることもなくはないが、人が生きるところならだいたいみんなこんなもんだと思う。熱い汁物があり、新聞があり、争いごともあり、事故もある。あるのが普通だ。焼いて、炒めて、ゆでて、沸かして、揚げて、じっくり煮込んで生きていく。誰も物乞いしなくてよくて、稼いで、食べて、生きていく。それでも秋にはびっしり並んだイチョウの木が金髪を揺らしていた通りだ。春になればやがて花も咲く。咲くだろう。いつだってそうだった、一度でもそうでなかったことがあるか。ツーッ、と無線機が鳴る。私は何気なく無線に出る。先輩、というユン警部補の声が伝わってくる。あわてている。どうしたんだ？　男が一人、漢江《ハンガン》の橋のアーチに上ったという通報がありました。アーチに？　はいそうです。急いで、私は現在位置を伝える。やっぱりな、ついに実を結ぶって何の話だよ。いつもそうだったように、「今日の運勢」が当たったためしはない。

こういう日には必ず道が混む。非常灯をつけてサイレンを鳴らしても、まるでどうにもならない。ハンドルを握ったイ巡査の顔が赤くなったり青くなったりする。焦る新入りの顔を見ていると、わけもなく笑いがこみあげてくる。桃みたいに色白な若者だ。だから赤や青になるというより、黄桃になったり白桃になったりする感じだ。心配すんな、俺たちが到着するまでは絶対死なないからと言って私はタバコをくわえる。ほんとに死ぬ人間は欄干から飛び降りる。橋のアーチまで上ってわあわあ騒いだりしない。誰も止められないし、誰も捕まえられない。漢江が見えてくる。どこからかクリスマスキャロルが聞こえてきて、私はふいに缶詰の黄桃が食べたくなる。仕事が終わったら絶対黄桃を食べるぞ。

アーチに上る人間の目的は、死ぬことではない。たいがいは、悔しさを訴えるか、わかってほしいのだ。それで、止めてくれることを願って上る。または寂しいからだ。聞いてくれてなだめてくれて止めてくれて、一緒にいてくれる誰かを切実に待っているのだ。それがわかったのも、経験からだ。ここの管轄に移って以来、たくさんの人と手をつないでアーチから降りてきた。表彰されたこともある。初めのうちは人の命を救ったと自認していたが、そうではなかった。あるときにわかったのだ。何としてでも生きたかったから、彼らはアーチに上ったのだという事実を。事業に失敗したり、恋人に捨てられたり、借金を返せなかった人間たちが、にもかかわらず生きるべき理由をここで探すのだ。タバコをぎゅっと押しつけて消す。生きるのが大変なのと同じぐらい、死ぬのも大変なことだ。生きるも死ぬもえい畜生だ、ふっと火花が落ちてしまった長いままのタバコが、自殺者の死体のように冷たく冷えていく。

たった一人、アーチから飛び降りた者がいた。手を差し伸べていた私の頭の中で、ヒューズみたいなものが燃えつきた気がした。息子を亡くしたという五十歳ぐらいのおばさんだったが、あれこれずいぶん話し込んだあげくに急に飛び降りたのだ。待機していた119のおかげで命拾いはしたが、問題はそれからだ。聞いてみたらまずまずの暮らしぶりの家庭の主婦で、夫とも何の問題もなかった。しかも、他にも子どもが二人いたのだ。こんなことなさったらだめでしょう奥さん、とは言ったものの、とうてい理由がわからなかった。人間はわからないものだ。あんなに教会がいっぱいあっても、結局死ぬ人は死に、生きる人は生きるものなのかな。よく、わからない。みんなつつがなく稼いで食っていければいいいんだが。つつがなく、私も巡察だけしていられたらいいのに。みんな、元気で生きようじゃないか。

生計型だな。

何がです？　ぱっと見て生計型だってわかるんだよ。現場に到着したら真っ先に人物を見きわめる。性別、年齢層、服装……大略、そんなことからも自殺の動機を推定することはできる。三十代前半の男だった。そしてあの風情……あれを見た瞬間、ひとりでにため息が出た。最近じゃあんなの、どこ行ったってなかなかお目にかかれないよ。警官じゃなかったら、今でも大韓民国にあんな人間がいるのか？　と首をかしげてしまうくらいだ。あの外見じゃ事業をやってるわけがない。恋愛……はなおさら、してるわけがない。何より、今は二十一世紀だ。警官じゃなかったらお目にかかれない、そんな人間なのだ。三番目のアーチのてっぺんで男は叫んでいた。イ巡査、タバコあるか？　はい、あります。タバコをもう一箱、私はポケットに入れる。タバコは時によっていいプレゼントにもなるし、小道具にもなる。ああ、手が冷たい。冷酷な世間と同じように、アーチの表面は冷たくてひやっとする。降りてきたらクッパでもおごってやろうと私は考える。二十一世紀に漢江の橋のアーチに上るような人間だ。誰であれ、温かく接してやらないと。

おーい、行きますよ。落ち着いてください！　今行きますからねーと叫んだあと、私はアーチを上りはじめる。先輩、気をつけてくださいね。イ巡査が焦った声でつぶやく。交通規制、頼んだぞ。ちらっと振り返ると寒風の中、スモモのように赤くなった顔ではいと答えて震えてる。アーチの傾斜面に、私は慣れた足取りで立つ。男と初めて目が合った。焦点が合わず、まぶたがひどく腫れている。男の風情がもうちょっと鮮明になる。一般人とホームレスの中間というか、いや、ホームレスの方にちょっと傾いてるな。

来るな！　来るなってば。お決まりの言葉だ。黙々と私は、もうちょっと上までアーチを這い上る。来るな、もっと近づいたら飛び降りるぞ！　こんな典型的なタイプに会ったことがあるかなと思いつつ、私は、はい？　と大声で聞き返す、聞こえてないみたいに。そしてもう一歩、アーチの稜線を上る。畜生、ほんとに飛び降りるぞ！　脅迫するように男が大声でわめく。わかりました、わかりましたで私はやっと接近を中止する。アーチの稜線とはそういうもんだ。三分の二を過ぎてやっと腹這いになったり、座ったりできる。安定した姿勢で長く話せるのだ。肘に体重を載せて、私は姿勢を斜めに保つ。足元にはもう119の救助船が陣取っている状態だ。ふうーっと私は息をつく。いずれにせよ人は生きなきゃならない。お前よ、今日は俺が……この金南《キムナム》漢《ハン》がお前の兄さんになってやるからな。帽子を脱いで、私は心の中でつぶやく。風立ちぬ。いざ、生かさにゃ。

どういう事情かは知りませんが、こんなことしちゃいけませんよ。ね？　あなたをこの世に送りだしたご両親のことを考えてごらんなさい。どうでもいいんだ、俺は死ぬんだ、死ぬんだから！　すすり泣いていた男が嗚咽しはじめる。わあわあと子どものようにべそをかいたと思うと、片手の袖ですーっと鼻水を拭く。男の右手には包帯が巻いてある。手……けがしたんですか？　返事がない。とにかく会話を続けなくてはならない。こうやって見るとほんとに若いなあ。これからが長いのになあ。返事はまだない。こういうときはもう一歩、私が近づく。来るなって言ったろ！　人の言うこと、聞いてないのか？　手榴弾でも持ってそうな勢いで男が脅迫する。わかってます、わかってますよ。まずはちょっと、話でもしましょうや。理由がわかれば助けてあげられることもありますしね。助けるだとぉ？　と男がわめく。怒った顔だ。助けだなんて、お前らがいつ助けてくれたことがある？　今、助けてさしあげようというんですよ。そのためにこうして上ってきたんだし。嘘つけ！　おやおや、お若い方、世の中嘘つきばかりではないですよ？　嘘だ！

ほんとですよ！

嘘だ！　あーもう、ほんとですってば。まずは早く兄貴と弟の仲になるのがいい。物静かな長兄みたいに慎重に、丁寧に、私は、ほんとですよーと叫ぶ。俺は警察は信じない。助けてくれって言っても、見て見ないふりしたじゃないか！　助けてくれって、いつ言ったんですか？　永登《ヨンドゥ》浦《ンポ》でやられたとき……インゴルっていう奴らに袋叩きにされて金、取られたとき、お前ら黙って見てたじゃないか。そりゃまた、どういうことかな。まあとにかく、まずは座りましょう、座ってごらん。座って話しましょうや。落ち着いて……ね？　きちんきちんと、全部話してごらん。この無線機見えるだろ？　これ、かっこつけじゃないから。インゴル？　そんな奴、無線一本打てばその日のうちにすぐ逮捕だから。だから座ってごらん、頼むから座れって。私はね、質的に、ね？　質的に、他の警官とは違うよ。君、今、三十歳か？　三十二？　俺の末の弟が三十三だよ。だからほんとに弟みたいで、それで見てられないんだよ。君、兄さんいるかい？

いない。

だからー、座ってごらん、座んなさい。まず座らせなくてはならない。座りさえすれば半分は成功だ。床に接している体の面積が広ければ広いほど、人間は簡単に飛び降りたりしない。座れ、座れ、と心の中で呪文を唱えながら私はタバコを出してくわえる。それはそうとこいつ、並みの頑固さではないな。こんな寒い日に、どこからこんな奴が出てきたんだろ。寒いですから、ちょっとタバコでも吸いながら話しましょうよ。タバコ、吸います……か？　ためらって、いたが、うなずく。君、タバコ持ってるかい？　ない……俺は何も持ってない、なーんもない人間なんだよ。うまく引っかかった。釣り餌を練るような気持ちで私は丁寧語で話しかける。私がそっちに行くことはできないんですから……火、つけてあげますから、さ、受け取ってくださいね。両方から手を伸ばせば届きそうだ。シュ、シュ、シュバ、シュ、えいもう、風の奴め。ジャンパーの襟を立てて私は風をよけてみる。シュ、シュ、シュ、シュ、あ……これじゃライターの石がだめんなっちまうな。タバコくれないのか？　まだぬっと立ったままの彼が、腕組みをしてそう叫ぶ。石がだめになっちゃってーと言いながら私はひそかに降参する。急に、ものすごくタバコが吸いたくなる。

ライターならある。

ひやひやしながら、私は丸ごと一箱渡してやる。シュバッ、とあいつがポケットから取り出したのはターボライターだった。何も持ってないとか言って、ライターはいいものお持ちで。返事もせず、奴は深々と煙を吸い込む。ふー。長い長いため息が白い煙のうろこにぶら下がって、ふーっと流れていく。釣り針にかかったがはずれて、口が裂かれたまま逃げていく魚みたいだ、そんな魚みたいなため息だ。魚が一かたまりになって漢江に飛び込んでいく。拾ったんだよ……俺はほんとに何も持ってない人間なんだから。放生《ほうじょう》〔仏教用語で捕らえた生き物を放してやること〕するように、奴がライターを滑らせて落としてくる。その魚を、私は黙って手でつかむ。

タバコに、シュバッと火をつける。緊張している何かがそれで少しずつほぐれていきそうな気分だ。そのライター、欲しけりゃ持ってけよ……俺は何も要らない。何も必要ない人間なんだ。そんなこと言わないで、いったん座ってごらん。座って話そう。人が死ぬ決心をするといったら、どんなに滅入って、心が崩れ落ちそうになっているか。そうだろ？　だから一度、腹割ってすっかりぶちまけてごらん。死ぬときは死ぬとしても、少なくとも、悔しさをそのままにして死んじゃいかんよ、違うかい？　だからまずは座りなさい、座ってごらん。座りもしないし何も言わない。しきりにいじっていた吸い殻をくしゃくしゃにして、ジャンパーの上ポケットに突っ込む。ナイロンジャンパーだ。いや、ジャンパーとかいうより上っ張り、そんな感じだ。なあ、私の見たところじゃ、お兄さんは法律がなくても曲がったことはしない人だね……大変な悔しい目にあったんだね？　そうだろ？　だから、座ってごらんお兄さん、座って話してごらん。俺は……と言って、奴はまた泣き出す。俺は、

手をけがしたんだ。

包帯を巻いた手がまた鼻水を拭く。いや、もう袖で鼻をかんじまってる。田舎で農業もできないし……俺も……俺も金を稼いで、羽振りのいいところを見せたかったんだ……ひぃっく。川の水が流れていく、仁川《インチョン》の方へ……それからまたどこへ……あそこ、あの女の子……でっかい広告の中で笑ってる子……見覚えあるな。どこで見たんだっけ？　新聞だ。ヌードだったか、胸だけ出してたんだか……とにかく私もため息が出る。二十一世紀だぞ。どこにこんな青年が隠れてて

アーチに上ったんだか。ともあれ、あのね、と話を切り出す。世の中っていうのはね……そんなもんじゃないよ。手をけがしたからって人生が終わりになったりはしないんだ。まだ若いし……いいこともあれば悪いこともあるんだよ、な？　人生ってそういうもんだろ。明日太陽が昇るのか、明日君が宝くじに当選するか、それは誰もわからないんだ。だから座りな、いったん、座ってごらん。

だって、もう仕事もできないじゃないか仕事も！　工場、首切られたんだぞ。部屋代だって、どんだけたまってると思う？　どうやって生きていけっていうんだ。なあ君、私が約束するよ。仕事は、探せばいくらでもある。どうして君に仕事が見つからないわけがある？　こんなに若いのに。嘘つけ、大学出た連中も仕事がないのに俺みたいな奴を誰が雇うんだ。非正規はもう、うんざりなんだ。こんな恥さらしな生き方ほんとに、もう、ごめんなんだよ。頼むからほっといて、死なせてくれよ。そしてあいつはうあああーと奇声を発する。うあああーっと私も胸をかきむしりたくなるよ。最近は自殺だってインターネットでやるんだぞ、集まって……そういうご時世じゃないか？　よくわからんけどそういうのが二十一世紀の趨勢ってもんだ。漢江の橋、それもアーチに上るなんて……アイゴー、こいつはまったくと煙とともに私もため息をつく。とにかく人は生きなくてはいかん。私はそっと秘蔵のカードを取り出す。懐に入れておいた写真だ。

おい君、これを見て話そう。それと、座りなさい、頼むからちょっとお座り。何を見ろってんだよ？　ほら、と私は手を伸ばす。やっとぎりぎりまで差し出した写真を、奴がひったくっていく。6・25《ユギオ》〔朝鮮戦争開戦時〕のときの写真だよ。よく見てごらん。そこに、アリの群れみたいなの見えるだろ？　全部人間だよ。その場所がどこだかわかるかい？　ここ、まさにここだよ、漢江の橋の上。まさにこのアーチ……切れたアーチを……な？　渡ろうとして、渡って生きようとして、こんなふうにしがみついてるんだ。そうやって今も生きてる人がいっぱいいる。いないわけないだろう。その人たちの中に今、判事だの検事だのになってる人がいないと思うかい？　社長もいるだろう、会長も、医者も教授も……羽振りよく暮らしてる人たちが大勢いるよ。その人たちが何か持ってたかい？　みーんな、徒手空拳で立ち上がったんだよ。それが生きるということだ。それが人生なんだよ！　人生なんだよ、というところで私はわーっと大声を出す。三年前にスクラップしておいた写真だが、ときどきここで切り札になる。生計型には格別に効く。奴の表情がびくっとして、変化が起きる。手綱をゆるめてはいけない。他ならぬここで死ぬということはね、歴史の現場への、冒瀆だよ！　この方たちに申し訳なくないかい？　あのとき、生きようとして

photo by Max Desfor

ここにしがみついていた方たちが、今、君の姿を見たら何て言うと思う？　君のお父さんだってここにいらしたかもしれないんだ。君、ほんとに、そんなことしたらいけないよ。

奴はしばらく考えに沈んでいる様子だった。純朴な人間なんだ。崖っぷちまで追い詰められて、かろうじて思いついたのが自殺だったという人間だ。泥棒も詐欺も思いつけない、弱気な人間なのだ。見たところ、やられっぱなしの人間だ。やられた分やり返すこともできないし、口も達者じゃない人間だ。私は急に胸がじーんとする。警官をやっていればわかる。大韓民国にはまだこんな人間が大勢いるんだ。あそこの……あの女の子が十億ウォンも稼いで……あんなに満面の笑顔をしているのに……そうだ、みんなが食っていかなきゃならん人間なのに。五十年前にここを渡っていった人たちは想像しただろうか？　二十一世紀にもなってこのアーチに上る人間がいるという事実を。そして一度脱いだら十億ウォンになる人間が生まれるという事実を……知ってただろうか？　自分たちの子孫がこんなにも割れてしまうことを、知ってただろうか？　川は今も流れ……どこかへ流れ……アーチに上らずにいられない人間たちがいる、あちこちにいる、追い立てられて、逃げるしかない人たちがいる。私はタバコを取り出してくわえる。滞納した家賃ぐらいなら、私が肩代わりしてやれるかもしれない。そのときスーッと、まるで滑り台のように、アーチに沿って奴が写真を返してよこす。秘蔵のカードを、私は回収する。

写真いけてる。

こいつ、結構やってくれるじゃねえかと私は思う。人の肺を引っくり返してこんなに息切れさせることもできるしな。ぱんぱんにまぶたを腫らしたそいつがぽんと放った一言に、私はしばし「業務上ストレス」を受ける。これがおそらく、ガンのもとだとかいうよな。座んなさい、まずは座ってごらんと、いらいらの混じった声がそのため出てしまった。そうだ、私も恥多き人間だ。もう……どうでもいいんだ、と奴がぺったり座り込む。座りたくて座ったというより、めまいがしてきたみたいだな。熱があるみたいに額を手でおおったまま、大きな音を出して鼻をすりあげている。おーいと呼んでも返事がない。名前、何ていうの？　やっぱり返事がない。これも縁だし、名前ぐらい知りたいじゃないか？　返事がない。ああ……死ぬほど寒いな。もうこのぐらいにして、降りましょうよ。私もきついし……君、腹減ってないの？　減った、と奴がつぶやく。昨日から何も食べてない。

ひもじい。

さあさあ、それじゃ手、つないで、降りよう。この下の……そこ、青坡洞《チョンパドン》にテグタン〔タラの鍋物〕の店が並んだ通りがあるんだけど知ってるかい？　そこでおごってあげるから。そこ行って焼酎でも一杯やってさ。ここに上ってきたのは君だけじゃないんだよ。私と一緒に降りた人だけでも十二人以上だぞ。そんなこと全部忘れて再出発した先輩がいっぱい、いるんだからね。生きてりゃ誰にでも、こういうことは起こりうるんだよ。人生の先輩として……君の兄貴のような気持ちで言ってるんだから、私を信じて降りといで。テグタンだなんて、何言ってやがんだ！　ばっと顔を上げて、奴がまたしつこく言いつのる。ムショ送りにするくせに。え……刑務所なんか行かないよ、何言ってんだ、生きていくと決心した人間を何で刑務所に入れるんだ？　ムショに送るんだよ知ってんだよ、無銭無罪有銭有罪〔正しくは有銭無罪無銭有罪〕だもんな、俺、十年食らうんだろ。全部知ってんだよ。

無銭無罪有銭有罪？　いや、こりゃまた……うーむ……こいつずいぶんいろんなこと、知ってんじゃねえか。だからさ、死んだらその知識がもったいないよ君。つまり、君が死んだらそれは……国家としても大きな損失になるんだよ。君のご両親だって……ね？　家門のことを考えたってそうだし……それに、刑務所ってそんな簡単に行けるところじゃないよ。厳然たる法律があって、規定っていうものがあるんだから。ぶっちゃけて言えば四日拘留だよ拘留、拘留ってわかるかい？　派出所であったかい飯食って……私と焼酎でも一杯やって……それで出りゃいいんだ。そんなの、前科にもならないし。何でだよ？　そりゃ私の裁量で酒の一杯ぐらいはおごってやれるんだよ。世の中はそんなに、冷たいことばっかりじゃないんだ。

ぼろぼろっと、奴がまた涙をこぼす。風邪を引いたのか、私も鼻水が出る。扁桃腺がまた、ちくちくしてきたよ。再発だよ。おい、俺たちそろそろ降りようや。ちょっと目をつぶってみてごらん、そしたら、嫌な奴もいるだろうが情の湧く奴もいるだろう……それが世の中ってもんじゃないか。とにかく、名前ぐらい教えておくれ。今日から俺が君の兄貴になるから。いい加減な気持ちで言ってるんじゃないよ。弟が君ぐらいの年ごろなんだ。そいつもほんとに一生懸命頑張っていたんだよ、でも五年前に交通事故で死んだんだ。生きてたら三十三だな。君を見れば見るほど、あいつのことがやたらと思い出されてね、もう胸がいっぱいになるんだよ。なあ、思いとどまってくれたら、俺も、あいつが生き返ってきたと思って世話するよ。な?

嘘だ。私は、上に兄貴ばっかり三人だ。アーチに初めて上ったのが八年前だ。たまたま上って冷や汗かいたが、どうにか気持ちを変えさせて自殺を防いだ。その後、署じゃ、ここで何かあるたび私を呼ぶ。アーチと言ったらキム巡査長、キム巡査長といったらアーチ。表彰されてからはもう、専門担当になった。雑誌が取材に来たこともあるよ。それからだんだん、嘘が増えたな。いつもは真実百パーセントの真実男なんだが、アーチに上りさえすればすらすら嘘が出てくるんだよな。演技というのかな、そんなふうになることもある。好きでつく嘘ではないが、そうなる。真実だけで人は救えない。私の考えはそうだ。

降りないよ。

あんたは、食っていける人じゃないか。警官だから人にばかにもされないだろうし。結婚もしてるんだろうし……俺は……食ってくこともできないんだよ。いや……食うだけならできるだろ、かろうじて口に糊することはね、それは俺も知ってるよ。それでどうなるんだ?　こんなにばかにされながら七十歳まで生きるのか?　百歳まで……部屋でマスターベーションでもしながら生きてどうすんだよ?　努力したかって?　そんなこと俺には聞くなよな、手をけがするまでの俺ぐらい必死で生きてきた奴がいたら、出てきてみろってんだ！……俺はプー太郎なんかじゃない。そりゃ、取るに足りない仕事だったけど……俺がどんなに一生懸命働いてたかわかるか？　月給がもらえないことも多かったけど、休んだことは一度もないんだよ、え？　そういうこと知ってるか？　いいよ、もういい。ばかにしてもいいし、首切りたきゃ切れよ、でももうこんなふうに生きるのは嫌なんだ。百まで生きてどうするんだ。俺は村に帰ったって、土地もない。うちの親も土地は持ってなかった。両親も死んだし……何もない。俺は……何もない人間なんだ、食っていけるあんたが……俺にああしろこうしろ言うな。死ぬって言ってんのに、俺が死ぬって言ってんのに、何でそんなこと、畜生……

俺のライター返せよ！

君のライター……さ、ここだよ。融通のきかん奴め……一本タバコに火をつけて、私はライターを返してやる。ふう。いらいらするが、話すというのはいい兆候だ。それに、座ったし。助けられると、私は確信する。苦労がないだと？　こいつめ……じゃ、俺の話でもちょっと聞いてみるか？　まともに暮らせてるように見えるだろ？　健康に見えるだろ？　俺、喉頭ガンだぞ。初期だとはいっても、ほんとは仕事も辞めて……な？　手術受けて療養しなくちゃならん人間なんだ。ここな、のど、見てみろ。この奥がいつもどんなに腫れてるかわかるか？　これが扁桃腺に見えるか？　それでも働いてんだ。まだ制服は脱げないからな。内緒にして働きつづけてるんだ。タバコも吸いつづけてる。どうしてかって？　楽しみがこれしかないからだよ。当然だがこれは扁桃腺だ、今日はよくまあすらすらと言葉が出るもんだ。

制服は……まだ脱げない。だって、給料が必要だからな。お前は独り身だろ？　俺は違うからな。親父が生きてるし、娘ばっかり三人だ。親父は中風でね。だから女房と……毎日けんかだよ。ほんとは、すまなくて言葉もないんだよ。もう九年めだ。そこへ糖尿まであるし。一月にだいたい百万ウォンは飛んでくよ。インシュリン知ってるか？　インシュリン代がなあ……俺も、土地とか家とか、何も受け継がなかった人間だ。いっそ死んでくれた方がどんなにいいか？　でもどうしようもないだろう、生きて、息をしている人を……おお、いいストーリーだな。もちろん嘘だが、私は暗い表情で長く煙を吐き出してから、ぺっと唾まで吐いてやる。

そろそろ娘たちを嫁にやらないといけないんだ。もうそういう歳なんでね。こいつらの教育費を作るのも一苦労だったよ……娘ばっかり三人なんだから……怖いよ、近ごろ娘を結婚させるのにどんなに金が要るか知ってるかい？　おっかないよ、死にそうだよ。そう、またローンを組むことになるんだよな。そのときには警察を辞めて退職金でどうにかするか、まあ、どうにかなるだろうさ。でもそれでおしまいか？　その後、俺と女房はどうやって暮らせばいい？　最近は息子だって親の面倒なんか見ない時代なのに。娘？　みんな、自分だけの力で大学や短大を出た気になってるよ。いちばん上のは、社会人づらして職場に通ってるけどな……給料？　自分の服買って、携帯代を払うのに使うだけさ。両親に小遣いなんかくれないよ。いや、初任給もらったとき、赤い下着をくれるにはくれたな。二人で赤い下着、着て、夫婦で八十まで生きるのか？　そ

そういう人間なんだよ。と言ってみて考えてみると
ない。年金なんて、いくらにもなるもんか。もうお手上げだよ。それでも生きてんだ。俺だって
うなったらどうなる？　答えは老人ホームしかない。最近の老人ホームは、金がなかったら入れ

これ、事実ではないか。

危うくタバコを落としそうになった。私はひどく、咳を、一度、する。警官だから……ばかにされないって？　違うよ、めちゃくちゃ下に見られてんだぞ、職階ってもんがあるからな……それに薄給だし……同窓会に出なくなってもう十年めだ。出られないんだよ。同窓会なんてもんはそもそも、うまくいってる連中が集まるもんだけどな……それにしたってゴルフの一度もやったことがないなんて、俺一人だってさ。みんな億、億ってでっかい金の話ばかりして、なあ？　そんな人間どもが集まれば、東南アジア行ってゴルフやってどうしたとかこうしたとか言うんだ。酒飲めば必ず高級クラブだ。警官がどうしたって？　お前もわかるだろ、警官かどうかは問題じゃないんだよ。金がなかったらばかにされるんだ。それと、警官だからってみんな同じじゃない。階級を言えばわかるよ……そうだ、軍隊でいえば中尉な、わかるだろ？　言ってみりゃそんなもんだ。俺も大学には行けなかったからな。だからってどうだってんだ、入ったばっかりの後輩たちが先輩、先輩って言ってくれたらありがたいと思わにゃ。それでも俺はこの職業が好きなんだ。天職と信じて、一生懸命やってきたんだ。俺だってお前以上に頑張ってきたんだよ。だからってそれを、世間がわかってくれるか？　なあ、お前な……俺、この歳で軽に乗ってんだぜ。娘ども

の教育費でほんとに金がなくて。物乞いと一緒だよ。もちろん苦労はお前の方がしただろうけど……そうだよ、生きてくって、そういうことなんだ。こうやって、こうやって、生きていくんだよ。って、これも

事実だ。

私は残った火種を深く吸う。ちょっと短くなった吸い殻がふと、残りの私の人生みたいに思える。ひどい咳が立て続けに飛び出す。考えたことなかったけど、この扁桃腺、ほんとに喉頭ガンじゃあるまいな？　考えたら、春から何度も何度も再発してる。黄砂のせいだろうと思ってたけど、ふと、油断したかもと思う。去年の春といえば赤い下着を着て喜んでたころだ。赤い下着、着て……そんな場合じゃなかったのに。いや、こりゃ妄想だぞ。ちょっと感傷に浸ってしまった。これだから業務上ストレスってのは怖いな。強く頭を振って私はまた奴と対面する。まぶたの腫れが、そうこうしている間にもっとひどくなったみたいだ。もともとはどういう面《つら》だったんだろ。それでも俺は自殺はしない。なぜかって？　悔しいからだよ。こんなふうに死んだらどれだけ悔しいか。そうだろ？　俺たちの人生って何だろうな、いったい！　なあ、さっき言ってた、インゴルだったっけ？　お前の金、取ってった奴。まずは俺がその金を取り戻してやるよ。それは約束できる。目をしばたたかせて虚空を見つめていた奴が、そっと首を横に振る。

インゴルも、悪い奴じゃないんだ。

悪いことは悪いんだけど……悪党ってわけじゃないんだ。俺が闇金借りて、利子、払わなかったんだ。俺みたいな者に、誰が金貸してくれる？　手をつないでここから降りたあと、一緒に銀行、行ってみるかい？　ものすごい利子取るから悪党扱いされてるけど、そんな連中以外に誰が俺に金を貸してくれるってんだ。何が金になるか教えてくれたのもそいつらだし、いろんな名義も売ってくれるし……それに、腎臓や肝臓も売ってくれるっていうし。だから……銀行よりましだろ。悔しいけどどうしようもない、銀行も世間も俺をばかにするんだから……あんただって俺をばかにしてるじゃないか。俺が？　俺がお前をいつばかにした。さっき言ったじゃないか、人の運勢は誰にもわからないんだ。それにお前はこんなに若いんじゃないか、な？　嘘つけ！　嘘じゃないってば。嘘だよ！　本心だ！　じゃあ、俺みたいな人間に娘をやれるか？

やれ、る……ぞ！

精神さえしっかりした男なら、やれる。人間は精神さえまっすぐで、しっかりしてれば、いつだってまた立ち上がれる。できないことがあるか？　俺も徒手空拳からスタートしたんだ。世の中、金がすべてじゃないんだよお前。な、自分の精神がしっかりしてないからばかにされるんだ。って、口をむしり取りたいほどの嘘だなこれは。いくら精神がしっかりしてたって、こんな奴に娘はやれないよ。娘が知ったら即刻家出だし、私は女房にボコボコにされて全治二週間だ。それに何たって……世の中は、金がすべてだ。いや、まあ、ほとんどだ。業務上ストレスが再び押し寄せてくる。急にあいつが茫然と空を見上げる。そして肩を震わせて泣き叫ぶ。俺……頭が変なわけじゃないぞ。精神……しっかりした人間なんだ。酒も飲まないし……頑張って金を貯めようとしてどんなに必死だったか知ってるか？　俺のどこが悪かったんだ……死ぬ気で働いてただけだ……それで疲れ果てて……疲れすぎて事故を起こしたのは俺が悪いのか？　もうやりようがないじゃないか！　そうだよ……その通りだ、無銭無罪有銭有罪だってんだろ……全部、俺が生まれ損ないで……俺が悪いからなんだろ。だから死ぬっていうのにどうして……もうこれ以上……もう……ううううう。

頼むから……地下鉄乗ったとき、ちらちら見て、目、伏せるなよお前ら……全部聞こえてんだからな、クソ女ども……どこから匂うのかしらこれ？　とか……ひそひそ言うな。部屋代だって……もういい加減、上げるのやめろよ畜生……それに、何で人を疑うんだ……必死で働いてる人間を……引っ越し荷物が紛失したからって、どうして俺だけ捕まえて大騒ぎするんだ……そうかい、畜生、だったら俺だとしよう、それでいいよもう、何も要らねえよ、だけどな畜生、このクソ野郎……虫でも見るような目で見るなっていうんだ……人が生きようとして……生きてやろうって……

クソ野郎……

カスども……

号泣は止まらない。思いきり泣けるように、私は彼を放っておいてやる。経験してみるとわかる。おやじおふくろも全員登場させて……頑なに張り詰めていた心をかきむしって、全部吐き出したあと、やっと降りてこられるんだ。誰にもできない話……誰も聞いてくれない話……それをするためにこんな大騒ぎをするんだ。吐き出さなければ生きられないんだ。肘が、痛い。ちょっと立ち上がって、私は川の水を見おろす。気分のせいかあたりが暗くなった感じがする。いや、実際、晴れてはいなかったんだ。天気予報も信じなくなって久しい。人生のお天気ときたらなおさらだ。

雪だ。

羽毛のように小さくて軽いけど、雪だ。ちりちりと鱗のように輝いていた細かいものたちが、さっき孵ったばかりの稚魚のように空をいっぱいに埋めている。散ったと思うとまた群れになって、群れたまま一方へたなびき、飛んで、そして落ちていく。銀色でまぶしくて……魚と水とが半々ぐらいに見える。アーチに上って雪に降られるのは初めてだ。大股で私はあいつのそばに近づく。来いとも言わないし、来るなとも言わない。これならなおさら、飛び降りないはずだ。しおれた白菜の葉っぱのように、奴の口寄せもだんだんやわらかくなっていく。雪の中で、やわらかなこん畜生とやわらかなクソッタレがもっと優しく、もっとやわらかくなっていき、ふと聞くと、祈りのようだ。

それでも生きなきゃな、お前。

と私はつぶやく。畜生、その通りだ。畜生という一言しか言えない。あいつがぶつぶつと唱えている祈りには終わりがない。私はタバコをくわえる。下の方に置いてあったライターを拾っても、あいつは何も反応しない。ふう。祈りのように長い煙が虚空に向かって散っていく。都心と反対方向に渋滞している車たちが際限なく増えていく。アリの群れみたいだ。ふと見ると、五十年前の写真の中の人たちみたいだ。アーチを上り、切れた鉄橋の上でもつれあっていたあの人たちみたいだ。降りような、と小声で言ってみるが、奴はまだ反応しない。あいつと一緒に、あの車たちと一緒に、私も不意に、あの折れたアーチの上でもみあっているような気がする。あいつの祈りが終わった。ちょうど降りしきる雪が世をおおい、私は経験から、アーチを降りるときが来たことを知った。車のクラクションがやかましく聞こえてきた。もうすぐあの避難民の行列に合流できるだろう。合流しなければならない、のだが

不意に、吹雪が

吹雪が目の前で舞いすさぶ。扁桃腺の……喉頭ガンじゃなく扁桃腺のせいで……また咳込む。ふと私も、降りたくないと思う。私も一度ぐらい、ここから飛び降りたっていいんじゃないかという気がする。私は川を見おろす。いつもより川が黒く見え、いつもより人生の重量が軽く感じ

られる。まさにこういう気分なのかな？　靴の半分ぐらいをアーチの外へ突き出してみる。ひやりと、する。ひやりがやがてひらりに反転しそうで、慰めが押し寄せてくる。あと五十年生きたって、まだこのアーチの上でもつれあっているんだろう、そう思うと危うく、靴のつま先に体重を載せそうになる。危うく

　そうなるところだった。楽しいクリスマスを！　とにっこり笑う歌手Kの微笑みを見ながら、トン、と私は男の肩に手を載せる。一緒に行きましょう。一緒に……降りましょう。もう兄貴だの弟だのいう気持ちはないのだが、男は、兄さん……と言いながら私の足にしがみつく。わかったから、さあ、行きましょう。私はまた優しく男の肩を撫でてやる。雪だるまの肩みたいに冷たくてひんやりした肩だ。降りて、テグタンでも食べて……私がよく知ってるソルロンタンの店もあるから……。兄さん……僕もう……兄さん……僕が間違ってました、と、重心をそろそろと移しながら男の顔が私の腕の中へめり込む。間違ってない……間違ってないよと私はささやく。溶けはじめた雪だるまみたいに、男の体がよろける。イ巡査！　と私は下にむかって叫ぶ。急いで上ってきたイ巡査が、ゆっくりゆっくり男の移動を助けていく。男の体がやがて動く。仏像を移動させているような気持ちだ。雪はしきりに降りしきり、車はしきりにブーブー言い……あの鉄橋にぶら下がっていた千仏千塔〔全羅南道の雲住寺の石仏石塔群〕、アーチに上った千体もの仏たち……燃灯〔仏教の祭典に使う提灯〕のように一つ、二つと街灯が灯りはじめ、徒手、空拳の私は降りしきる雪の中に立っている。男が座っていた、乾いたままのその場所で、巨大な雪だるまみたいなものが溶けているような気がする。なぜだろうかその雪だるまに、私は心の底から、謝りたい気持ちになってくる。

さあ、降りなくては。

膝

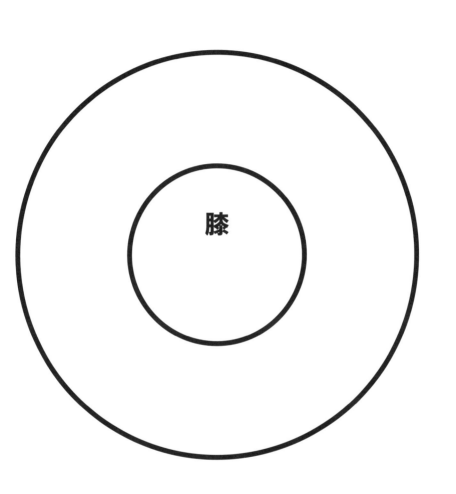

＊この作品は紀元前一万七千年、現在の咸鏡南道《ハムギョンナムド》・利原《イウオン》の鉄山《チヨルサン》地域を舞台に書かれたものです

ウは、何日も石を研いでいる。

日が昇る前なので、洞窟の中は真っ暗だった。月さえもない夜であり、膝が埋まるほどの雪が積もった日でもあった。かすかな雪明かりに頼って、ウは黙々と、石を研ぎに研いだ。ウは焦っていた。いつまた豪雪が降るのかは、知りえないことだった。洞窟の中ではヌと仔が寝ていた。ヌはときどきいびきをかいていたが、ひょっとするとそれはヌの腹から出る音なのかもしれなかった。石はなかなかうまく研げなかった。ウが大事にしていた、いちばん固い石だった。

うっ。

手の甲に沿って滑った石がウの指を強く押しつぶし、ウの口からうめき声が漏れたが、洞窟の

中を吹き過ぎる風の音の方がずっと強かった。傷ついた指をくわえて、ウはすばやく自分の血を吸い取った。何か固いものが舌に引っかかりもした。割れた爪の、小さなかけらだった。それを大事に大事にしゃぶっていると、なぜかその間はひもじさが消えるような気がした。ふにゃふにゃになった爪を飲み込もうとしてやめ、ウは立ち上がってヌのそばに行った。こんこんと眠っている仔とヌを確認するには、洞窟はあまりに深く、暗かった。ウは危うく仔を踏むところだった。仔はヌよりもやわらかく、あたたかかった。まだ生きているからだ。

ウは仔の口を探り当てた。何本かの小さな歯……だが、まだ奥歯が生えていない。石の粉がついたウの指を伝って、かぼそい息が伝わってきた。ウは石のようにこわばって、その息を何度となく吟味した。仔には乳が必要であり、ヌの乳はもう何日も止まっていた。ウはヌを手探りした。ヌの息は荒く、唾まで乾いていた。口に含んだ爪をウはそっとヌの舌の上に載せた。ヌはちょっと身をよじったが、目覚めたのではなかった。こんこんと眠りつづけてはいたが、ヌは自然にそれを噛みはじめた。ウはしばらくそのそばを離れなかった。獣があとずさりするように、暗闇が洞窟を抜け出しつつあった。

ウはまた石を研ぎはじめた。ナイフが欲しいのであれば、仕事はもっと簡単だったはずだ。石を地面に叩きつけて割り、うまく刃になったところを選べばいいのだ。しばらく手を止めて、ウは自分が研いだ石の表面を確認してみた。ウに必要なのは、溝を刻んだ槍先だった。長い溝を彫りつけた鋭い槍。巨大な動物の腹に突き刺して息絶えさせ、血を流させる石槍だった。石は最高に固かったが、浅い溝はできた。用意しておいた、干した蔓を触ってみた。斧に使っていた柄もそばに転がっていたが、ウはまた石を持ち上げた。ごしごし、ぎりぎりと谷から風がせわしく吹きつけてきた。吹く風がどんなにせわしくとも、もっとせわしいのはウが石を研ぐ音だった。

ヌが目を覚ましたとき、すでに太陽は洞窟の半分まで差し込んでいた。ヌは歯の間にはさまった変なかすを吐き出そうとしてから、やみくもに飲み込んでしまった。それが土だろうと、または虫だろうと関係なかった。ヌはずっと、何も食べていなかった。溶け落ちそうなほど体が痛かったが、もっと切実なのは乳を出すことだ。むずかる仔を抱き上げて、ヌは干上がった乳房をくわえさせた。いくら吸っても腹がふくれるはずのない乳だ。ヌは力なく仔の顔を眺めた。乳を嚙んでむずがり、もがいていたのももう昔のことだ。仔には、もはやそんな力も残っていなかった。

ウは黙々と柄に槍を縛りつけていた。深い溝が彫れたわけではなかったが、これ以上狩りを遅らせることはできない状況だった。何度も結び目を確認し、石ナイフも何本か袋に入れた。ウは立ち上がって、しっかりと槍を握りしめた。肩に背負った袋もいつもより重く感じられた。ヌと目が合ったが、ウは何も言わなかった。言葉は食べられないし、ウとヌに必要なのは食べものだけだったから。ウはその代わりにヌの目を読んだ。そんなウの目をヌも読むことができた。お互いの目の中に、たくさんの物語がこもっていた。

ウはすぐに洞窟を出た。雪になりそうではなかったが、何の慈悲も感じられない空だった。厳しい寒風がウの鼻を苛んで吹き過ぎる。何度も後ろを見たくなったが、ウは振り向かなかった。振り向かなくても、洞窟の入り口によりかかって立つヌの視線が感じられた。それよりも今は、岩と岩の間に積もった雪に注意しなくてはならなかった。もしやと耳を傾けてみても、獣のいる気配はなかった。シカの角に突かれた脇腹がうずきはじめた。はるか昔のことなのに、狩りに出るたびその場所がずきずき痛むのだ。しばらく歩みを止めて、ウは腰につけたトラの歯を取り出して額をこすった。これもまたずっと昔からの、ウ一人だけの儀式だった。儀式を終えて、ウは思わず振り向いた。ヌの姿は見えなかった。

*

ウは平地にたどり着いた。谷に比べて雪は浅かったが、やはり慈悲深い風景ではなかった。世界は白く、白く、白いうえにも白かった。そしてウは一人だった。槍を握りしめた手からひとりでに力が抜けていくのをウは感じた。肩にかついだ袋の重さが倍になったのも事実だった。白く、白く、白いうえにも白い世界に一人でいることは、すなわち死を意味した。ウは、自分ではないものを食べてようやく生きていける存在だった。ヌも、その仔も、そうであるほかなかった。

近くの小さな岩に上って、ウは冷静に四方を見回した。何も動いているものはなかったが、足跡らしいくぼみでもあるかとくまなく地面を目で追った。風に乗ってくる小さな音を聞き取り、その中に混じっている匂いを嗅ぎ分けることもおろそかにしなかった。風は透明だった。そしてウはまだ、一人だった。トラの歯でまた額をこすりながら、ウは自分が一人ではないことを祈りに祈った。いいや、一人でもいいとウは思った。どこかで死んだ獣の死体が凍っていれば、それよりいいことはないからだ。いつもより熱い息がウの口から立ち上った。

ウは一人だった。

死んだ獣の死体さえもウとともにいてはくれない、そんな世界だった。岩から降りてきたウは、それでも何か所か、かすかにへこんだところを見渡していった。といってもかなり遠くだったが、ウには最初からあきらめる自由が与えられていなかった。すきっ腹を抱えて、ウは歩きに歩いた。足首や膝が雪にとられるたびに、はっきりした深い足跡が残って続いた。空にいる誰かが見たら、それはとぎれながら長々と続く二筋の傷に見えたかもしれなかった。最後の岩陰に着いてやっとウは立ち止まった。陰は何物でもなく、食べられるものでもなかった。荒い息を吐きながら、ウは四方を見回した。ひょっとして自分を狙っている獣がいたら、その方が幸いといわざるをえなかった。

雪が降り出した。

ウはしばらく絶望したが、本当は絶望する理由はなかった。降ろうが積もろうがさして変わりのない雪原を見晴らしていたウの視線が止まったのは、火を吹く山だった。ウが知っている「みんな」は、あそこを目指して出発した。あそこには食べものがある、ここにはない。みんなを率いていたチュはそう言った。少なくとも「ここ」に関する限り、チュの言葉は事実だった。黙々と雪をかぶりながら、ウはみんなを思い出した。みんなは食べものを見つけられただろうか？知りえないことだった。みんなが帰ってくるのかどうかも、帰ってこられるのかどうかも知りえないことだった。もしくは、みんなが帰ってきたとしても、また「みんな」になることができるのかどうかわからなかった。ウとヌには、もう食べものは残っていなかった。

酷寒が始まったのはずっと前のことだ。もっと昔には「みんな」が谷に定住しており、ウはその中でも指折りの狩人だった。不足ない生活だった。大きなシカを追い、谷を縫って駆けずり回り、シカの肉は限りなく脂が乗ってやわらかかった。マンモスもよく捕まえた。雄たちは溝のついた槍を作りつづけ、雌たちは一度も洞窟の火を絶やしたことがなかった。たくさんの仔を産み育てた。吹雪がやってくるまでは、谷が閉ざされるほどの雪が降り積もるまでは。

一握りの雪をすくって、ウはひもじさをなだめた。もう一握り、もう一握り。すでに何日も、ウとヌは雪で空腹をごまかしてきた。渇きと飢えは違うこと、のどが干上がっているのと腹がからっぽなのは違うことを、ウはすでによく知っていた。今やすべてが限界に達していることもわかっていた。ウには肉が必要だった。渇きと飢えの違いと同じくらい、生と死も違うのだから。

吹雪は多くのものを消し去った。象が死に、シカも姿を消した。餌が減れば減るほどトラの襲撃が頻繁になるばかりだった。ウのいる平地までトラが狩りに出てくることも増えた。それでも手ぶらで帰る日が増えていった。シカたちが川を渡ったぞ。足の速いルが戻ってきて言った。象の群れを追っていったクは帰ってこなかった。あそこに行こうと、老いて賢いチュは火を吹く山を指差した。全員がここを離れなくてはならなかったが、「みんな」がここを離れたわけではなかった。ヌは熱がとても高かったし、仔をはらんだ腹は小さな山ほどにせり出していた。ウの仔だった。ヌを除く「みんな」をチュは率いていかねばならなかったが、ウはヌのそばを離れることができなかった。

俺は残ると、ウは言った。
チュは何も言わなかった。
ただ、ウを指差して
お前は死ぬと、短く言った。

俺は死ぬと、雪を食べながらウはつぶやいた。チュの言葉がはずれたことはなかったが、ウは今まで生きていた。草が生えたらまた谷に戻ってくると、チュは約束した。もしも草が生えてこなかったら、ヌと仔を連れてみんなを追ってやってこいとも言った。みんなは出発するときに、ウとヌのためにシカの後ろ足を二組置いていってくれた。みんなが戻ってくるまで、またはみんなを追っていくまで、ウはヌと仔に責任を持たなければならなかった。もう一握り雪を食べながら、俺は生きるとウはつぶやいた。ウはトラの歯を取り出し、狂ったように額をこすった。額はやがて腫れ上がり、ウの息はさらに荒くなった。

ウは歩いた。

でたらめに歩いたわけではなかったが、あてがあって歩いているのでもなかった。あたりにはいくつか山があり、ウが選んだのは谷と平地の間にある険しい野山だった。岩が多いので行くのがためらわれるし、川が流れ出すところなので薄氷が多かった。そのときむこうから風が吹いてきたが、特に何の匂いもしなかった。それは本能だった。飢えに疲れたウはすでに何度も膝を折り、膝をついた。そのようにして歩く道であり、前だけ見て歩く道だった。雪の降る道であり、雪が積もった道だった。まっすぐでもない、かといって曲がってもいない、考えて作ったのと何も考えていないのとの中間ぐらいの道だった。

知らない道は危険だった。何度も足を踏み外し、わずかなすきまの雪に転び、めまいのするような崖が現れたりもした。雪に濡れた革の服がウの肩にのしかかってきた。いかなる獲物の匂いも運んでこない無臭の風に、耳も鼻も疲れて久しかった。寒風に吹かれながら、それでもウは歩きに歩いた。一歩、一歩、雪の中へと足を突き込んでは引き抜くたびに、熱い吐息があふれ出た。ウの吐息が熱ければ熱いほど、風の吐息は寒々しく冷えていた。

*

どれほど歩いたか。幅の狭い峡谷を過ぎて、ウは黒々と枯れた森を発見した。初めて来る森だった。嘆声やため息が漏れてきそうな風景だったが、ウにはそんな力が残っていなかった。頂上が見えないほど木々の背丈が高く、地面に張った根元は岩のように頑丈だった。生きていればさぞ鬱蒼たる森だったろう。そしてそれは、鬱蒼たる死に変化していた。

無表情な顔でウは近くの木を調べていった。象たちが歯を研いだのか、えぐれたりつぶれたりした跡があちこちに見られた。鋭い跡はシカのものだ。跡はそのまま残っていたが、すべて、ずっと前のものだった。さらに何本かの木を詳しく調べたあと、ウはゆっくりと森の中を歩きはじめた。息が切れてきた。上り坂もない平坦な道なのに、山を登るときより歩みが重かった。動くものは何も見えなかった。食べものの音も、食べものの匂いも採集できなかった。ウはひたすら死の匂いだけを嗅いだ。死の音は静かで、死は決して身動きしなかった。鬱蒼たる死の中で、ウはたった一人で動いていた。ウはその事実を見落としていたが、ウを取り巻いていた死はこよなく平和で

穏やかだった。

腹が痛み出した。耐えに、耐えに、耐えに、耐えてきた空腹が押し寄せてきたのだ。忘れようとして歯を食いしばったが、無駄だった。ウはめまいがした。しばらく空を見上げたが、それはウが今まで見てきた空ではなかった。かろうじてさらに何歩か踏み出したウは、へなへなとうずくまった。角で腹を突き破って入ってきた一頭のシカが、コツコツと内臓をつつき回してから飛び出していくような感じだ。ウの口から悲鳴が飛び出した。どんな猛獣の襲撃にも悲鳴を上げたことのないウだった。それはやがて、ヌと仔の口から飛び出す悲鳴でもあった。雪の上に横たわったウは、雨のように汗を流した。寒さに、また恐さのために全身が震えはじめた。ウは泣いていた。最も暴悪な獣がウの腹の中に住んでいた。捕えることも、食べることもできない獣だった。

昏迷するウの目の前に
ずっと前に捕えたシカの目が浮かんできた。
死ぬ前の目であり
傷一つなく澄んだ、虚しい目だった。

なぜ？

とシカは尋ねた。

これまで一度も聞いたことのない、意味を知らない言葉だった。

なぜ？

とシカが再び尋ねた。

ウは黙って

シカの目を眺めるだけだった。

それがだんだんヌの目に変わっていき、まだ名前もつけていない仔の目に変わった。ウは激しく頭を横に振ったが、目の前の蜃気楼はウを放してくれなかった。しきりに眠気が襲ってきた。死にゆくシカのように、ウは呆然として両目をしばたたいた。ヌ！　とウはむせび泣いた。仔の目がヌの目になり、そしてまたシカの目に戻った。ヌ！　ウはまた泣き叫んだ。ウはヌを案じ、ヌの懐に抱かれている仔を案じた。何の役にも立たない心配だったが、ウがウである以上避けられる道理のない心配だった。しきりに目が閉じそうになった。腹の中の獣の腹の中に入ったように、ウの視野が暗くなった。ウは、すっと

楽になった。

ウを起こしたのは匂いだった。

*

食べものの匂いだ。食べものと関係のあるかすかな匂いだった。こわばっていたウの体が、雷に当たったようにうごめいた。ウは立ち上がった。寒さにこわばっていた体はびくともしなかったが、立ち上がった。凍りついた指が言うことをきかなくても、ウはとうとう槍を見つけて握りしめた。腹の中の苦痛はどこへ行ったのか。ウを苦しめていた獣はもうウから飛び出し、匂いのするところへ向かって駆け出していた。頭を強く振ったあと、ウもそのあとを追って走り出した。突然、森がざわめきだしたような感じだった。

ウは走りに走った。

雪が溶けた地面の上を走るときのように、ウの足は軽かった。枯れ木たちが、鬱蒼たる死の囲いがウを取り巻いていたが、ウはすべてを見まいとし、目に入れなかった。匂いが少しずつ近づいていた。かっと見開いたウの目が血走りはじめた。止まりそうだったウの心臓は、洞窟を照らす松明のように熱く燃え上がっていた。ウはもはや鬱蒼たる「生」だった。

ウが立ち止まったところは、森がほとんど終わる丘の傾斜面だった。巨大な岩が何個か、障壁のようにめぐらされた盆地のような地形だった。足跡があるわけではなかったが、かすかな匂いの正体をウは確認することができた。それは糞だった。巨大な獣が排泄していった一かたまりの糞だった。そして、まだ凍っていない糞だった。二つの目を光らせて、ウはその前に近づいた。弱まっていた雪がすっかりやみ、その瞬間、ウを取り巻く世界がまるで停止したようだった。

象の糞としては小さい感じ、シカのものにしては大きい感じの糞だった。老練なウの目でも、獣の正体を一目で把握することは難しかった。うっすらとかぶった雪を払いのけて、ウは指を突き刺してみた。固くなった表面からある程度指をもぐらせると、まだ固まっていない糞の内部の様子が指先に伝わってきた。冷たくなかった。ウを取り巻いている空気に比べればぬるく、ウが踏んで立っている地面に比べればあたたかい感じだ。指を抜いて、ウはそっとそれをなめてみた。見当をつけることはたやすくなかったが、ウは直感でその獣の輪郭を思い描くことができた。これは、飢えた、年老いた象の糞だとウは考えた。地面からはがした糞を袋に入れて、ウは注意深く四方を見回した。もう、ウは一人ではなかった。

近くの岩に上ってウは地形を把握した。象には象の道があり、ウにはその道を推し量るだけの経験と知恵があった。複雑な地形ではなかった。峡谷と低い丘が続いているだけだが、峡谷に出る道はけわしく、凍っていた。森から伸びる緩慢な稜線に、ウの視線は釘づけになった。酸味のない糞だった。奴は決して若くなく、足跡から見て、群れではなかった。奴は病気か、一頭で死を待っているところだろうとウは思った。ウはすでに

稜線を上っていた。雪の下が固い石なので、むしろ歩くのは楽だった。興奮を鎮めてウは沈着に、自分の目と耳を開けておいた。老いた象ならそれほど遠くまで行けないはずだ。病気の象ならなおのこと、運がよければほとんど死にかけている老衰した体にやすやすと槍を突き刺すこともできるはずだった。稜線はやがて上下に分かれたが、ウは象が歩いていった下の道を避け、上のけわしい岩の道伝いに歩きはじめた。岩は低い絶壁をなして、下方の谷間と平行の位置関係を維持していた。奴を見つけるにしても、ウにはまず観察が必要だった。奴に比べたらウは途方もなく小さく、弱い獣だった。

ウは移動を開始した。体は絶壁の上を歩いていたが、絶壁と谷間を同時に歩いているともいえた。よく鍛錬された足は、雪と凍りついた地面とを選り分けながら息を殺して歩いていった。そして両目は下の谷間を歩いていた。奴の足跡は見えなかった。雪さえ降らなければ、とウが空模

様を言い訳にすることはなかった。ウの頭の中は雪のように潔かった。ウの鼻は風と一体であり、鋭敏な両足は絶壁の一部であった。石を研いでいるときと同じ表情で、ウは前を向いて一歩一歩進んでいった。いつもそうだったように、ウの狩りは緻密で細心だった。また雪が降りはじめたが

ウは動揺しなかった。どれほど歩いただろうか。ゆるやかに低くなった絶壁は遠くで谷と出会い、また一つの道になった。ウが息を殺したのは、視野に入ってきた地形の変化を確認したころだった。ウは立ち止まった。そして注意深く近くの岩に身を隠した。革の衣に積もった雪を払い、槍の結び目をしっかりと結び直した。匂いを嗅いだのではなかった。しかしウははっきりと音を聞いた。食べものの音……奴の音だった。折から背後で風が吹いたが、狡猾な大気を言い訳にすることもなかった。老練な狩人らしく、ウは音だけで距離の見当がついた。奴のいるところは決して遠くなかった。雪を掘って手に入れた土と袋の中の糞をこねて、ウは自分の体に塗った。顔、手の甲、そして革の衣にも残った糞を塗っていった。自分の匂いをできる限り消して、ウはまた前進していった。奴の声がまた聞こえてきた。奴は、グム、と鳴いた。

グム

と、ウも心の中でつぶやいた。声が出ているまさにその上まで、ウは這うようにしてのろのろと歩いていった。空気の動きを、奴の体臭を感じることができた。絶壁の端に体を引っかけて、

ウは用心深く顔を突き出した。降る雪と曇った空、谷の下の傾斜した地面が見えた。枯れ木と折れた枝、雑然と重なった岩と凍りついた川が見えた。そしてウは、そいつを見ることができた。巨大な象だった。ウが見たどんな象よりも奴は大きく、勇壮だった。

気力を使い果たしたように、奴は跪いていた。大きく湾曲してぶらぶら揺れる牙が、奴の年齢を物語っていた。赤褐色の毛は潤いを失い、脳天と肩の近くのそこここに脱毛した箇所があった。グム、と奴が鳴いた。力なくだらりと垂れた奴の鼻から、あえぐような白い鼻息が立ち上った。それはどこかしら厳粛で哀切な光景だった。

あるとき、奴は若かったのだ。
そして、一時は
群の頭《かしら》だったのだろうと、ウは思った。
もちろんそれはウの見方にすぎなかった。
空にいる誰かが見たとき
二匹は、単に
ほんのしばらく生きる者たちだった。

牙を地面に引きずりながら、奴は苦しそうに頭を振った。まぶたの毛にくっついて固まっている黄色い目やにをウは見た。トラの歯を取り出し、ウは最後に自分の額を何度も引っかいた。儀式がもたらす勇気に比べ、ウの体力はとてつもなく枯渇していた。この戦いは手早く、さっと終えねばならないとウは思った。動かせる程度の小さな岩を選び、ウは自分の槍を岩の下に差し入れた。平べったい岩を一つその下に当てて支えながら、ウはヌを思い浮かべた。いくつかの小さい石をさらにそのまわりに置いて支えにした。尖った石の一つ一つが、腹をすかせている仔を思い出させた。ウは再び槍を握りしめた。今や、持てる力のすべてを絞り出さなくてはならない瞬間が来たのだ。下を一度確認したあと、ウは槍を押し出した。放っておいても、あと何日も生きられぬ奴だったが

ウには、今すぐに
肉が必要だった。

*

ウは走った。

川と谷間が出会うところを回り、あえぎながら、奴がいるところまで走っていった。依然として奴は同じ姿勢で身じろぎもせず、その場にとどまっていた。槍をつがえて一歩一歩、ウは奴の方へ近づいていった。小さな岩ではあったが、それが奴の頭上に落ちるのをはっきりと目で確認したつもりだった。腫れたウの口からも、垂れ下がった象の口からも、激しい息が立ち上った。生きているのか死んだのか、奴は目を半分ぐらい開けていた。すぐに駆け寄って腹を突き刺したかったが、ウはうかうかと動きはしなかった。象の罠にはまって死んだ、勇ましく強かったトを思い出した。老いた象ほど狡猾なものはないというチュの言葉も忘れていなかった。奴の目がまばたきをした。奴は生きていた。

グム！　とウが叫んだが、奴はウを見やるだけだった。人間とわたりあったことのある目をしていたし、人間をよく知っている目だった。近づくように、詰め寄るように、周囲をぐるぐる回りながらウは奴の心中を推し量ろうと努めた。奴は相変わらず身動きもしなかった。ウは石を拾って投げ始めた。本当に死にかけているかのように、奴は石をよけようともしなかった。それでもウは奴を疑っていた。ここまでは象がしかけた罠だろうと、ウは思った。今度はウの番だ。ウは象に背を向け、傾斜の激しい坂にむかって歩き出した。槍をだらりと下げて、できるだけゆっくりと歩いていった。奴が立ち上がる音も、走ってくる音も聞こえなかった。ほとんど坂に着いたころ、ウはやっと振り向いて奴を見つめた。奴の巨大な頭が、二本の脚の間に完全に埋まっていた。なぜかウは寂しい気分になった。とぼとぼとウは、奴に向かって歩いていった。

奴はほとんど死にかけていた。ときどき肩をひくつかせはしたが、何の危険も脅威も感じられなかった。本当に大きな象だった。しなった牙の長さがウの背丈とほぼ同じくらいだ。老いて、飢えていなければ、「みんな」が来たとしても立ち向かえるような相手ではなかった。潤いを失った黒っぽい毛の上に、吹雪が舞っていた。緊張を解いたウの髪の毛にもいつのまにか、こんもりと雪が積もっていた。もう槍を突き入れるべきときだった。槍先をよく調べたあと、ウは肩の上まで槍を振り上げた。だらりと伸びた皮のおかげで、肉眼で骨と骨の間を見定めることができた。ウに手抜かりはなかったが、一瞬、一度だけ目ばたきしたことも事実だった。

きわめて短い一瞬だった。突然立ち上がった巨大な体が、ウを飲み込んでも余りあるほどの雄壮な闇を作り出した。グム！　と奴が咆哮した。大きな牙がウの脚をかすめたのも、倒れたウの体の上にくるくる巻いた鼻が迫ってきたのも一瞬のことだった。すばやく体を丸めなかったら、死んだトの腹と同じように、ウの腹からもはらわたが飛び出したはずだ。牙と鼻を避けて、ウは何度も雪の上を転がらなければならなかった。象はあだやおろそかに体力を浪費しなかった。奴の攻撃は静かであり、そのためいっそう

恐ろしく感じられた。

ウは、からくも奴から逃れた。脚が引っかかれてはいたが、大きな傷ではなかった。飢えと恐怖が一度に押し寄せてきたが、ウはその瞬間も自分の槍を手放さなかった。奴はこのときを狙っ

て最後の力を蓄えていたらしかった。二匹はしばらく互いをにらみ合った。奴はぬっと立ったままで、ウはうずくまって膝をついたままだった。最後まで槍を握りしめてはいたが、ウには最後の力といえるものすら残っていなかった。グム、と奴が鳴いた。ウは何も言わなかった。言え、なかった。

奴が前足を踏み出した。生きる道はどこにあるのか。ウはあたりを見回した。しばらく命を永らえることはできるだろうが、それが生きる道とは思えなかった。逃げたとしてもまた、白い、白い、白いうえにも白い世界があるだけなのだ。ウはヌを思った。そして仔を思った。狩りをしなければならなかった。生きて帰るだけではだめなのだ。生き、残って、みんなが帰ってくるのを待たなくてはならなかった。またはみんなを探しに行かなくてはならなかった。どんなにかなわぬ相手でも、ウは奴を仕留めなくてはならないのだった。奴は大きな獣で、ウは小さな獣だった。岩の多い場所が有利だった。絶壁の近くには岩が多かったが、奴が陣取っていた。そこへ行かなくてはならなかった。ウは動かなくてはならなかったが、立ち上がれなかった。脚に力が入らなかった。トラの歯を触ってもみたが、ウはただちに自分の足で自分の生きる道を見出さねばならなかった。生きる道はどこにあるのか。どこへ、どう、行けばいいのか。ウはその瞬間多くのことを考えた。

奴の突進に、雪煙が舞った。早く力強い足取りではなかったが、歩幅が広くどっしりした歩みだった。ウは転がって奴の牙をよけ、さらに何回転かしたあと絶壁へ向かって走り出した。力は残っていないのに、いったいどんな力が自分をしばらく生かしているのか、知りようがなかった。グム！　ウのあとを追いながら奴は咆哮した。近く、もっと近く、そして声がウに追いついた。岩には雪が積もっていた。小石を踏んで上り、ウは雪におおわれた岩を上りはじめた。追いついた奴の鳴き声が岩の前でしばし、ぎくっと立ち止まった。奴の鼻が届かないところまで、ウは岩を上らなくてはならなかった。それだけが、ウが今しばし生き延びられる道だった。ウはその瞬間、何も考えていなかった。

真っ平らなところに上って、ウはしばらく息を整えた。だが、しばらくのことだ。ウはすぐに奴の鼻と戦わねばならなかった。槍を振り回してウは立ち向かった。後ろは絶壁だ。奴が近づけない右側の岩に上らなくてはならなかった。その隙がなかった。二、三回、奴の鼻先に斬りつけはしたが、無駄だった。横になって体を隠しても、奴は匂いでウの位置を知ることができた。槍を伸ばす腕の動きが徐々に鈍っていった。ウはさらに力を振り絞ったが、しきりと、自分の槍が短くなり、振り回せる範囲が狭まったような感じを味わわねばならなかった。弱っていくのはウの槍だけではなかった。次第に萎えていくのは、奴の鼻も同じことだった。

ウは息を吐いた。ふくらんだ胸は火を吹く山のようになり、ウは息を吐きに吐いた。何歩かあとずさりしながら、奴も荒い息を吐いていた。槍を握った手がひどく震え出した。腕も脚も今はしばし、ウのものではないようだった。やめたいとウは思ったが、ウにはその自由が与えられていなかった。ウにはただ「続ける」ことしかできなかった。ようやく体を起こし、ウは岩に背中をもたせかけた。槍を支えにして立ち上がることは、天空につかまって立つのに等しかった。奴はいまだに岩のまわりをぐるぐる回っていた。

奴が近づいてくるのを確認して、ウは右側の岩に向かって足を伸ばした。鼻が届かないところでうまくやれば、奴の脇腹に槍を突き刺すこともできそうな気がした。目ばたきしたのではなかった。奴から目を離したのでもなかった。確かに岩を踏んだだけだったが、突然視野が激しく歪んだ。体がぽんと浮かんだのを感じ、空と地面が反転するのを見た。槍だけは離さず持ったまま、ウは岩を伝って下へ滑り落ちた。ウは泣き叫んだ。足が裂けるような激烈な苦痛が全身を貫通した。岩のすきまの雪を踏んだのだと、落ちたあとでウはわかった。ウの悲鳴のように長くて

細いすきまだった。

ずしん。雪を踏みしめて奴が近づいてきていた。逃げようとしたが体が動かなかった。切り立った岩の狭いすきまに、ウの足首がはさまっていた。力をこめた。抜けなかった。力をこめればこめるほど、腫れ上がった足首が裂けんばかりに痛んだ。ずしん。自由な足で、奴はさらにまた一歩ずつ近づいてきた。狂ったように何度も足を引っ張り、ウは槍を振り回した。槍が届かない距離から、奴はじっとウを見おろしていた。奴に向かってウは叫んだ。舞い散る雪の重さにも、空気の重さにも勝てない叫び声だった。そうやってしばらく

二匹は互いを見つめ合っていた。奴はもう近寄ってこず、吠えもしなかった。その鼻息をウの槍先がかすめることができるくらい、近い距離だった。ウはずっと威嚇のうなり声を上げていたが、遠くから吹きつけてくる風ほどにもならない声だった。いつしかウは疲れた槍を徐々におろした。荒々しかった奴の息も、いつしか静かに収まっていた。時間が止まったような風景だった。絶壁のむこうからこちらを眺めているように、奴は微動もせずにウを見ているだけだった。全身に震えが来た。今やウは自分の死を待つばかりだった。お前は死ぬ。賢明なチュの言葉が小さな雪崩のようにウの霊魂をおおいつくしていった。依然として雪が降りしきっていた。死んだものたちは埋め、

生きているものたちは雪を払って
その場を去るべき、時だった。

*

ウは一人、残っていた。

岩のすきまに足首をはさまれたまま、雪をかぶって震えていた。ウを小突き回しもせず踏みもせず、ともなく、奴は背を向けて自らの道を歩いていった。疲れた足取りであり、重い足取りだった。わが目を疑ったが、遠ざかる奴の後ろ姿を見ながらウは、自分の「生」を確認することができた。一時の生だった。徐々に遠ざかる奴を見ながら、ウは泣きに泣いた。それはとても複雑な嗚咽だった。ウの心は感謝していたが、それと同じくらい、奴の肉が切実に必要だった。

足首はさらに腫れ上がっていた。力をこめればこめるほど、岩はさらに強力にウの足首を引っ張った。槍を差し込んですきまを広げようとしてもみたが、無駄だった。徐々に暗闇が迫ってきていた。ウの肩と髪にもすでに雪がうず高く積もって久しかった。疲れた息を吐いたり吸ったりするたびに、空腹よりも強い寒さがウの内臓を凍りつかせていった。「しばらく」の生が徐々に終わりかけていることを、ウは直感した。暗闇に染み入るような雪を見ながら、ウは呆けた表情でヌと仔を思っていた。お前は死ぬと言ったチュの声が、闇のどこからかまた聞こえてきた。だんだん意識が遠のいてきた。ウはたくさんのことを思い出したが、その中でいちばん生き生きしているのは、ウを見つめていた奴のまなざしだった。昏迷する意識のせいだろうか。それは昼間に見た、幻の中のシカの目とあまりにも似ていた。ただ生きている目であり、老いた、空虚な目だった。

なぜ？

と奴は尋ねた。
いまだに意味がわからない言葉だった。
なぜ?
と奴がまた尋ねた。
ウは黙って
闇の中の雪を見つめているだけだった。

そして、黒く
黒く、
黒く青い時間が
流れ、
また　流れた。

くぁっ。

とウは吠えた。猛獣が来るかもしれなかったが、ウは再び、さらに大きな悲鳴を上げた。石ナイフを打ちおろすたびに血が飛び散り、また飛んだ。うああっ。奥歯を噛みしめたまま、ウは痙攣した。充血した両目が今にも飛びだしそうだった。ウは今、自分の脚を切っていた。固かったふくらはぎの筋肉がもう半分ほど切れて、骨が現れた状態だった。自分の骨を見たのは初めてだった。骨は闇の中でもかすかに光を放ったが、すぐに血にまみれてその光は褪せた。いつ舌を嚙んだのか、ウの口の中にも血がいっぱいにたまっていた。もう終わりだ、骨さえ切ればいいのだとウは自分を励ました。ウの手が石ナイフをまた握りしめた。くぁああっ。鋭い悲鳴が暗闇を引き裂いたが、骨は切れなかった。ウはしばらく気を失い、またしばらくして

骨を刻み、苛むような冷気がウを目覚めさせた。血のついたあごが震えはじめた。再び気を失わないよう、ウはヌを思い浮かべ、仔を思い浮かべた。そしてトラの歯を思い出した。腰と服の間からそれを取り出し、握ると、ウは猛烈に自分の額を小突き回した。暗闇の中で見おろしたふくらはぎは、すでに「ウ」ではない部分の方が多かった。

地面を手探りして見つけた石ナイフは、もう半分に割れていた。汗と涙と血と唾を飲み込みながら、ウは考えを重ねた。象を、またシカを切るときのことを思い出した。どんな石ナイフでも、獣の足の骨を切断することはできなかった。そもそも最初から間違っていたのだと、ウは初めて悟った。あえぎながらウは槍を拾い上げた。そしてもう一方の手で自分の骨と骨の間を……膝を、触ってみた。それはあたたかく、まだ「ウ」の一部だった。ウは力いっぱい

槍を振り上げた。

*

ウは雪の中を歩いている。

白く、白く、白いうえにも白い世界だった。太陽が昇るまでにはまだ時間があったが、それでもぼんやりした谷の輪郭が見えた。やがてウは、一人ではないという気持ちになった。闇の中で彼はずっと一人で、眠気を追い払うために絶え間なく一人言をつぶやいていた。その中にはヌの名があり、仔の名があった。ウが知っているみんなの名もあった。そして、ほとんどは意味がわからない言葉だった。仔には「グム」という名前をつけようとウは思った。仔が大きくて

肉をたくさん獲ってこられる男になることをウは願った。歩みはのろく、傷は癒えなかった。血は固まったのではなく凍りついていた。それでもウはしばし生きている。そしてもうしばらく生きることを考える。血まみれの槍が深く、また深く、ウのもう一本の足となって雪の中に突き刺さった。足を引き抜くように槍を引き抜きながら歩くウは、脇に肉を抱えていた。白く、白く、白いうえにも白い世界で

ウが手に入れることができる最後の肉だった。幸い、袋は軽かった。重い石ナイフを全部捨てて空いた袋に、ウは切り取った肉を入れた。もう狩りはできないことをウはよく知っていた。グムとヌが生きていることをウは願った。みんなが帰ってくることをウは切に願った。そしてしきりに、意味のわからないことを一人、つぶやきつづけた。なぜ？　という言葉も、ウはつぶやいた。

寒く、暗い

雪の中だった。

著者あとがき

二冊目の短篇集を世に出す。
初の短篇集『カステラ』以後、五年ぶりのことだ。
特別なことではない、ではないので
可能なかぎり客観的といいうる事実のみ、言っておきたい。

この間、
私は二篇の長篇と二十四篇の短篇を書き
『ダブル』はその短篇のうち十八篇を選んで編んだものだ。**私**という名前の
彼は
たぶん、嬉しいだろう。

あえて今さら、二冊の短篇集を編んで出版するのは
ＬＰ時代の「ダブルアルバム」への**彼**のロマンのためである。

いつか、きっと一度は
彼の胸にダブルアルバムを抱かせてやりたかった。**彼**という名前の
私も
嬉しい。

この本のすべての短篇は
誰かへの贈り物として書かれたものだ。

彼らが
また、あなたが喜んでくれたら嬉しい。

この五年の間にもたくさんのことがあった。
私はちょっと熱くなったが
ちょうどウォーミングアップを終えたところだからだ。
彼はちょっと冷たくなったが
前に比べて静かな人間になったためだ。

そういう、ことでいいだろうと
私たちは合意した。

略歴とか推薦の辞とか、それから解説などは全部やめにした。
こんな**私**とも
そんな**彼**とも、関係ないことだからだ。

これからも一生けんめい書いていく。

たぶん、これが
私と**彼**が言える最も客観的な事実だろう。

＊

パク・シンギュ、イ・サンスル、キム・ソンナム、ファン・ジン
本の編集に携わってくれた人たちに
特にパク・ユンジョン氏と
カン・セチョル兄に感謝する。
表紙のモチーフとなってくれたメキシコのルチャ・リブレの伝説
エル・サントとブルー・デモン、
お二方の霊前にも
謹んで感謝の礼を捧げる。

私のすべてである妻に、

他の誰より
二冊の本を最後まで読んでくれたあなたに
　心から感謝する。

二〇一〇年十一月十一日

パク・ミンギュ

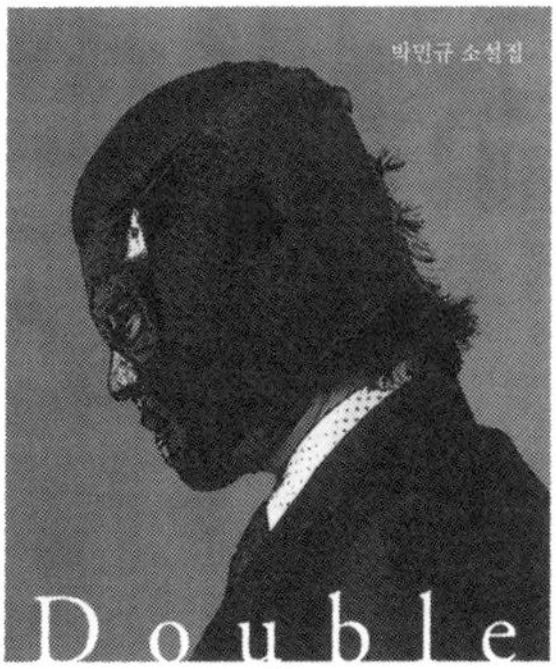

韓国の原書。
左がサイドA、右がサイドB

日本の読者の皆さんへ

黒でも白でも、「春春」

ホルスタインを初めて見たのは

ピンク・フロイドのアルバム『Atom Heart Mother』のジャケットを通してでした。近所のレコード店のショーウィンドウの前で、私はしばらく、その不思議な、黒くもあり、白くもある牛を見つめて立ちつくしていました。どうしろっていうんだろう？ と思いました。鼻たれ小僧の分際でも、「保護色」という概念は持っていたからです。頭の中は限りなく混乱しましたが、それとは別に……シマウマ、パンダ、マレーバクやペンギン……シャチといった白黒動物がこの世にいるということを、私は知るに至りました。いったいこれが、ルールのある世界といえるのか？ まるで、レッド・ツェッペリンやドアーズ、ディープ・パープルが登場する『月刊ポップソング』のグラビアをめくっていったらいきなりトム・ジョーンズに出っくわしたみたいな気持ちでした。いったいどういうつもりなんだ！ シマウマの首根っこでもつかんで、尋ねてみたかった。ロックスターにはロックスターの保護色が、動物には動物の保護色というものがあるだろうと、当時の私はそんな鉄則を信じていたからです。

シマウマ、とか、そういった白黒動物たちのことを再び思い出したのは、つい何日か前のことでした。犬を連れて散歩に出かけたら、わずか七十メートルほどの距離のところに「ボイジャー二号」の残骸が墜落してきたんです。流れ星だと勘違いするところでしたが、白黒のまだらの模様の残骸の上にははっきりと「NASA」と「Voy…」までの英語が印刷されていました。他にやることもないので、私は残骸のそばに座って日光浴をしました。新聞社や警察には知らせませんでした。だって嘘ですからね。音楽を何曲か聴いているうちに、湯気がゆらゆら立ち上るその残骸はいつのまにか、おとなしい動物みたいに素直に冷えていきました。わぅう、と子犬が吠えました。ひょっとするとこの子は、生まれて初めて宇宙の匂いを嗅いだのかもしれません。

こんちは、と心の中であいさつをしたあと、私は用心深く残骸の内部を調べていきました。そこには銀色の小さい箱が一つあり、また、その中には銀河系の構造と男女のヌードが描かれた一枚の絵……そして大量の文章が書かれた特異な材質の金属板が入っていました。ゆったりした姿勢で座って、私は黙ってそれらを読んでいきました。その大量の文章は……実はしかし、たった一つの文章を地球のあらゆる言語で表記したものだったのです。その中から私はやすやすと韓国語を見つけることができ、ボイジャー二号が大切に保存していたその文章は次のような内容でした。

地球の春を発明した動物の名簿です。

シマウマ、マレーバク、パンダ、ホルスタイン、ペンギン、シャチ……

私はうなずきました。だよね、と思ったからというより……この年齢になってようやく「春」について若干の「常識」を習得した気分だったからです。そうです、春の服を着たり、または「春」という文字を知っていたり、れんぎょうとか……桜の花を知っているからといって春を知っているわけではないですからね。

ぎゅっと目をつぶって私は、済州島《チエジユ》の西帰浦《ソギポ》の海岸や、南アフリカのオレンジ川下流……または私が好きな新潟の海辺……とにかく、この世界のどこかにわいわいと集まったシマウマやマレーバク、パンダ、ホルスタイン、シャチ……たちを思い浮かべました。そして、この世界は、保護色を身につけられなかった個体でも生きていける場所でなくちゃ……と思いながら、ある日突然「春」というものを考え出した彼らを思い描いてみました。正確な場所はわからないけれど、とにかくこの世界のどこかで彼らが「春」を発明したという事実に変わりはないでしょう。すぐに、好きでいつも聴いているポッドキャスト・ラジオに電話して、私は一曲リクエストしたんです。電話に出たのはシャチでしたが、シャチがシマウマの声を真似して次のように尋ねてきました。「『グリーン・グリーン・グラス・オブ・ホーム』ですね？」と。マレーバクみたいにうなずきながら、はい、トム・ジョーンズでお願いしますよと、ペンギンである私が言いました。

ずっと前に何の保護色もなく書いた文章が、つまり私の二番目の短篇集が日本で刊行されることになりました。何の保護色もなく、黒い、白い、または黒くもあるし白くもあるどなたかが読んでくだされば嬉しいことです。とかく様々なことが言われていますが、人間とは結局、春を待つ動物です。ともに冬に耐え、ともに春を迎えることができれば嬉しいです。

言語という保護色を打ち破ってくれた翻訳者の斎藤真理子さん、この小さな「春」を発明してくれた筑摩書房の皆さん……そして東京のチェッコリでお会いした皆さんや、新潟と京都の読書会の皆さん……そして何よりこの、不足な点の多い文章を読んでくださるすべての皆さんと、アキラさんに、心から感謝の気持ちを伝えたいです。

黒い夜と真っ白な昼が交差し、また交差して、そしていつか私たちが発明した「春」は来るでしょう。よろしくお願いします。黒くても、白くても「春春」です。私たちの春は、あなたの春と私の春を合わせたものなのですから。

小説家　パク・ミンギュ

※写真中の木でできた動物たちは、いつだったか作家仲間のキム・エランさんにもらったプレゼントです。何のプレゼントだったかは……思い出せません。彼らも熱心に何かを発明中です。われわれの周囲はいつもあたたかいです。

訳者解説

本書は、二〇一〇年にチャンビより出版されたパク・ミンギュの短篇集『ダブル』のうち、「サイドB」の訳書である。同時刊行される「サイドA」は対をなしている。『ダブル』は、「LPレコード時代へのオマージュ」というコンセプトで成り立っている。「ダブルアルバム」を模して二冊組とし、それぞれのタイトルもLP時代にならい「サイドA」「サイドB」と命名されている。二冊セットで初めて成立する本なので、ぜひ二冊合わせて読んでいただきたいと思う。同時に、「サイドA」と「サイドB」のどちらから読んでも、またどの作品から読んでもパク・ミンギュの世界を満喫できることも保証する。

パク・ミンギュの詳しい経歴については「サイドA」の解説に記したので参照してほしい。一九六八年生まれ、二〇〇三年に小説家デビュー、現在、韓国を代表する作家の一人と目されている。本書は『カステラ』(ヒョン・ジェフン+斎藤真理子訳、クレイン)に次ぐ二番目の短篇集であり、二〇〇五年から二〇一〇年までの五年間に書いた短篇から十八篇を選りすぐったもの。また、著者自身がマスクをかぶって登場したカバー写真も話題となった(二六五ページに掲載)。

『カステラ』では現実と幻想が混沌と一体化した世界が描かれていたが、『ダブル』に収録された作品は、現実の韓国社会に根をおろしたリアリズム小説と、無国籍あるいは近未来の世界を舞台としたSF・ファンタジー風の物語から成る。「サイドA」では前者と後者の区別がはっきりしていたが、「サイドB」ではその境界が比較的ゆるやかだといえる。
本書を一読して感じるのは物語性の豊かさ、多様さだが、それについては著者があるインタビューで語った次の言葉が参考になるだろう。「私が何を書きたいかとか、どう構想するかより、物語というものが世の中を漂っているときに偶然に私がその近所にいあわせて、物語と出会ったような気がします。そうやって出会った物語を、可能な限り多く活字と本に変換したいのです。手遅れになる前に」

それをまた手遅れになる前に日本に紹介しようと努力したが、一つお断りしなくてはならないことがある。「サイドA」日本語版は全訳だが、「サイドB」では一作を収録していない。「龍龍龍」という、中国語圏や韓国で人気のある「武俠小説」の世界を下敷きにした一種のファンタジーである。面白いのだが、日本にほとんど根づいていない武俠小説の知識と、韓国現代史への知見の両方がそろわないと理解が望めない。一度は訳出し、著者とも延々とやりとりし、検討を重ねたものの、膨大な量の注釈を補ってもまだ全体像への接近を可能にする翻訳ができず悩んでいたところ、著者からの申し出もあって、残念ながら収録しないことにした。

表記などについて補足すると、原注には「原注・」と記載しており、それ以外は訳者注である。また著者と相談の上、かけ言葉などを意訳したり、役職名などを多少変えている箇所がある。さらに、韓国では年齢を数えで表記するが、本書では日本式に満年齢で表記していること、文中の金額は十分の一にすると日本での物価の感覚に近くなることを書き添えておく。

著者は「ただ物語として楽しんでもらえれば」と語っているので、以下に書くことはすべて、蛇足かもしれない。ただ、訳者として「これを知っておくと理解が深まるかもしれない」と思ったことを記しておく。

昼寝

二〇〇七年発表。この作品は、当時認知症を患っていた著者の母への贈り物として書かれたものだが、父もモデルとなっており、両親に捧げた物語といえる。

パク・ミンギュの作品には詩や歌詞が引用されることが多いが、「昼寝」はその最たる例だ。中でも、韓国で最も愛されている詩人・尹東柱《ユンドンジュ》（一九一七―一九四五）の作品が重要なモチーフだ。尹東柱は繊細な叙情とキリスト教世界観に基づく思索性をたたえた詩を残し、二十七歳の若さで、それも解放を目前にして日本の刑務所で亡くなった。その作品や生涯については、『尹東柱詩集 空と風と星と詩』（金時鐘編訳・岩波文庫）や、『ハングルへの旅』（茨木のり子、朝日文庫）などをぜひ読んでほしい。

二一ページでキム・イソンが朗読する「星を数える夜」が書かれたのは一九四一年。尹東柱は朝鮮から中国（その後満州）へ移民したクリスチャン家庭に生まれたが、この詩を書いた当時は故郷を離れソウルで勉学中だった。故郷・北間島（現在は中国・吉林省延辺朝鮮族自治州）にいる母や、小学校の同級生だった中国人の少女たちに思いを馳せつつ自分の青春を歌った詩で、非常に愛されている。同ページに出てくる「おびただしい星が降り注ぐ丘に僕の名前を書いては……土でおおってしまう」、また二二ページの「恥多き名を悲しむ一匹の虫」「明日の夜はまだ残っているし、まだ僕の青春が終わりではないからだ」といった表現も「星を数える夜」の詩にもとづく。さらに、三四ページの「どんなに空を仰いだって」云々という主人公のせりふは、尹東柱の最も有名な詩「序詩」の「死ぬ日まで　天《そら》を仰ぎ　一点の恥ずることなきを」（同志社大学尹東柱詩碑建立委員会訳）による。日本に支配されていた暗黒時代に、「一点の恥もない」という純潔さと若さが、尹東柱の国民詩人たる所以の一つでもある。

重要なのは、主人公たちが文学祭で「星を数える夜」を朗読していたのは、尹東柱の詩が世に知られて間もないころだったという点だ。生前の尹東柱は全く無名で、初の詩集『空と風と星と詩』が出版されたのが一九四八年。主人公たちを著者の両親の世代と仮定すると、尹東柱の詩集が出たのは彼らの中学時代であり、さらにその高校時代は朝鮮戦争が起きた時期にあたる。そんな時代に尹東柱の詩は十代の若者たちの胸にどのように染みたのだろう。著者の両親が二人とも離散家族（朝鮮戦争によって北朝鮮にいる家族と生き別れになった人々）であることを念頭におくと、さらに感慨深い。

三四ページの節タイトル「アゲハチョウよ、お前も行こう」は作者不詳の古い詩（時調《シジョ》）の一節、「蝶よ、青山へ行こう、アゲハチョウよ、お前も行こう」による。

なお、ハン・ドンジンとキム・イソンは高校の同窓生という設定だが、当時の韓国の高校はほとんどが厳然たる男女別学だった。しかしパク・ミンギュの母が釜山師範学校というきわめて稀な男女共学の高校で学んだため、このような設定になったそうである。「サイドA」の「黄色い河に一そうの舟」と並び、少子高齢化による韓国の高齢者の暮らしの変化が活写されているとともに、植民地時代から朝鮮戦争、現代へと至るさまざまな青春の面影をつないだ物語でもある。

ルディ

二〇一〇年発表。この作品は、「オバマ大統領以後に登場するアメリカの大統領」への贈り物として書かれた。当時、オバマ大統領は就任してまだ一年と少しだった。

弱いからという理由で弱者を虐殺しておいて、邪気のない笑顔を見せるルディ。「お前らを平等に憎んでる」と宣言する「永遠のランニングメイト」。何の比喩と読むか、誰と誰の関係と読むかは無限に自由である。同時に、パク・ミンギュがあるインタビューで、次のように語っていることにも注目したい。「私は外国を舞台にした物語を書くのが好きです。外国が好きだからではありません。旅行も嫌いです。それなのになぜ？　と聞かれたら、韓国の物語を書くためだと答えるでしょう。遠い海外で初めて自分自身を、また自分の属する国や土地を客観的に見て自覚できるという、そんな個々人の体験とも似通ったところがあるようです。ですから私としては、韓国を舞台にした物語を書くときと気持ちの上では何の違いもありません。遠くから見たら、人間がやっていることはしょせん、国境を超越して『巨大なコメディ』だろうと思います。アメリカというコメディ、イギリスというコメディ、日本というコメディ、韓国というコメディ……国境という区分が無意味になるほど人間というジャンルは同一です」。

互いに憎みながらも互いを強烈に必要とする関係は、資本家—労働者という古典的解釈で見ることも可能であり、ボーグマンの腹が自覚しなくても糞でいっぱいなのは、二パーセントに属する富裕層の腹は欲得でいっぱいだという見方をする人も韓国にはいるようだ。『ダブル』随一のブラックさをたたえた、暗示的な物語である。

なお、五七ページのエマ・ラザラスの詩は韓国語の原文から訳したため英語の原詩とは少し異なる。

ビーチボーイズ

二〇〇五年発表。この作品の献呈先は、「パク・ジュホという友人のために書かれた。彼が誰なのかは誰も知らないだろう。そんな人はいない」ということになっている。

四人の主人公は大学生なのだが、小説からはそのことが意識的に排除されている。理由は「行っても何にもならない、大学とも呼べないような大学が韓国にはありすぎる」からだそうだ。韓国の大学進学率は、この作品が発表された二〇〇五年には八二・一パーセントとピーク目前であった。現在は落ちてきたものの、依然として非常に高い水準である。しかし大学へ行ったからといって就職口はなく、この物語の彼らにはおそらく、非正規、アルバイトという未来しかない。「にもかかわらず驚くべきことは、彼らが決して学生時代に怠けていたわけではない、ということです」と著者は言う。それだけ厳しい競争に駆り立てられているのだ。

九一ページで金が語る「見るだけよ、触ったら人を呼びますからねー」という女性のせりふは、韓国社会が彼らにつきつけた宣告のようなもの、お前たちにはそれ以上の自由や特権や富は与えないという明確な線引きだ。それが一〇一ページの金のせりふ「何であんなに閉め出そうとすんだよ世の中は」につながる。著者によると、こういった風潮は二〇〇五年の執筆当時にはまだ予感という段階だったが、十五年近くたった今、完全に現実になったと感じているそうだ。そんな彼らが地の果てまで押し流されてきたが、ここを離れることもできないまま海岸に浮かんでいる、それこそがビーチボーイズという存在なのだと著者は語っている。

アスピリン

二〇〇六年発表。この作品はドイツのアーティスト、ステファニー・ケルナーへの贈り物として書かれた。著者は雑誌社で働いた経験を持つが、彼女のデザインから多くのインスピレーションを受けたそうである。

「アスピリン」は「ビーチボーイズ」と対をなす作品と読むことができる。「ビーチボーイズ」の主人公とは対照的に、ソウルの都心の高層ビルに二フロアを構える外資系の広告代理店で働く若者たち。もちろん正社員だ。すさまじい異変に立ち会って動揺するが、すぐに適応してしまい、と同時に「こういうことがあったのに、ここに座ってコーヒーを飲んでいる」自分にうっすらと不安を感じている。勤務態度評定に直結する発言は差し控え、マイルドな保身にあけくれる彼ら。自分には「働くこと」と「ものを買うこと」しかないと薄々わかっている。

地球の頭痛が韓国に集中的な異変を起こすが、韓国だけが特殊なのではないことが徐々にわかってくる。「対応できずに適応してしまう」我々全員の肖像画だと思う。

ディルドがわが家を守ってくれました

二〇〇九年発表。この作品は、作家のチョン・ミョングァンへの贈り物として書かれた。もともとは俳優のジョン・グッドマンに捧げるつもりだったそうで、一五八ページに出てくる主人公のニックネーム「狂ったムント」は、グッドマンが『バートン・フィンク』で演じた殺人鬼の名前である。だが、たまたま遊びに来たチョン・ミョングァンが『バートン・フィンク』を「まさに自分の人生を映画にしたようなもの」とほめちぎったため、急遽献呈先を変更したそうだ。

本短篇はＩＭＦ危機を生き延びた人々への応援歌である。主人公は、自分の営業マン人生は一九九三年が絶頂だったと語っている。その後の一九九七年、韓国は通貨危機に見舞われ、国家破綻の危機に瀕して経済主権をＩＭＦに委ねた。人々は大規模なリストラを体験し、その後非正規雇用が増大、格差拡大に拍車がかかった。韓国の作家の多くは大なり小なりこの経験を描いてきたが、中でもパク・ミンギュはＩＭＦ危機によって作家となった人でもある。彼はもともと、中央大学の文芸創作学科で詩を学び、小説を書く気持ちはなかったそうだが、ＩＭＦ危機の際、自分が勤めていた会社の隣の島山公園という公園に連日、スーツ姿の大勢のサラリーマンたちが一日中たむろするという異様な光景を目撃したという。彼らはリストラされたことを家族に打ち明けられず（この短篇の主人公と同じだ）、出勤するふりをして毎日公園で過ごしていたのだ。この人たちを励ましたい、そのために小説を書きたいと思って会社を辞めてしまったというから尋常ではないが、パク・ミンギュはそんな強い思いから『三美スーパースターズ　最後のファンクラブ』（拙訳、晶文社）を書き、この作品でハンギョレ文学賞を受賞してデビューした。

一三八ページの「チョンセ」は、韓国人の生活に深く関わる制度である。家を借りるときに大家にまとまった先渡し金（チョンセ金）を預ける代わりに月々の家賃は払わなくてよく、退去時にはチョンセ金の全額が返ってくる。実質ただで住めるわけだが、大家はそのお金を運用して儲けを出すのでウィンウィンという、韓国で長く続いてきたシステムだ。以前は銀行の利子が一〇パーセントを超える高金利時代だったため、チョンセ金を運用するだけで家賃以上の収入を得ることができたが、現在は低金利でそれができないため、半分だけ保証金を渡し、残りは家賃を払う「半チョンセ」が一般的になっている。いずれにせよ、物件を持っていれば有利な「不動産階級社会」ともいわれる韓国社会で、主人公一家は夫婦ともども親世代から譲り受けた資産がなく、非正規への転落とともに住宅事情がどんどん悪化する。

一四八ページの「龍山《ヨンサン》」は「龍山惨事」と呼ばれた二〇〇九年の事件を指す。ソウルの龍山で、再開発のためビルの立ち退きを要求された小規模自営業者たちがそれを拒否してビルに立てこもり、警察の特殊部隊が投入され、混乱の中で火事が起きて住民五人と警官一人が死亡した。

一六九ページの「アンディよ、俺の息子よ～」という歌詞は、一九七〇年代に流行した作者不詳の口伝歌謡「ヨンジャ・ソング」の替え歌である。ヨンジャは女性の名前であり、兄が妹のヨンジャに向けて「ヨンジャ、元気か、軍隊にいるこの兄は将校じゃないから三八度線で苦労している」

と語りかける歌詞がさまざまな替え歌になり、どんどん広がった。

一七七ページの「エミレ〜」は、慶州に残る新羅時代の遺物「エミレの鐘」による。新羅時代の王が父の冥福を祈るために鐘を作らせたが何度も失敗し、幼い女の子を人柱に立ててやっと成功したが、そのために鐘の響きが「エミレ（お母さん）」と聞こえるという伝説が伝わっている。

なお、もっともらしく本文に原注が入っているが、ミド自動車という企業もキャラットという車も実在しない。

星

二〇〇八年発表。この作品はアルフォンス・ドーデへの贈り物として書かれた。というより、ドーデの『風車小屋だより』に収められた「星」という短篇のカバーである。著者によれば、「以前『最後の授業』という同じタイトルを使って物語を書こうと思ったが、うまくいかなかった。考えてみると、アメル先生よりはいつもステファネットお嬢さんの方が深く心に残っていたのだった」ということだ。「星」の意味が知りたい方はぜひお読みになることを勧める。

一八五ページに出てくる金素月《キムソウォル》の詩「つつじ」もまた非常に有名な詩で、恋人に向けて「もし私を嫌いになったらあなたの行く道につつじの花を撒きましょう　それを踏みしだいてお行きなさい……私を疎み去って行かれるときに　死んでも涙は流しません」（大意）といった意味。女性のためにカード破産したあげくふられてしまった主人公の気持ちにまさにぴったりくる。

「誰かのそばに神がいないなら……人間でもいいから、いてやらなくてはならないだろう」。二〇三ページのこの一行が、作家パク・ミンギュのスタンスを物語っているようにも思える。だが、もしそうだとしたら作家の望みは何と大きな野望だろうか。

アーチ

二〇〇七年発表。二人の漫画家キム・スバク、マ・ヨンシンへの贈り物として書かれた。「あなたたちの漫画はもう一つの文学だ」とのことである。

韓国の自殺率は世界的にも高いことで知られている。二〇一九年に発表されたデータではOECD加盟国中一位で、この短篇が書かれた二〇〇七年も同様に一位だった。この年に漢江《ハンガン》の橋から人が投身して消防署が出動したケースは四百九十一件、うち二十三人が亡くなったという。それを間近で見続けてきたノンキャリアのベテラン警官が主人公だ。

二一七ページで主人公が青年に見せる「切り札」写真は、実は漢江の橋の写真ではない。北朝鮮・平壌の大同江の大同鉄橋の避難民の写真で、一九五〇年十二月四日にマックス・デスフォーが撮影し、ピューリッツァー賞を受賞したもの。にもかかわらず、これを漢江の写真と勘違いしている韓国人は少なくなく、キム巡査長もその一人だという設定になっている。著者によれば、それは軍事政権下で近現代史を隠蔽したり修正してきた時期が長かったためだということだ。

また、二二〇ページで青年が言う「無銭無罪有銭有罪」は正しくは、「有銭無罪無銭有罪」で、一九八八年に、窃盗により服役していた犯人十二名が脱走、ソウルの民家に立てこもった事件で犯人が口にしたことから人口に膾炙した言葉。全斗煥大統領が無罪になったことを受けての脱走事件だった。同じことをやっても、金や権力のある者なら無罪になるという意味。

嘘をまじえた見事な説得術をライブで見守るような読書体験ができる一篇だが、人情劇のように見せて、ラストにはパク・ミンギュならではの非凡な一瞬の飛翔がある。この一瞬が朝鮮戦争における大量死を連想させつつ、雪という共通項を通過して、最後の作品「膝」につながっていく。

膝

二〇一〇年発表。この作品はアメリカの建築家・思想家バックミンスター・フラーに贈られた。ハンマーを規則正しく打ち込むような、または固い雪を踏みしめて歩くような強度のある文体は、李箱《イサン》文学賞を受賞した「朝の門」（『カステラ』所収）に通じる。

人類の長い歴史を通してずっと、「飢え」は「神」の別名であり、その存在がじっと、巨大な象とちっぽけな人間を見下ろしている。小説の舞台は「紀元前一万七千年の咸鏡南道利原鉄山地域」、咸鏡南道は現在の朝鮮民主主義人民共和国北東部だ。生還するだけではだめで、何としてでも肉を持ち帰らなくてはならない「ウ」の切実さ。現代にも存在する飢餓。「なぜ？」という言葉の意味を知らないまま、「なぜここに生まれねばならなかったのか」と全身で問うている主人公。もしかしたら、「ウ」は「ウリ」（我々）のウ、そしてヌは「ヌグ」（誰）の「ヌ」なのかもしれない。「人間そのものがマイノリティではないだろうか」という「サイドA」で紹介した著者の言葉が実感される作品だ。

咸鏡南道利原鉄山は、パク・ミンギュの父パク・ドンフン氏が一九三三年に生まれ、朝鮮戦争以後帰ることができなかった故郷である。

編集を担当してくださった筑摩書房の井口かおりさん、翻訳チェックをしてくださった伊東順子さんと岸川秀実さんに御礼申し上げる。

二〇一九年十月一日　　斎藤真理子

『短篇集ダブル』サイドB　初出一覧

昼寝　『文芸中央』二〇〇七年夏号
ルディ　『創作と批評』二〇一〇年春号
ビーチボーイズ　『現代文学』二〇〇五年十一月号
アスピリン　『アジア』二〇〇六年十一月号
ディルドがわが家を守ってくれました　『現代文学』二〇〇九年十一月号
星　『現代文学』二〇〇八年一月号
アーチ　『現代文学』二〇〇七年一月号
膝　『文芸中央』二〇一〇年秋号

＊なお、『短篇集ダブル　サイドA』の目次は次の通りです。

「近所」は黄順元文学賞受賞作品。
「黄色い河に一そうの舟」は李孝石文学賞受賞作品。

パク・ミンギュ

1968年、韓国・蔚山生まれ。中央大学文芸創作学科卒業。2003年、『三美スーパースターズ　最後のファンクラブ』でハンギョレ文学賞と『地球英雄伝説』で文学トンネ新人作家賞をダブル受賞して話題になる。その後も新鮮な文体と奇想天外な展開で現代韓国の諸相をいきいきと描き人気作家の地位を獲得する。05年に『カステラ』で申東曄創作賞、07年に『短篇集ダブル　サイドA』所収の「黄色い河に一そうの舟」で李孝石文学賞、09年に同書所収の「近所」で黄順元文学賞、10年には「朝の門」で韓国で最も権威あるとされる李箱文学賞を受賞。

邦訳作品に、『カステラ』（クレイン）、『亡き王女のためのパヴァーヌ』（クオン）、『ピンポン』（白水社）、『三美スーパースターズ　最後のファンクラブ』（晶文社）がある。

斎藤真理子（さいとう・まりこ）

翻訳家。訳書に、パク・ミンギュ『カステラ』（ヒョン・ジェフンとの共訳、クレイン）、『ピンポン』（白水社）、『三美スーパースターズ　最後のファンクラブ』（晶文社）、チョ・セヒ『こびとが打ち上げた小さなボール』（河出書房新社）、ファン・ジョンウン『誰でもない』（晶文社）、チョン・ミョングァン『鯨』（晶文社）、チョン・スチャン『羞恥』（みすず書房）、チョン・セラン『フィフティ・ピープル』（亜紀書房）、チョ・ナムジュ『82年生まれ、キム・ジヨン』（筑摩書房）、ハン・ガン『回復する人間』（白水社）などがある。『カステラ』で第一回日本翻訳大賞を受賞した。

短篇集《たんぺんしゅう》ダブル　サイドB《ビー》
二〇一九年十一月三十日　初版第一刷発行
著者　パク・ミンギュ
訳者　斎藤真理子《さいとうまりこ》
発行者　喜入冬子
発行所　株式会社筑摩書房
東京都台東区蔵前二―五―三　〒一一一―八七五五
電話番号　〇三―五六八七―二六〇一（代表）
印刷
製本　中央精版印刷株式会社

ISBN978-4-480-83213-9 C0097

◉筑摩書房の本◉

82年生まれ、キム・ジヨン

チョ・ナムジュ
斎藤真理子訳

韓国で百万部突破！　文在寅大統領もプレゼントされるなど社会現象を巻き起こした話題作。女性が人生で出会う差別を描く。
解説＝伊東順子　帯文＝松田青子